家康（一）
信長との同盟

安部龍太郎

幻冬舎時代小説文庫

家康㈠

信長との同盟

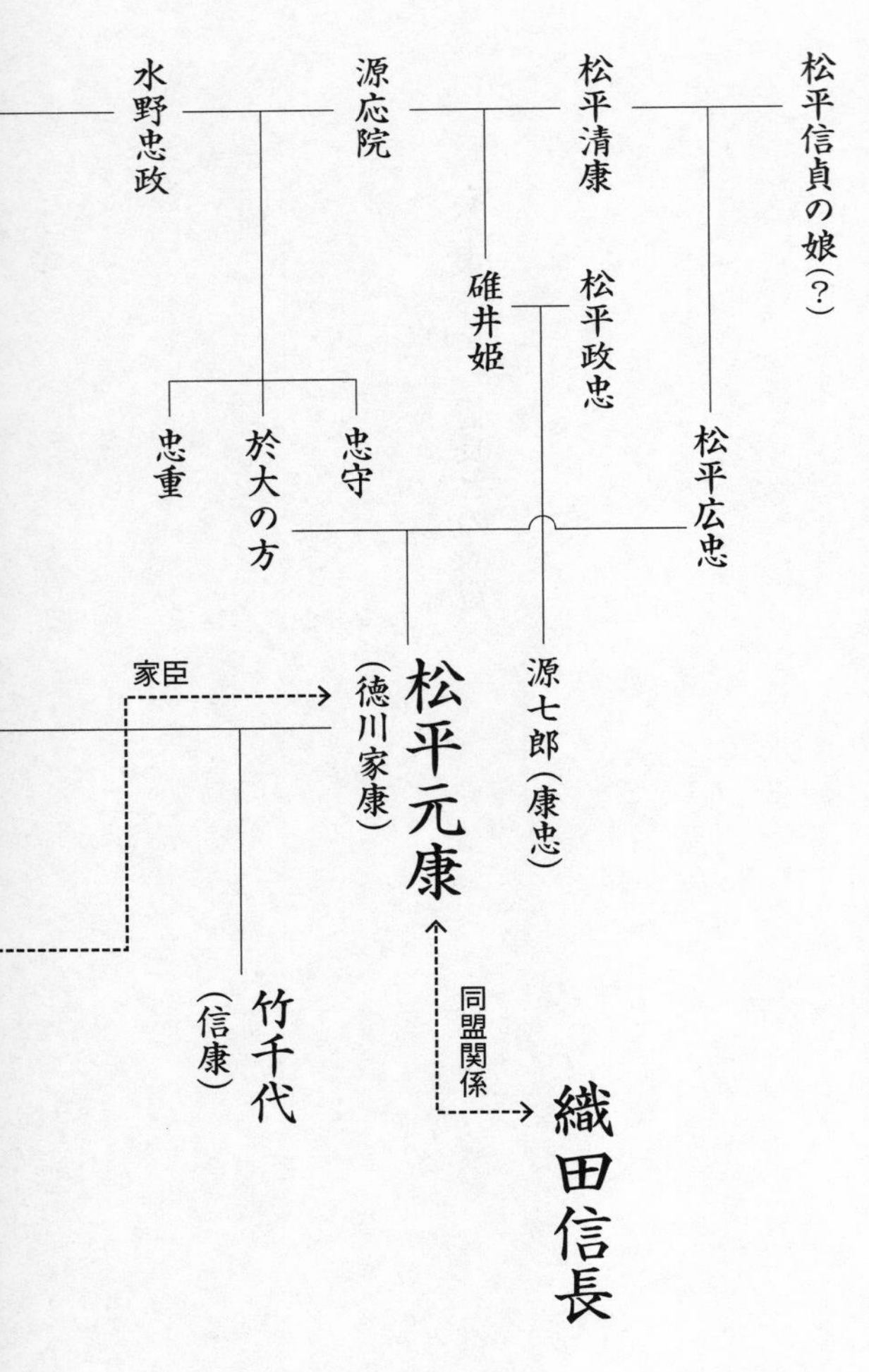

松平信貞の娘(?)
松平清康
源応院
水野忠政
雅井姫
松平政忠
松平広忠
忠守
於大の方
忠重
源七郎(康忠)
松平元康(徳川家康)
家臣
竹千代(信康)
同盟関係
織田信長

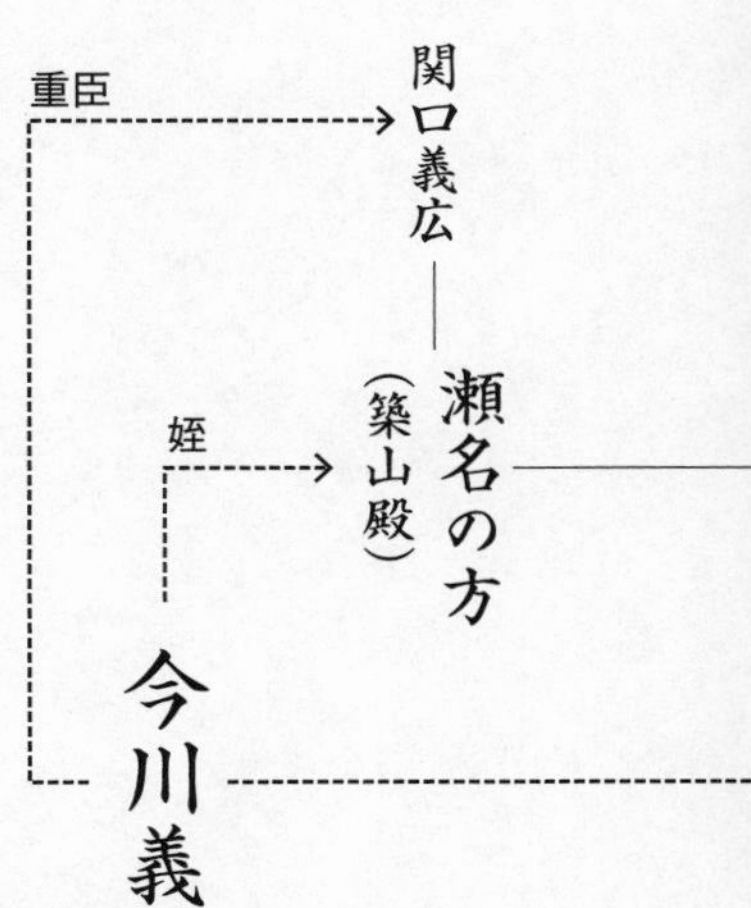

家康重臣

酒井忠次　石川数正　本多正信　平岩親吉　鳥居元忠

松平康忠　服部半蔵正成　本多鍋之助（忠勝）　榊原小平太（康政）

目次

第一章

出陣

永禄三年頃（一五六〇年）勢力図

五月雨の季節である。

厚い雲がたれこめ、湿気の多い空気があたりをおおっている。海からの生暖かい風が肌にまとわりつくようで、猛暑の季節が近いことを告げていた。

駿府城下、宮の前の屋敷では、松平元康（後の徳川家康）が文机に向かっていた。獅子形の水滴から硯に水をそそぎ、ゆっくりと墨をすっている。

師の太原雪斎から教えられた通り、墨を真っ直ぐに立てて前後に動かしながら、無の境地になろうとしていた。

尾張の織田信長との戦いは目前に迫っている。

駿河、遠江、三河の太守である今川義元は、五月中頃には四万の大軍をひきいて出陣すると決し、仕度をととのえて下知を待てと全軍に命じている。

今川家のご恩をこうむる元康は、三河衆一千余をひきいて先陣をつとめ、伊勢湾に面する大高城に兵糧を入れて、尾張への侵攻にそなえよと命を受けた。

十九歳になる元康は、この大役に勇み立った。

駿府で人質のような暮らしを強いられて十二年。ようやく独立の機会がめぐってきたのである。

華々しい手柄を立て、岡崎城にもどることを認めてもらいたい。帰りを待ちわびている三河の家臣や領民に、元気な姿を見せてやりたい。

その一心で万全の仕度をととのえていたが、ひとつだけ厄介な問題が残っていた。

知多半島北部に勢力を張る水野信元が、いまだに恭順の意を示さないのである。

信元は元康の母於大の方の兄である。

初めは今川家に属していたが、元康が生まれた直後に尾張の織田家と手を結んで反旗をひるがえした。

そのために父広忠は於大を離縁して実家に送り返さざるを得なくなり、元康は母と引き離されたのである。

この信元をどうするかが、今度の出陣の大きな問題となった。

信元が拠る刈谷城や緒川城は、尾張に攻め込む際の喉首に位置している。

それゆえ力攻めをさけ、恭順させて身方に引き入れたいと考えた義元は、元康に調略を命じた。

元康は母の伝を頼って信元と連絡を取り、交渉を始めることに成功したが、出陣間近になっても和議を結ぶことができずにいたのだった。

このままでは今川義元が業を煮やし、水野を攻め滅ぼしてから尾張に攻め込むと言い出しかねない。

そうなったなら元康が先陣を命じられるのは必定で、母の実家と刃(やいば)を交えることになる。

（それだけは、何としてでも避けなければ）

元康は背中を焼かれるような焦燥にかられて交渉をつづけたが、互いの言い分には大きなへだたりがあった。

義元は恭順の証(あかし)として刈谷城を差し出すように求めたが、信元が応じないので交渉は暗礁(あんしょう)に乗り上げたのである。

打つ手を失った元康は、於大の方に文を書くことにした。

この窮状を訴えて信元を説得してもらおうと考えたのだが、今は他家に嫁いでいる母を頼るのは気が引ける。

（こんな頼みごとをして、ご迷惑にならないだろうか）

そんなためらいが、しつこい汚れのように胸にへばりついていた。

元康は時間をかけて墨をすり終え、入念に筆をひたしたが、いつまでたっても書き出しの文章が浮かばない。

真っ白な料紙が威圧するように迫ってくる。

ひるむ自分に腹を立て、

「一筆啓上申し候。母上さまには大過なくお過ごしのことと、お慶び申し上げ候」

斬りつけるように筆を走らせたが、気持ちの整理がついていないので、先の言葉がつづかない。

迷ったまま宙に止めた筆先から墨がしたたり、波紋を描くようにしみが広がった。

「あっ」

元康は思わず声を上げ、苛立ちのあまり料紙をくしゃくしゃに握りつぶした。

庭ではさっきからうるさいほど蛙が鳴いている。

ぽつりぽつりと落ちてきた雨はやがて本降りになり、板屋根を叩くあわただしい音が頭上をおおった。

元康は明かり障子を開けてみた。

糸を引くような驟雨の向こうに、紫陽花が花をつけている。薄紫のみずみずしい色にしばらく目を止め、大きく呼吸を吐いて筆を取り直した。

「殿、奥方さまがお見えでございます」

近習の声とともに襖が開き、瀬名の方（後の築山殿）が入ってきた。

三年前にめとった今川義元の姪である。

去年長子竹千代（後の信康）を産み、二人目の出産をひかえている。丸くせり出したおなかを、大儀そうに両手で抱えていた。

「元康さま、御意を得たいことがございます」

「見ての通り忙しい。大事な書状をしたためているところだ」

「外出するので乗物を回すように申し付けたところ、酒井忠次に拒まれました。元康さまがお命じになったことですか」

瀬名が居丈高に迫った。

気が強く身勝手な上に、義元の姪だという矜持がある。感情が高ぶると、元康を見下した態度を取ることも多かった。

「忠次には乗物や馬、人の出入りを取り締まるように命じている。だが理由もなく拒んだりはしないはずだ」

「実家に行くので乗物が必要だと申しました。ところが殿のお許しがなければ、出すことはできないと言い張るのです。そのような指示をなされたのですか」

「もうすぐ戦が始まる。屋敷とはいえ陣中も同じだ」

だから出入りを制限するのは当たり前だと、元康は角の立たない言い回しをした。

「はっきりおっしゃって下さい。お申し付けになられたのですか」

「ああ、言った」

「ならば外出を許すという書状をお書き下さい。忠次にそれを見せて乗物を出させます」

「俺が出陣している間、ここにいて留守を守ってもらいたい。それが奥方の務めだと、前にも言ったではないか」

「常の時ならそうでしょう。しかし今日明日にも、児が生まれるかもしれないのですよ。実家に帰していただくのは、当たり前ではありませんか」

「乳母のお登志がいるだろう。侍医の源庵にも、何かあったらすぐに駆けつけるように頼んである」

だから心配はないはずだと、元康は苛立ちをおさえてなだめようとした。

駿府に来て以来、人質の境遇に耐えながら、他の武将たちからあなどられないように気を張り詰めてきた。

大事な出陣の前に妻を実家に帰すようなことをしては、これまでの努力が水の泡になりかねなかった。

「何かあってからでは取り返しがつきません。そんなことにならないように、母の側にもどらせてほしいとお願いしているのです」

「ならば義母上に、この屋敷に来てもらえばいいではないか」

「それは無理でございます」

「なぜだ」

「太守さまがご出陣の間、父は今川館の留守役をおおせつかっております。それゆえ母は、屋敷を離れることができないのです」

瀬名の父は今川家の重臣、関口刑部少輔義広である。

義広は義元が留守の間、嫡男氏真を補佐して駿府の守備にあたることになっていた。

「関口どのの手勢は多い。だが俺が出陣している間、この館には五十人ほどしか残してゆくことができぬ。そなたの供にまで人数を割く余裕はないのだ」

「それなら父上から人数をお借りになったらいかがですか。わたくしからお願い申し上げてもいいのですよ」

「そんな不様（ぶざま）なことができるか。万一の時に、皆のあざけりを受けるだけだ」

「万一とはどういうことです。太守さまが織田に負けるとでもお思いですか」

瀬名が言葉尻をとらえて言いつのった。

「そんなことは申しておらぬ。出陣中は何が起こるか分からぬゆえ、用心に用心を重ねなければならぬという意味だ」

「ここは駿府です。今川家の都ですよ。織田ごときとの戦で、危ないことが起こるはずがないではありませんか」

「そなたは信長どのを知っているか」

元康は腹にすえかねて反撃に出た。

「いいえ、存じません」

「俺は知っている。織田家の人質になっていた頃、しょっちゅう顔を合わせていた。恐ろしいほど頭のきれるお方（かた）だ」

「しかし手勢は三千にも満たないと聞きました。そんな相手に」

「戦の勝敗は軍勢の数で決まるものではない。それに敵は織田ばかりとは限らぬ。太守さまが出陣しておられる間に、甲斐（かい）の武田や相模（さがみ）の北条が盟約を破って攻め込んでくるかもしれぬ」

「まあ、まるで今川が攻められるのを待っておられるような口ぶりですね」

「たわけたことを申すな。何が起こっても対処できるように、万全の用意をしておけと言っておるのだ」

「おおせは良く分かりました。それでも竹千代を連れて実家に帰らせていただきます。丈夫な稚児（ややこ）を産むのが、女子（おなご）の第一の務めですから」

瀬名は悪（あ）しからずと言わんばかりに席を立ち、肩をそびやかして去っていった。

（たわけが。勝手にしろ）

元康は後ろ姿をにらみつけ、言えない言葉を叩きつけた。

その時、小姓の松平源七郎（げんしちろう）（後の康忠（やすただ））がずぶ濡（ぬ）れになって庭に駆け込んできた。

「と、殿。一大事でございます」

「あわてるな。何事だ」

「おばばさまが、源応院さまがご他界なされました」

「まさか……。昨日お目にかかったばかりだぞ」

「ご、ご生害なされたのでございます」

「そんな、馬鹿な」

元康は筆を取り落とし、裸足のまま表に飛び出した。

「殿、お履物を」

源七郎が草履を差し出したが、ふり向きもせずに雨の中を走りつづけた。

源応院（お富）は於大の母で、元康の祖母にあたる。

初めは緒川城主水野忠政の妻になり、忠守、忠重、於大を産んだが、やがて松平清康の後室になった。

清康は岡崎城主で、元康の祖父にあたる。

すでに正室との間に嫡男広忠（元康の父）が生まれていたが、水野家との合戦に勝った時、和議の条件として源応院を差し出すように求めたのである。

その複雑な関係は、巻頭の系図に示した通りである。

この時、清康は二十歳ばかり。源応院はそれより十九歳も上だが、清康がこれほど強く執着したのは、彼女の美しさと豪気な人柄に惚れ込んだからだった。

二人の仲はむつまじく、ほどなく一男一女に恵まれたが、天文四年（一五三五）に清康が二十五歳の若さで不慮の死をとげると、源応院は石もて追われるように松平家を去った。

ところが元康が今川家の人質になったと聞くと、身の回りの世話をしようと駿府に駆けつけたのだった。

元康が瀬名をめとってからは、源応院は娘の碓井の方（松平清康との娘）のもとに身を寄せ、おだやかな老後を送っていた。

（それなのに、なぜ自害など……）

思い当たることはひとつしかない。半月ほど前、元康が源応院に水野信元を説得してほしいと頼んだことだった。

碓井の夫である松平政忠の屋敷につくと、元康は袴の裾が泥だらけになっているのもかまわず上がり込んだ。

源応院は仏間に横たえられ、白い布で顔をおおわれていた。側には碓井と政忠が沈痛な面もちでうなだれていた。

「おばばさま」

元康は衝撃のあまり立ちすくみ、力の失（う）せた頼りない足取りで歩み寄った。

白布をめくると、眠っているようなおだやかな表情をしていた。

髪は白くなっているが、丸くふっくらとした顔は六十九歳とは思えないほど若々しい。

傷はどこにも見当たらないし、苦悶の色も浮かべていなかった。

「ご自害と聞きましたが」

本当だろうかと政忠にたずねた。

「さよう。鎧通（よろいどお）しで胸を貫かれたのでござる」

政忠は思いがけない不幸に当惑し、腹を立てたような仏頂面をしていた。

元康は白装束の合わせを開いた。

若い頃の色香を残す乳房が左右にたれている。左の乳房の下からひと筋の血が流れ落ちているが、傷跡は見当たらなかった。

「その下の、お乳に隠れたところでございます」

碓井に教えられて乳房を押し上げてみた。

小指の先ほどの刺し傷があり、血がしみ出している。

日頃から身だしなみに気を使っていた源応院は、傷跡が目立たないように先のとがった鎧通しを用い、乳房の下から心臓をひと突きしたのだった。

「着物の裾が乱れては見苦しいと思ったのでしょう。太股を細帯で縛っておりました」

「水野家との和議に力を貸してほしいと、おばばさまに頼みました。それが重荷になったのでしょうか」

その懸念が、元康の頭を去らなかった。

「母がそれを引き受けたのは、元康さまのためばかりではありません。おなかを痛めた忠守さま、忠重さまを水野家に残しておりますので、自分の力で守りたかったのでございましょう」

「それでは、なぜご自害など」

「詳しいことは存じませぬが、太守さまは降伏を認めるかわりに刈谷城を差し出せと求められたそうでございますね」

ところが信元がこれを拒んだために交渉は頓挫した。

そこで源応院は死をもって信元の非礼をわび、寛容な計らいをしてもらいたいと今川義元に嘆願書を出したのだ。

碓井はか細い声でそう打ち明け、着物の袖で目頭を押さえた。

「見せていただけますか、その嘆願書を」

「中を改めずに、太守さまにお渡しいたしました。そうするように、母が遺言状を添えておりましたので」

「昨日お目にかかった時には、そんな話はひと言もなされませんでした……」

交渉の行き詰まりを案じる元康に、源応院は心を大きく持って時を待てと励ましてくれた。

あるいはこの時すでに、自決の覚悟を定めていたのかもしれない。それに気が付けば死なせることもなかったと、元康は自分のうかつさに臍(ほぞ)をかんだ。

「元康さまにはこれをお渡しするようにと、おおせつかっております」

碓井が差し出した立て文には、流れるような美しい文字で歌が記してあった。

世の中はきつねとたぬきの化かしあい

欲ばしかいて罠にはまるな

和歌というより戯歌である。

源応院がこうした諧謔の持ち主だとは知っていたが、今際のきわにどうしてこんなものを残したのか、元康は真意をはかりかねていた。

「殿、水野どのが参られました」

政忠の家臣が取り次いだ。

「お通しせよ。丁重にな」

許しを得て、水野信近が入ってきた。

信元の弟で、元康が二ヶ月以上も和議の交渉をつづけた相手だった。

「お知らせをいただき、かたじけのうございました」

政忠に挨拶をしてから、信近は源応院の遺体に手を合わせた。

於大の異母兄だから、元康にとっては伯父に当たる。頭が切れる冷静沈着な男で、沢潟紋の入った裃を上品に着こなしていた。

「自らお命を絶たれるとは、残念でなりません。心よりお悔やみ申し上げます」

信近は政忠と碓井に丁重に頭を下げた。

「かたじけない。このような仕儀になり、我らも途方にくれております」

「ご生害は、いつ？」

「確かなことは分かり申さぬ。巳の刻（午前十時）すぎに侍女が部屋にお茶を持って行き、異変に気付いたのでござる」

「初めはうたた寝をしておられると思ったそうでございます。ところが太股を細帯でしばっておられるのを見て」

自害だと気付いたそうだと、碓井が横から言葉をそえた。

「そうですか。実は昨日、源応院さまから菖蒲をとどけていただきました」

「そういえば昨日は、端午の節句でございましたね」

「さよう。菖蒲の包みに文がそえられておりましてな。和議の件は案ずるな、やがて今川公の了解を得られるだろう。そう記しておられました。それなのに、どうして」

「母は一命をささげることで、太守さまのお許しを得ようとしたのでございます」

「馬鹿な。そんなことで何とかなるような話ではありますまい」

信近の取りすました顔を見ていると、元康は猛然と腹が立ってきた。和議に応じなければ戦になると何度言っても、信近は兄の意向には逆らえないとくり返すばかりだったのである。

「それなら伯父上にお伺いしますが、どうすれば今川家との和議が成るのでございますか」

「刈谷城の領有さえお認め下さるなら、我らは二千の兵をひきいて先陣をつとめる。何度もそう申しておる」

「しかし水野家は十六年もの間、織田と結んで今川家に敵対して参りました。何の咎（とが）めも受けずに身方に参じようとは、虫が良すぎるのではありませんか」

水野さえ裏切らなければ、母と引き離されることもなかったのだ。元康はそう叫びたい気持ちをおさえて冷静になろうとした。

「織田家と結んだのは、よんどころない事情があってのことだ。今川家に咎められる筋合いはない」

「父上と母上の婚礼は、今川どのの許しを得て行われたと聞きました。この時、水野家も今川家への忠誠を誓ったはずです」

「むろんその通りだが、それは先代の頃の話だ。兄信元が当主になってからは、武家の作法に従って今川家と手切れをしている。広忠公が於大を水野家に返されたのは、義元公もそれをお認めになったからじゃ」

それ以後、今川家と水野家は対等の間柄になっている。それを身方にしたいのなら、咎めではなく褒美をもって遇するのが筋ではないか。

それが信元の言い分であり、信近も同じ主張をくり返していた。

「一度裏切った者を咎めもなく許しては、身方の士気にかかわります。どんな事情があろうと立場を変えないのが、真の忠義というものではありませんか」

「甥っ子のお前と、そんな青臭い議論をするつもりはない」

「な、何ですと」

「そちにはこの和議を仲介する力量はない。それが分かっていながら、義元公はなぜそちに命じられたと思う」

「…………」

「本心では和議など望んでおられないからだ。それより朝廷に三河守に任じてもらい、その威によって我らを従わせた方が話が早い。そちの役目は、それまでの時間かせぎなのだ」

「おのれ、言わせておけば」

元康は激高し、我を忘れて信近の胸倉をつかんだ。

「分かった風なことを言いやがって。おばばさまを殺したのは、お前たちだろうが」

「無礼な。それが伯父に対する態度か」

「やかましい。表に出ろ」

元康はあらがう信近を庭に引きずり出し、地面に叩きつけて馬乗りになった。

「口で言っても分からねぇなら、こうしてやる、こうしてやる、こうしてやる」

そう叫びながら拳を固めて殴りつけた。

腕力に劣る信近は顔や頭をかばおうとする。

元康はいっそう激高し、両手を喉首にあてて締め上げた。

「殿、おやめ下され」

源七郎が後ろから飛びかからなければ、そのまま首をねじ切っていたかもしれなかった。

源応院の葬儀は永禄三年（一五六〇）五月八日、浄土宗の知源院で行われた。

源応院の戒名は華陽院殿玉桂慈仙大禅定尼。

後に知源院は彼女の戒名にちなんで玉桂山華陽院と名付けられ、今日でも家康の祖母の菩提寺として尊崇されている。

元康は衝撃から立ち直れないままだった。

本堂で読経が始まるのを待つ間も、頭を強打されたように目まいがつづき、悪い夢の中をさまよっているようだった。

「元康どの、そろそろ刻限でござるが」

関口どのはまだ参られぬかと、喪主である政忠がたずねた。

「参列するとのご返答をいただいております。もうしばらくお待ち下され」

元康は瀬名を見やり、間違いないなと念を押した。

「お出でになります。昨日も使いを出して確かめましたから」

瀬名はおなかの子に負担がかからないように、床几に厚い布をしいて座っていた。

元康が関口義広の参列を強く求めたのは、源応院の自害を今川義元がどう受け止めているかを確かめるためだった。

自害と引き替えに水野家の処分を軽くしてくれと頼むなど、僭越きわまりないことである。

これを義元が許しがたいと思うなら、義広の参列を認めないはずである。

だがもし認めてくれたなら、源応院の行動に一定の理解を示し、嘆願にも耳を傾ける用意があるということだ。

元康は地に足がつかないような動揺と混乱の中にありながら、そうした配慮だけはしていたのだった。

「元康どの、これ以上は」

待つことができぬと、政忠が重ねて催促した。

「源七郎、境内を見てきてくれ」

元康が命じると、源七郎が勇んで表に走り出た。

政忠と碓井の子なので、元康の従兄弟にあたる。だが幼い頃から元康を主君だと思い定め、どんな時にも陰日向なく仕えていた。

「殿、関口どのが参られました。太守さまもご一緒でございます」

源七郎が喜びに顔を輝かせて駆けもどった。

「義元公が、お出で下されたか」

「は、はい。氏真さまをお連れになり」

源七郎が言い終えないうちに、関口夫妻に案内されて今川義元、氏真父子がやって来た。

義元は四十二歳。

肩幅の広い太った体に、薄紺の水干をまとっている。駿河、遠江、三河を領する大大名らしい威厳と風格をそなえていた。

嫡男氏真は二十三歳になる。

下ぶくれの優しげな顔立ちをして、武芸よりは和歌や連歌を愛する公達風の青年だった。

「太守さま。ご足労いただき、かたじけのうございます」

元康は義元の前に平伏し、源応院の非礼をわびようとした。

「供養が先じゃ。心をととのえよ」

義元が席にもどれと目でうながした。

須弥壇(しゅみだん)には阿弥陀如来像が安置され、その前に源応院の遺体をおさめた棺(ひつぎ)がおかれている。

僧帽をかぶった知短(ちたん)上人と弟子の文慶(ぶんけい)が所定の位置につき、深々と一礼して読経をはじめた。

腹までひびく朗々たる声に耳を傾けながら、元康は安堵(あんど)の胸をなでおろしていた。

義元が自ら来てくれたのだ。

これで源応院の不敬をとがめられることはあるまい。あの様子だと、嘆願を聞き入れてくれるかもしれなかった。

（もしや、おばばさまは……）

こうなることを見越しておられたのではないか。そんな考えが脳裡(のうり)をよぎった。

だから死の前日に心を大きく持って時を待てと諭し、狙いすましたように胸をひと突きしたのかもしれない。

（まさか、そんなことが）

あるはずがないと打ち消したが、源応院の豪気な人柄を思えば、それくらいのことはやりかねない気がした。

出陣は五月十二日の卯の刻（午前六時）と定められた。

その前日、元康は義元に呼び出されて駿府城に伺候した。

酒井忠次と松平源七郎を従えて遠侍に上がると、

「お供の御仁はここでお待ち下され。腰のものもお預かりいたします」

義元の近習に指示されるまま、一人で奥の書院へ向かった。

禅寺風の書院には七人の先客があった。いずれも元服前後の少年で、前髪を残したままの者が四人もいる。

折り目正しく烏帽子をかぶり上等の直垂をまとっているので、良家の子弟だということは分かったが、顔を見知っている者はいなかった。

しばらく待つと、ふすまの外で「お成りでござる」という声がした。

全員作法通り平伏し、麻の水干をまとった義元が着座するのを待った。

「このたびの出陣にあたって、その方たちには馬廻り衆に加わってもらうことにした」

義元は口髭をたくわえた面長の顔を一人一人に向けた。

「ついてはそれぞれ手勢をひきいて一隊を組み、松平元康の指図に従ってもらいたい」

そんなことは初耳である。いったいどういうことだろうと、元康は物問いたげな目を義元に向けた。

七人の少年たちも、怪訝そうに顔を見合わせている。

「尾張での戦が終わったなら、家にもどっても構わぬ。初陣の者も多いことゆえ、元康から行軍の作法を学ぶがよい」

義元が言い終えるのを待って、近習がそれぞれの名前を読み上げた。

「鳴海城番、岡部元信どののご嫡子、岡部小次郎どの。大高城番、鵜殿長照どののご嫡子、鵜殿新七郎どの。池鯉鮒（知立）城主、永見貞英どののご嫡子、永見左太郎どの……」

名前を呼ばれるごとに緊張して頭を下げる少年たちを見ながら、元康は義元の真意に気付いて慄然とした。

これは三河や遠江の有力武将から預かった人質である。それを馬廻り衆に加えるのは、目の届くところにおいて裏切りを防ぐためである。

（しかし、その指揮をなぜ俺に）

命じられる理由が分からなかった。

（人質の中では最年長ゆえ、こいつらの監視をしろということか）

理由はどうあれ、義元がこれほど厳しい態度でのぞむのは、織田信長を容易ならざる敵だと見なしているからである。

万全の手を打って、尾張を一気に併合しようという決意の表れでもあった。

「元康にはあの旗をさずける。表を見よ」

義元が手を打ち鳴らすと、音もなく襖が開いた。

木々の緑がみずみずしく輝く庭に、源氏の白旗が立てられている。その上部に赤(あか)鳥(とり)の紋が黒く染められていた。

二引両(ふたつひきりょう)とならぶ今川家の家紋で、大きな櫛(くし)の形は婦人の髪飾りに由来するとも、馬のたてがみをすく馬櫛(うまぐし)を形取(かたど)ったとも言われている。

名前の赤鳥は垢取(あかと)りの当て字だった。

「明朝、皆はこの旗のもとに集まり、今川家のために力をつくしてもらいたい」

義元は声高く申し付けて七人を下がらせ、元康だけをその場に残した。

「どうした。何か不満がありそうじゃな」

「不満はありません。なぜそれがしにあの者たちを預けられたのか分からないのです」

「そちの手勢はいかほどじゃ」

「駿府に呼び寄せているのは三百騎ばかり。残り七百余は、岡崎城に待機させております」

「それでは晴れの門出（かどで）には物足りぬ。それゆえ軍勢を付けてやったのだ」

「………」

「分からぬか。あの者たちの手勢は、それぞれ二百は下るまい。七人で千四百になる」

元康の手勢を合わせれば、総勢千七百。それだけの軍勢を従えて馬廻り衆をつとめるのは、今川家の重臣に限られている。

しかも赤鳥の旗をさずけたのだから、元康を重臣として遇するということだった。

「駿府を発（た）つ時や東海道を西上する時、その勇姿を家臣、領民に見せつけるがよい」

「身にあまるご配慮、かたじけのうございます」

「そちはわが一門じゃ。実直な人柄も男ぶりの見事さも、よう分かっておる」

それに源応院の遺言もあるゆえ無下（むげ）にはできぬと、義元が口元に冷ややかな笑みを浮かべた。

義元は源応院の葬儀の後で、彼女の嘆願を聞き届け、水野信元から刈谷城を召し上げることはしないと明言した。

これで今川家と水野家の和談は大きく進むことになったが、それが源応院への好意からばかりではないことは、端整な顔に浮かべた皮肉な表情が物語っていた。

「恐れながら、祖母は何を嘆願したのでしょうか」

「そちは必ず三河一国を差配する武将になる。それゆえ刈谷城は、そちにくれてやったつもりで水野に預けておいてほしい。そう記しておられたゆえ譲歩することにしたが、その後、どうじゃ。水野の調略は」

「信元どのの要求を認めていただいたお陰で、信近どのも納得なされました。葬儀の翌日に駿府を発たれましたので、七日か八日のうちには和議の誓紙を持ってもどられると存じます」

駿府から知多半島の緒川城まではおよそ四十五里（約百八十キロ）。早馬を飛ばせば四日で着く。

五月九日に出発した信近が、信元の誓紙を得て翌日に取って返すとすれば、五月十四日には緒川城を出発することになる。

一方、十二日に駿府を発した今川勢は、十三日には藤枝（ふじえだ）を出て掛川（かけがわ）に宿泊することになっている。

十四日は掛川を出て曳馬（ひくま）（浜松）に泊まる。

おそらくここで信近と行き合うことになるはずだった。

「さようか。余が源応院の嘆願を聞き入れたのは、そちの面目をつぶしてはならぬと思ったからじゃ。岡崎か池鯉鮒（知立）で、あの傾奇者（かぶきもの）と対面するのを楽しみにしておるぞ」

義元は扇子でぴしりと膝を打って席を立った。

あの傾奇者とは、奇行と剛勇をもって知られる水野下野守（しもつけのかみ）信元のことだった。

元康が遠侍まで出ると、酒井忠次と松平源七郎が待ちわびていた。

「殿、ご首尾は」

忠次が飛びかかるようにしてたずねた。

元康の近臣の中では最年長の三十四歳。皆のまとめ役をはたしている気配りの行き届いた男だった。

「館にもどってから話す。すぐに皆を集めよ」

宮の前の屋敷にもどると、重臣たちを集めて対応を協議した。

急を聞いて駆けつけたのは、平岩親吉（ちかよし）、鳥居元忠（とりいもとただ）、石川数正（いしかわかずまさ）の三人である。

親吉は元康と同い年、元忠は三つ年上、数正は九つ年上。いずれも元康が駿府に来た時から仕え、手足となって働いている。

それぞれ個性も持ち味もちがうが、頼り甲斐（がい）のある股肱（ここう）の臣だった。

「殿はこのたび、今川公の馬廻り衆に任じられた」

忠次が元康から聞いたばかりのいきさつを語った。

「三河、遠江の有力武将から送られた人質を預かる難しい役目じゃ。軍勢も二千ちかくになるゆえ、早急に陣立てをしなければならぬ」

「今川公が人質衆を連れて出陣なされるのは、裏切りを防ぐためでございましょうか」

親吉が遠慮なくたずねた。

「さよう。岡部どのは鳴海城、鵜殿氏は大高城を守っておられる。万が一にも敵方に通じることがないようにとの用心であろう」

「四万もの大軍を擁しながら、ずいぶん胆の細いことをなされますな」

「それだけ慎重になっておられるのじゃ。尾張を平定したなら人質を返すと言えば、諸将の士気も高まるであろう」

「ひとつ、おたずねしたい」

元忠が割って入った。

「何かな」

「我らは岡崎で三河衆と合流した後、大高城に入るように命じられており申す。それが変わったということでござろうか」

「殿、それはいかがでございましょうか」

忠次は返答に困り、元康に話を預けた。

「変わってはおるまい。今川公は東海道を西上する時に勇姿を見せよとおおせられた。馬廻り衆をつとめるのは行軍中だけで、岡崎か池鯉鮒に着いたなら大高城行きを命じられるはずじゃ」

元康はそう察していた。

出陣前には、敵に手の内を悟られないように細心の注意を払うのが大将の常である。中でも義元は異常なばかりに用心深い。

一門の側近にしか本心を明かさないので、表情の変化やちょっとした仕草から考えを読み取らなければならなかった。

「それでは預かった人質衆はどうするのでございますか」

元忠がへの字の眉を吊り上げた。

大きな目に強い意志をみなぎらせた、忠義一徹の男だった。

「おそらく池鯉鮒城に預けることになろう。そこから三河勢をひきいて大高城へ向かうことになる」

「人質を行軍させるためだけに馬廻り衆に任じられるとは、何とも解せぬやり方でござるな」

「それは計略あってのことでしょうな」

石川数正がそんなことも分からぬかと言いたげに苦笑した。

眉間(みけん)が広く鼻が低い間伸びした顔立ちだが、冷静な判断力と頭の切れは家臣の中で随一だった。

「どのような計略でござろうか」

元忠が嚙(か)みつくようにたずねた。

「殿が馬廻り衆として行軍なされば、誰もが今川家の重臣になられたと受け取るであろう。つまり義元公は、この戦が終わっても殿に三河を返すつもりはないと、家臣や領民に示そうとしておられるのじゃ」

「なるほど。わが一門だとおおせられたのは、そのような意味であったか」

元康は初めてそのことに思い当たり、数正の洞察力に感心した。

「問題は岡崎城に入る時でございましょう。殿が赤鳥の旗をかかげておられるのを見たなら、お帰りを待ちわびている家臣や領民が力を落とすにちがいありません」

「しかし馬廻り衆からはずしてくれとは言えまい。そんなことをすればあらぬ疑いをかけられ、ますます危ない持ち場にやられるばかりじゃ」

先走ってうかつなことを言うなと、忠次が釘を刺した。

それではどうするかとそれぞれが思うところを述べたが、名案は浮かばなかった。

義元の策は巧妙で、逃れる道はすべて封じられていた。

「出陣は明日の卯の刻（午前六時）だ。忠次と元忠は本隊、親吉と数正は人質衆の指揮をとってくれ」

評定に入る前から、元康はそう決めていた。

「殿、それがしは」

何の役だろうかと源七郎がたずねた。

「お前はこの館に残り、留守役をつとめてくれ」

「そんな馬鹿な。留守役はご老臣のお役目ではありませんか」

「瀬名の出産が迫っておる。しかし出陣中ゆえ実家に帰してやることができぬ。そこで碓井どのに、この館に来ていただくことにした」

瀬名は実家に帰りたがっていたが、源応院が急逝したので断念せざるを得なくなった。

そこで元康の叔母で、源七郎の母である碓井に来てもらい、瀬名の世話をしてもらうことにしたのだった。

「それは母から聞いております。しかし、私がここにいる必要があるのでしょうか」

「碓井どのと瀬名の間を取り持てるのはお前しかいない。それゆえこうして命じておるのだ」

「殿、情けのうございます」

源七郎は膝頭を握りしめ、うつむいて大粒の涙をこぼした。

「小姓として仕えさせていただいた時、常に側にいて生死を共にせよとお命じになりました。そのお言葉を励みに、今日まで身命を賭してお仕えして参りました。それなのに、かような大事の戦にお供をさせていただけないとは……」

嗚咽に喉をふさがれ、後は言葉にならなかった。

その真心に打たれ、誰もがしんみりと黙り込んだ。

忠次は何とかしてほしいと言いたげに元康を見やり、元忠は目を赤くしてもらい泣きしている。

その時、瀬名に案内されて関口義広と北の方がやってきた。

「殿、父上と母上がお出で下されました」

瀬名が嬉しさを押し隠して告げた。

元康はあわてて席を空け、重臣たちと共に義広を迎える姿勢を取った。

「お気遣いは無用でござる。今日は嬉しい知らせをいただき、矢も盾もたまらず推参いたし申した」

従者に酒樽をはこばせ、馬廻り衆への就任と赤鳥の旗をさずけられた祝いを述べた。

「これで貴殿も一門の重臣となられた。大事の戦を前に、これほど目出度いことはない」

「思いがけず過分のお計らいをいただきました。これもお義父上はじめ、皆様方のお引き立てのお陰でございます」

「謙遜なさらずとも良い。すべて貴殿のお人柄と一途なご奉公がもたらしたものじゃ。胸を張って赤鳥の旗をかかげられよ」

「かたじけのうございます。御旗の栄誉を汚さぬように、力を尽くす所存でございます」

元康はそつなく応じながら、義広は今川義元に命じられてこちらの真意をさぐりに来たのではないかと思った。

つい人の心の裏を読もうとするのは、長年の人質暮らしの間に身につけた護身術である。

それを悟られまいと角張った顔に人の良さげな笑みを浮かべるのも、いつの間にか習い性になっていた。

「このたびは瀬名がわがままを言ってご迷惑をおかけ申した。初めてさずかった娘ゆえ、甘やかして育てたのが良くなかったのじゃ」

「とんでもないことでございます。本来ならご実家にもどして出産にそなえさせるべきと存じますが、祖母があのようなことになりましたので、申し訳ないことでございます」

「そうよのう。源応院どのは早まったことをなされた。殿が寛容な措置を取って下されたゆえ、大事には至らなかったが……」

義広は何かを言いたそうだったが、場所柄をわきまえて口にはしなかった。

（やはり、そうか）

義元は源応院に腹を立てていたのだ。

だが怒りをあらわにして元康を窮地に追い込むより、貸しを作って働かせたほうが得策だと判断したようだった。

「ところで祝いのついでに、ひとつ頼みたいことがござってな」

「どのような、ことでございましょうか」

「それはお前から申し上げよ。自分のことだからな」

　義広は瀬名を見やって申し付けた。

「殿がご出陣の間、母上が屋敷に来て下さるというのです。よろしゅうございますか？」

「それは願ってもないことだが、ご迷惑ではないでしょうか」

「迷惑どころか、北の方もそうしたいと言い張りおってな。お許しいただければ有り難い」

「かたじけのうございます。そうしていただけば、それがしも心置きなく出陣できまする」

「ついては北の方の侍女や供侍をこちらに詰めさせていただくことになるが、よろしゅうござるな」

「お人数は、いかほど」

「さて。聞いておらぬが、奥や、何人ばかり連れて来るつもりじゃ」

「侍女は二十人、供侍は百人ばかりになりましょう」

北の方は今川義元の妹である。それくらいは当然だと思っているようだが、元康にとってはとんでもないことである。

留守の間に百人もの他家の侍に入られては、屋敷を乗っ取られたも同じだった。

「このように申しておるが、元康どの、いかがでござろうか」

「この屋敷は手狭ゆえ、それほど大人数は入れません。北の方さまが窮屈な思いをなされるのではないでしょうか」

「なあに。これだけの広さがあれば充分でござるよ。出陣中のことゆえ、侍どもは馬屋にでも寝かせれば良いのじゃ」

義広は事もなげに言い切り、それではこれでと席を立った。

残された元康主従は、しばらく口をつぐんで仏頂面を見合わせていた。

「殿、良うございましたな」

酒井忠次が気遣って声をかけた。

「何が」

元康は牛のような目でジロリとにらんだ。

「北の方さまに来ていただけば、奥方さまも安心でございましょう」

「何をおおせられる。他家の兵に屋敷を守ってもらうようでは、三河武士の面目が立ち申さぬ」

鳥居元忠が顔を赤くして言いつのった。

「さよう。これでは妻子を人質に取られたようなものじゃ。あるいは義広どのは」

義元公に命じられたのかもしれぬと、石川数正がうがった見方をした。

「あの……、北の方さまが参られるなら、母が留守役をつとめることはないのではございませんか」

源七郎が遠慮がちにたずねた。

「むろん来ていただくには及ばぬ。叔母上にそう伝えてくれ」

「それではそれがしも、殿のお供をさせていただけるのですね」

念を押して承諾を得ると、源七郎は喜び勇んで碓井のもとに知らせに行った。

永禄三年（一五六〇）五月十二日、今川義元は二万五千の兵をひきいて駿府を発った。

この日は藤枝、十三日は掛川、十四日は曳馬（浜松）、十五日は吉田、十六日に岡崎、十七日は池鯉鮒に宿営すると定めている。

途中で合流する遠江や三河の軍勢を合わせれば、総勢四万にのぼる大軍だった。

松平元康は三百の手勢と千五百にのぼる人質衆の軍勢をひきい、馬廻り衆として義元本陣の先頭を進んでいた。

義元から拝領した紅糸威（くれないいとおどし）の腹巻をつけて筋兜（すじかぶと）をかぶり、連銭葦毛（れんぜんあしげ）の馬にまたがっている。

総勢千八百となった手勢の先陣を酒井忠次がつとめ、三ツ葉葵（あおい）の旗を高々とかかげて二百の松平勢をひきいている。

その後ろを赤鳥の旗をかかげた元康が進み、鳥居元忠がひきいる百騎がまわりを固めていた。

最後は石川数正と平岩親吉が指揮する人質衆が、それぞれの家の旗をかかげ、二列になって整然と行軍している。

家の体面をかけてきらびやかな装いをした人質衆の軍勢はひときわ華やかで、沿道や安倍川の河原に集まった群衆の目を驚かすに充分だった。

それをひきいる元康への注目が集まるのは必至である。

それゆえ忠次らは新しくあつらえた金陀美塗の具足を着用するように勧めたが、

「赤鳥の旗には紅糸威がよく似合う。その方が義元公もお喜びになろう」

元康はそう言い張り、応じようとはしなかった。

梅雨が上がり、空はおだやかに晴れている。賤機山は鮮やかな緑に包まれ、浅間神社の朱塗りの塀がひときわ引き立っていた。

(どうかお守り下さい。手柄を立てさせて下さい)

元康は遠くから社殿をのぞみながら、心の中で祈りをささげた。

安倍川にかけられた船橋を渡り、その日の夕方には藤枝宿に着いた。

義元は徳一色城(田中城)を宿所とし、配下の将兵は城下の旅籠や民家に分宿する。足軽、雑兵の多くは野宿だった。

翌朝卯の刻(午前六時)に出発、夕方申の刻(午後四時)に掛川城に入城。

さらに翌日も卯の刻に出て申の刻には曳馬城(後の浜松城)着と、行軍は判で押したように規則正しかった。

曳馬城は浜名湖の東方二里半（約十キロ）に位置する平城である。

さらに二里（約八キロ）ほど東には天竜川が流れ、天然の要害をなしている。南には東海道が通り、その向こうには遠州灘が広がっていた。

元康は宿所である二の丸御殿に入ると、酒井忠次を呼んだ。

「今日のうちに水野信近どのが着かれるはずだ。大手門を通してもらえぬおそれがあるので、そちが行って見張っていてくれ」

本来なら忠次に頼むような仕事ではない。だが水野信元の返事に家の命運がかかっているので、万全を期しておきたかった。

知らせを待つ間、元康はじっとしていられなかった。もう来るか、知らせはまだかと、席を立ったり歩き回ったりしている。

我知らず左手の親指の爪をかむのは、子供の頃からの癖だった。

（伯父上は何をしておられるのだ。九日に駿府を出たのだから、今日には曳馬に着くはずではないか）

城門は酉の刻（午後六時）に閉ざされ、それ以降は何人たりとも通ることは許されない。時間は刻々と過ぎていくだけに気が気ではなかった。

（まさか、信元どのは……）

和議に応じないのではあるまいか。そんな不安が胸をよぎり、背筋に鳥肌が立った。

もしそんなことになったら、元康の信用は地に落ちる。手柄を立てるどころか、使い捨ての死に番にされかねない。

泡のように次から次へわき上がる不安に追い詰められていると、忠次が床板を音高く踏み鳴らしてもどってきた。

「殿、水野信近さまが参られましたぞ」

「さようか。ここに通せ」

「そのように申し上げましたが、奥に入るのは恐れ多いと対面所でお待ちでございます」

「そのような遠慮など」

する必要はないのだと、元康は苛立ちに気を荒立てて対面所へ急いだ。

信近は羽織に裁っ着け袴という出立ちで対面所の廻り縁に座っていた。全身ずぶ濡れで膝から下は泥だらけだった。

「そのお姿は、いかがなされた」

「浜名湖を過ぎたあたりで急な通り雨にあってな。御殿を汚してはならぬと、軒下に控えておる」

「面妖な。こちらは暑いほどの晴天でございましたが」

「このあたりは時々こういうことがある。海から湿った風が吹きつけるせいであろう」

これを地元では遠州しぐれと言うと、信近は悠然と構えていた。

「して、下野守どのは何と」

「義元公が刈谷城の領有をお認め下さるなら、当方に異存はない。和議に応じ、お身方申し上げるとのことじゃ」

「書状は、義元公への書状は持参しておられましょうな」

「むろん、この通り」

信近が油紙に厳重に包んだ書状を懐から取り出した。

「ご出陣はいつになりましょうか」

「十七日には池鯉鮒城に着くはずだ」

「人数は」

「多くて千五百、少なくても一千は下らぬであろう」

「ご苦労でした。これで水野家の安泰も保てましょう」

元康は信近を連れ、本丸御殿に今川義元をたずねた。

信近の袴の汚れをはばかり、中庭に平伏して結果を告げた。

義元は水野信元の書状に目を通してから、

「役目、大儀であった」

形だけのねぎらいの言葉をかけた。

「水野下野守どのは、一千をこえる手勢をひきいて池鯉鮒に参陣されるそうでございます」

元康は勇んで告げた。

「早くそうするべきだったのだ。勇名とどろく下野守ゆえ、参陣を待たせた借りは戦場(いくさば)で返してくれるものと期待しておる」

その申し付けと参陣を認める義元の書状を持ち、信近は緒川城に取って返した。

翌朝も卯の刻に出発、夕方申の刻に吉田城（愛知県豊橋市）に着いた。

行軍の途中に各地の土豪や地侍たちが手勢をひきいて加わり、総勢は三万五千を超えている。それでも隊列を乱すことなく、予定の行程を狂いなくこなすのだから、今川家の統率力は見事なものだった。

翌十六日の夕方には岡崎城に着いた。

元康の父祖の地、三河松平家の主城である。

城は三河北東部の山々と、南西部に広がる平野の間に位置している。南に乙川、西に矢作川が流れる要害の地だった。

沿道には松平家の家臣たちが戦仕度をして出迎えている。

乙川の河原から大手門まで、二千人ちかい面々が期待と喜びに満ちた目で馬上の元康を見上げていた。

いずれも日に焼けた百姓面をしているのは、貧しい暮らしを支えるために田畑仕事をしているからだ。

鎧も兜もつくろい直した古いものだが、腰にさした刀は手入れの行き届いた使い勝手の良さそうなものばかりである。

日々の鍛練をおこたっていないことは、頬の削げ落ちた精悍な面構えや、肩口や二の腕の肉付きを見ただけで分かった。

大手門に近付くと顔を見知っている重臣たちが居並んでいた。

石川、酒井、大久保、本多(ほんだ)など、後に三河譜代(ふだい)と呼ばれる家の面々が、いつでもお供をつかまつると言わんばかりに槍(やり)を手にして待ち受けている。

融通(ゆうずう)のきかない強情そうな顔に、かすかに不信と不満の色を浮かべているのは、元康が赤鳥の旗をかかげ、紅糸威の鎧を着ているからだった。

丑寅(うしとら)（北東）の方角に開けた大手門から城に入ると、今川義元は本丸御殿を、元康は他の重臣たちとともに二の丸御殿を宿所とした。

すぐにも岡崎在住の家臣たちを呼んでねぎらいの言葉をかけてやりたいが、大勢を二の丸に入れることは許されていない。

自分の城でありながら、今は今川家の城代たちに支配されているので、彼らの許可なく勝手なことをすることはできなかった。

元康はやむなく一門、重臣を菅生曲輪(すごうぐるわ)に集めて対面することにした。

南を流れる乙川の氾濫にそなえて高い堤防をめぐらした日当たりの悪い曲輪に、二百人ばかりの重臣たちが整然と隊列を組んでいた。

紅糸威の腹巻をつけた元康は、番所の廻り縁に上がって皆の前に姿をさらした。

「ただ今もどった。俺の留守中、城と領地を守ってくれた皆の働きに感謝する。この通りだ」

言うなり深々と頭を下げた。

それに応じて半数近くがあわてて頭を下げたが、底光りのする鋭い目を向けたままの者たちも多かった。

「出陣のいきさつについては、酒井忠次が報告する。たずねたいことがある者は、充分に話を聞いてから申し述べるがよい」

「それでは僭越ながら」

黒糸威の腹巻をつけた忠次が廻り縁に上がり、出陣にあたって馬廻り衆に取り立てられ、赤鳥の旗をさずけられたいきさつを語った。

「ご覧の通り、三河、遠江の人質衆千五百ばかりも預けられております。総勢千八百は馬廻り衆の中ではもっとも多い人数であり、今川家における殿のお立場を示すものでございます」

「その人質衆はどうなされる。大高城まで引きつれて行かれるのでござるか」

本多忠真(ただざね)が律義に手を挙げてたずねた。

松平家譜代の家臣で、槍の名手として駿府まで名がとどろいている剛の者だった。

「そうではございません。人質衆は池鯉鮒城に留(とど)めおかれるそうでございます」

「ならば大高城には、我らの手勢だけで向かうのでござるな」

「身軽になって有り難いと、殿もおおせでございます」

「その時も、赤鳥の旗をかかげて行軍なされるおつもりか」

じろりと怖い目を向けて口をはさんだのは、鳥居元忠の父伊賀守忠吉(いがのかみただよし)だった。

すでに還暦を間近にした老武者(おいむしゃ)だが、戦場に出れば息子の元忠が遠く及ばぬ働きをする。忠義一徹、正直一途の宿老(しゅくろう)で、三河武士の鑑(かがみ)と称されていた。

「出陣に際して今川義元公からさずけていただいた旗でござる。あだやおろそかにはできません」

「かかげる、ということじゃな」

「さよう。おおせの通りでござる」

忠吉の威勢に気圧(けお)されながらも、忠次は言うべきことははっきりと告げた。

「殿、それでよろしいのでござるか」

三河武士の誇りはどうしたのだと、忠吉が言いかけた時、

「伊賀守どの、控えられよ」

もう一人の宿老である酒井将監忠尚が制した。

「殿は義元公の馬廻り衆に取り立てられたのじゃ。赤鳥の旗をかかげるのは当然ではないか」

「今川家の重臣という扱いでは、この戦に勝っても殿が三河におもどりになることはできまい。大高城や鳴海城に行けと言われても、拒むことはできないのでござるぞ」

「そんなことは戦に勝ってから考えれば良いのじゃ。どんな旗をかかげていようと、めざましい働きさえすれば我らの覚悟は天に通じる。義元公もご照覧くださるであろう」

忠尚は三河上野城主で、忠次の叔父にあたる。

忠吉より五つほど年下だが、酒井家と松平家は祖を同じくしているので、尊大な物言いをしてはばからなかった。

「お二人はこのようにおおせですが、殿のお考えはいかがでございましょうか」

二人の口論が激化するのをさけようと、忠次がすかさず間に入った。

「忠吉が案ずるのはもっともじゃ。しかし忠尚が言うように、義元公の御意には従わねばならぬ」

だから今川家の重臣として戦うしかないと、元康は腹をすえていた。

「そちは必ず三河一国を差配する武将になると、義元公はおおせられた。そのお言葉を信じて、命がけで戦うしかあるまい」

これを聞いた家臣たちは、歓声を上げ肩を叩き合って喜んだ。

三河の回復は松平家の悲願である。

清康、広忠と二代の主君が不慮の死をとげても、その日がやって来ることを信じて皆が苦難に耐えつづけた。

（元康という主君を得て、願いを果たす日が目前に迫っている）

誰もがそんな期待に目を輝かせていた。

「殿、それでは我が甥の参陣をお許し下され」

本多忠真が鎧姿の大柄の少年をともなって進み出た。

幼名鍋之助(なべのすけ)。後に徳川四天王と称される本多忠勝(ただかつ)で、数え歳十三。まだ元服もとげていなかった。

「ならばわしの養い子も」

忠尚が急に思い出したように、家臣の中から平服の少年を引き出してきた。

「榊原小平太と申す。まだ体が出来ておらぬゆえ、戦場働きは無理でござるが、お側においていただければ必ずお役に立ちまする」

鍋之助と同い年のきゃしゃな少年は、後の榊原康政。やはり四天王と称されるようになる逸材だった。

第二章

桶狭間

桶狭間の戦いへ向かう今川軍と織田軍の足取り

翌朝、一千余になった松平勢は、人質衆を引きつれて城を出た。

人質衆の華やかな装いに比べれば、三河衆はいかにも地味で貧乏臭い。

しかしととのった隊列といい、よどみのない行軍ぶりといい、惚れ惚れするほどの強者たちだった。

夕方申の刻（午後四時）、予定通り池鯉鮒城に着いた。

各地で合流した兵を合わせ、総勢四万の大軍にふくれ上がっている。

池鯉鮒だけでは収容しきれないので、今村、牛田、宇頭、矢作に分宿しなければならなかった。

池鯉鮒城は街道ぞいの高台にあった。

知立神社の神官である永見氏がきずいたもので、今は永見貞英が城主をつとめている。

刈谷と所領を接しているので水野家との関係が深い。貞英は水野忠政の娘（信元の妹）をめとっているし、貞英の妹は水野信近に嫁いでいた。

今川義元が信元に池鯉鮒城に伺候するように命じたのは、こうしたつながりを考慮に入れてのことだが、出迎えの衆の中に信元や信近の姿はなかった。

「来て、おられないだと」

そんな馬鹿なと、元康は絶句した。

刈谷からここまでは一里半（約六キロ）の距離である。申の刻に今川勢が城に着くことは分かっているのだから、それ以前に到着していると思い込んでいた。

「八方手をつくして捜しましたが、どこにもおられません」

酒井忠次が心外そうに答えた。

「しかし伯父上は、今日のうちに池鯉鮒に伺候すると約束なされたのだ」

「一千余の手勢をひきいておられるのなら、見落とすはずはございますまい」

「ならば刈谷城まで早馬を立てよ。城門が閉まる刻限までには、必ず来ていただくように伝えるのじゃ」

「使者は誰にいたしましょうか」

「そうだな……」

元康はしばらく考え込み、石川数正にせよと命じた。

刈谷城まで早駆けすれば、半刻（約一時間）で往復できる。城門が閉まる酉の刻までには充分に間に合う。

元康はそんな心づもりをして数正の帰りを待ったが、半刻どころか一刻（約二時間）がすぎても数正はもどって来なかった。

じっとしていられずに城門まで出た元康の目の前で、門番たちが扉のきしむ音を立てて門を閉ざした。

「これは、どうしたことだ」

元康は途方にくれた。

数正がもどらない理由は、ただひとつしか考えられない。信元に捕らえられたか斬られたのだ。

「ともかく事の次第を、義元公にご報告なされませ。そうしてご指示をあおぐしかありますまい」

忠次が勧めた。

「俺の信用は地に落ちた。行ったところで会うて下さるまい」

「それでも行かなければ、お立場が悪くなるばかりでございますぞ」

「そうだな。確かにその通りだ」

元康は忠次を従えて本丸御殿に行き、今川義元に取り次いでくれるように願った。

しかしと言うべきか、案の定と言うべきか、義元が宿所としている主殿には入れてもらえず、別棟で待つように命じられた。

（最悪だ。後は戦場で命を散らすしか浮かぶ瀬はあるまい）

うかつさを歯噛みしながら悔いていると、麻の着物を着た若い娘が茶を運んできた。

「どうぞ、お召し上がり下さい」

優雅な手つきで折敷に載せた碗を差し出し、真っ直ぐに元康を見やった。

（あっ）

思わず不遠慮に見返したのは、娘の顔が自害した源応院にそっくりだったからだ。

面長でふくよかな顔ばかりでなく、太り肉の体付きや豊かな胸元まで、不思議なくらいよく似ていた。

「あの、わたくしの顔に何かついておりましょうか」

くすりと笑ってたずねる度胸の良さも、おばばさまによく似ていた。

「い、いや。ご無礼いたした」

元康はかすかに顔を赤らめて碗を取った。

った。

瀬戸（せと）の磁器に入れた茶は冷たく冷やしてあり、渇（かわ）いた喉を心地好くうるおしてい

「もう一服、いかがでございますか」

「頼もう。何やら生き返ったようだ」

「これ」

娘が外に向かって声をかけると、侍女が敷居の外から急須をさし入れた。

娘は元康の前まで急須を運び、やわらかく上品な仕草で茶をそそいだ。

元康はそれを半分だけ飲み、残りを忠次に回した。

「いただいてみよ。何とも豊かな味だ」

「ならば、ご相伴（しょうばん）を」

忠次は両手で押しいただき、目をつぶってひと息に飲み干した。

「どうじゃ」

「驚きました。心のこもった見事なもてなしでござる」

忠次は娘に礼を述べ、永見どのの家中の方でござろうかとたずねた。

「永見貞英さまのご息女、お万（まん）さまでございます」

礼儀をわきまえよとばかりに、侍女が声を張り上げた。

「万と申します。このたびは弟がお世話になりました」

人質衆として参陣した永見左太郎は、お万の弟である。これでようやく家に帰れたと、父や母も喜んでいるという。

「するとお母上は水野家の」

元康には思い当たることがあった。

「水野忠政さまの娘でございます。於大の方さまとは同母の姉妹と聞いております」

お万がためらいなく答えた。

（やはり、そうか）

お万は源応院の孫であり、元康の従妹にあたる。

これほどおばばさまに似ているのも、血が呼び合うような親しみを感じるのもそのためだった。

歳はまだ十三だという。

びんそぎ（娘の元服式）も終えていないが、歳の差を感じさせない大人びた成熟ぶりである。

「聞いたか。おばばさまはご自害なされた」

「母からうかがいました。お気の毒なことでございます」

「俺が腑甲斐ないばかりに、大恩ある祖母を死なせてしもうた」

「そうでしょうか。女子はもっと胆太いものですよ。特に水野家の女たちは」

茶碗を引くお万の胸元から、乳房の谷間がかすかにのぞいた。

「それは、どういう意味だ」

「源応院さまは当てもなく命を捨てるお方ではないと思います。ご生害なされたのは、深いお考えがあってのことでございましょう」

「むろんその通りだ。おばばさまは今川家と水野家の和議をはかるために御身を捨てられた。しかし、それは」

和議をまとめる力のない俺を助けようとしてのことだ。

元康はそう思い込んでいた。

「元康さまは素直で正直な方ですね。もう少し汚れていらっしゃるかと思っておりました」

お万は仕方なげな笑みを浮かべ、折敷を目の高さにささげて部屋を出ていった。

（あの笑みは……）

これまた源応院にそっくりではないかと、元康は愕然とした。

幼い頃聞き分けのないことを言うと、源応院はあんな笑みを浮かべてさとしたものだ。

お前の考えは間違っていないが、それでは世の中を生きてはいけない。そんな意味を込めた笑みである。

やがて瀬名氏俊が義元の使者としてやって来た。

関口義広の兄で、義元の側近として重用されていた。

「元康どの、水野信元が遅参している理由を聞かせてもらいたい」

「申し訳ございません。今日のうちに池鯉鮒城に着くと、しかと約束していたのでございますが」

「その約束を守らぬのは、和議の誓約を反故にするということだな」

「ただ今、人をやって確かめさせております。もうしばらくお待ち下され」

「もはや酉の刻を過ぎた。城門は明朝卯の刻（午前六時）まで開かぬ」

「開門までには、何とかいたしまする。瀬名さまからも、何とぞよしなにお取りなし下されませ」

元康は額を床にすりつけて頼み込んだ。

「わしとてそなたの律義さは分かっておる。酷い目にあわせて姪の瀬名を悲しませたくもない。明朝辰の刻（午前八時）から評定が開かれるゆえ、それまでには水野を参陣させよ」

さもなくば刈谷城攻めの先手をそちに命じると、氏俊は肩をいからせて断言した。

「ならばこれより兵をひきいて刈谷城に出向き、信元どのの首根っこをつかまえてでも参陣させまする。城を出ることをお許しいただきたい」

「良かろう。ただしそちは馬廻り衆じゃ。殿のお側を離れてはならぬ」

「承知いたしました」

元康は野営している岡崎衆のもとに行き、重臣たちを呼び集めた。

いつものように酒井忠次がいきさつを説明し、これから岡崎衆七百余名は刈谷城に向かうことになったと告げた。

「水野信元どのをお迎えに参る。万一拒まれたなら、刈谷城を攻め落として戦神の血祭りに上げなければなりませぬ」

「俺は義元公のお側を離れることができぬ。代わりに鳥居(とりい)忠吉(ただよし)が大将をつとめよ」

元康は忠吉の統率力と人望の厚さに信頼を寄せていた。

「ただし、急(せ)いてはならぬ。今夜のうちに交渉の使者を送り、水野が応じぬと見きわめたなら、夜明け前に奇襲をかけよ」

翌朝、元康は夜明け前に目をさました。

もし水野が和議を反故にしているのなら、今頃鳥居忠吉らは刈谷城攻めにかかっている。そのことが気になって、おちおち眠っていられなかった。

城内はまだ寝静まっている。

下男や下女が炊事の仕度にかかる物音もしない。むやみに起き出しては他の迷惑になるので、あお向けになったままじっとしていた。

幸い外は晴れているらしい。

庭のどこかでオオヨシキリが鳴き交わしている。その鳴き声には雌(めす)を求める必死さがあり、哀れともうるさいとも思えてくる。

(俺もまた、一羽の行々子(ぎょうぎょうし)だ)

元康はふとそう思った。

人質の身を必死に生き抜き、今は何とか手柄を立てようと心の中で血反吐を吐くような叫びを上げている。

こちらの手柄はあちらの死と滅亡につながると分かっていながら、その道を進まずにはいられないのだった。

やがて夜が明け、皆が動き出した。

卯の刻（午前六時）になると城門も開けられる。それを待って、鳥居忠吉の使者が駆け込んできた。

参陣を許したばかりの本多鍋之助（忠勝）と榊原小平太（康政）だった。

「殿、水野さまは和議をたがえてはおられません。直にご到着なされます」

秀才の小平太は、たがえるという大人びた言葉をやすやすと使った。

「騎馬二百、徒兵八百で、鉄砲足軽五十人を先頭に立てておられます」

武人肌の鍋之助は、軍勢の備えを正確に読み取っていた。

「ご苦労。参陣早々、見事な働きじゃ」

元康は内心ほっと胸をなで下ろし、近習を呼んで湯漬けと水菓子を出すように命じた。

顔付きはりりしいが、二人ともまだ食べざかりの子供なのだった。

元康は城門の外に出て水野信元を出迎えた。

鍋之助が言ったように、水野勢は鉄砲足軽五十人を先頭に整然と進んできた。

その後ろを進む槍(やり)隊は、三間半(けんはん)（約六・三メートル）もの長槍を真っ直ぐに立てて進んでくる。

つづいて弓隊、打刀(うちがたな)をかついだ徒兵、そして二百騎の騎馬隊だった。

騎馬隊の真ん中を進む信元は、白銀(しろがね)色の鎧兜をまとっている。鎧の胴は一枚板で、真ん中が鋭角に盛り上がっている。

元康が初めて目にする斬新な形だった。

「元康か、久しいの」

信元は馬上から声をかけ、鐙(あぶみ)を踏んでひらりと下りた。

六尺（約百八十センチ）ちかい大兵(だいひょう)で、面長の整った顔に美しい髭(ひげ)をたくわえている。

誰もがうらやむほどの美丈夫だが、戦となると悪鬼のごとき形相で敵の真(ま)っ直中(ただなか)

に駆け込んでいくのだった。

「お目にかかったのは初めてです。お噂（うわさ）は聞いておりましたが」

「そちが生まれた時、わしは岡崎城まで祝いに行った。年末の寒い頃でな。こんな時期に子を産むような目合（まぐわ）いをするなと、於大を叱りつけてやったわ」

「見かけぬ鎧ですが、南蛮（なんばん）渡来のものでしょうか」

「堺（さかい）の商人（あきんど）に持参させた。こうして盛り上がっているゆえ、正面から鉄砲で撃たれても貫通することはない」

信元はにやりと笑って南蛮胴を叩（たた）き、腹巻などもはや何の役にもたたぬと言った。

「鉄砲も堺から求められたのでございますか」

「そうじゃ。織田上総介（かずさのすけ）（信長）どのに天王寺（てんのうじ）屋を紹介してもらい、十年の分割払いでようやく買いつけた」

「五十挺（ちょう）とはたいしたものでございます」

「なんの。上総介どのは二百挺もの鉄砲を持っておられる。その威力はすでに村木（むらき）砦（とりで）攻めで実証しておられるわ」

六年前の天文二十三年（一五五四）、今川義元は水野信元の緒川城を攻めるために、城の北方にある村木砦を急襲して占領した。

これを知った信長は、嵐の海を渡って知多半島に上陸し、鉄砲を駆使してわずか半日で村木砦を陥落させたのである。

「今川どのの軍勢は三万をこえるそうだな」

野営している今川勢を、信元が冷ややかに見やった。

「四万をこえていると存じます」

「鉄砲はいかほど備えておられる」

「陣立てに関わることゆえ、聞いてはおりません」

今川家の鉄砲の装備が遅れていることは元康も知っているが、信元の前で認めたくはなかった。

「そちはどうじゃ。一千余の手勢をひきいていると聞いたが、配下の軍勢に何挺の鉄砲を持たせておる」

「あいにく当家には」

そのような高値なものを買う余裕はないと、元康は屈辱を嚙み殺して答えた。

「さようか。昨日は七百ばかりの岡崎衆を迎えによこしたようだが、刈谷城に攻めかからなくてよかったの」

「………」

「鉄砲は籠城戦（ろうじょうせん）でもっとも威力を発揮する。七百ばかりで攻めかかったなら、一刻（約二時間）もしないうちに全滅したはずじゃ」

信元は優位を見せつけるように高らかに笑い、先に立って城門をくぐった。

「お待ち下され。伯父上が約束をたがえられるゆえ、あの者たちをつかわさざるを得なかったのでございます」

元康は後を追って一矢報いようとした。

「於大に会いたいか？」

「母上に、でございますか」

「よい機会と思うたゆえ、夫の久松俊勝（ひさまつとしかつ）とともに連れて来ておる。池鯉鮒神社に待たせておるゆえ、評定の後に会っておくがよい」

評定は辰の刻（午前八時）から、本丸御殿の大広間で開かれた。

駿河（するが）、遠江（とおとうみ）、三河の諸将百人ばかりが居並ぶ部屋に、今川義元が瀬名氏俊ら側近四人を従えて入ってきた。

「皆の者、大儀。これより明日からの戦の手配りを申し渡す」

義元は上段の間から一同を見渡し、侍大将に任じた小笠原氏清に状況を説明するように命じた。

「方々、これをご覧下され」

氏清は畳一枚ほどの板に張った絵図を持ち込ませた。

三河西部と尾張東部を描いたもので、国境に近い池鯉鮒城、刈谷城、沓掛城、そして伊勢湾ぞいの大高城、鳴海城が要害の印で書き込まれていた。

「鳴海城には岡部元信どの、大高城には鵜殿長照どの、沓掛城には浅井政敏どのが、それぞれ千五百余の手勢をひきいて守備に当たっておられ申す。これに対して織田勢は鳴海城を囲んで丹下、善照寺、中島の砦を、大高城を囲んで鷲津、丸根の砦をきずいております」

織田方の砦は場所を示す黒丸が書き込まれている。

岡部元信からの知らせによれば、それぞれの砦に立てこもっている織田の軍勢は五百ばかり。総勢二千五百にすぎないという。

「これに対して我が軍は、先手の軍勢一万五千を三つに分け、大高城、鳴海城、沓掛城に向かわせ申す。敵の砦を攻略してそれぞれの城に入り、前方の安全を確保してから本隊二万五千の到着を待っていただきたい」

先手の軍勢は今日の正午に出発し、明朝までには作戦を完了する。それを確認した後、今川義元が池鯉鮒城を出て大高城へ向かう。

一ツ木、大府をへて桶狭間を通る、丘陵の間の狭い道だった。

「それでは先手の出陣を申し付ける。大高城へは松平元康、水野信元、朝比奈泰能。鳴海城へは葛山氏元、沓掛城には三浦備後守。それぞれ手勢をひきいて馳せ向かうべし」

「承知つかまつった」

信元がひときわ大きな声で応じた。

「さすがは今川公の帷幕にその人ありと謳われた小笠原どの。抜かりのない手配りと存ずる。されど少々気になるところもござるゆえ、申し上げてよろしゅうござるか」

「ここは評定の場でござる。遠慮にはおよび申さん」

小笠原氏清はそう言いながらも不快さを隠すことができなかった。

遠州高天神城の城主で義元の従弟にあたるので、帰り新参の信元を内心見下している。

そうした序列意識が今川家臣団の組織を硬直化させ、重要なことは上層部で決め、他の将兵は従うだけという風潮を作り上げていた。

「第一点は進路のことでござる。大府から桶狭間へ向かう道は、谷間を通る曲がりくねった狭い道でござる。距離は近くとも大軍の通過には不向きでござる。それよりは東海道を真っ直ぐに進み、有松からの道を南に折れ、桶狭間道を通って大高城に向かった方が行軍しやすいと存じまする」

このあたり一帯は水野家の所領なので信元は地形に精通している。

ところが今川家の重臣たちは話についていけず、ぽかんとした顔をしていた。

信元はそうと察し、氏清の了解を得て絵図の前に立った。今川家にあっては考えられない、誰はばかることのない行動だった。

「池鯉鮒から大府、桶狭間を通る道はここでござる」

信元は手にした軍扇で経路をたどってみせ、道は狭く曲がりくねっているとくり返した。

「それに昼食を取るのに適した場所もござらぬ。今川公ともあろうお方が谷間の道でご休息なされるなど、兵法の常道をはずれたことでござる」

しかし東海道なら池鯉鮒宿から鳴海宿まで二里三十町（約十一・三キロ）しか離れていない。

道も広く整備も行き届いているので、楽に行軍することができる。

「しかもこの有松という所には高根山があり、東海道を扼する砦がござる。この砦でご休息いただき、ここなる桶狭間道を通って大高城へ向かっていただけるよう、不眠不休で砦の修築を急がせております。心ならずも参陣が遅れたのは、その指揮をとっていたからでござる」

信元は絵図を示しながら、立て板に水の熱弁をふるった。

諸将の中でただ一人南蛮胴の鎧をまとった姿は、薄暗い大広間でも光り輝いていた。

「この儀、いかがでございましょうか」

判断に迷った小笠原氏清は、今川義元にうかがいを立てた。

「水野下野守の進言、もっともである。急ぎ兵を出し、東海道の警固に万全を尽くせ」

義元は即座に決断し、高根山の休息所の検分役を瀬名氏俊に命じた。

信元が急ごしらえで作り上げたものが、使えるかどうか確かめるためだった。

「かたじけなきお計らい、恐悦至極に存じまする」

信元は義元に向かって平伏し、もうひとつ聞き届けてもらいたいことがあると言った。

「水野どの、それがしがうけたまわる」

氏俊が素早く間に入った。

新参者が義元に直言するなど、今川家の序列の中ではあってはならないことだった。

「先ほど大高城行きを命じられましたが、それがし、今川公ご本隊の先手をうけたまわり、ご馬前で槍働きして、帰参をお許しいただいたご恩を奉じたく存じまする」

「信元どの、控えられよ」

小笠原氏清がたまらず声を荒らげた。

軍勢をどう配置するかは、侍大将に任されている。それに異をとなえられては、氏清の面目は丸つぶれだった。

「お怒りはもっともでござるが、これには理がござる。ひとつは大高城まではそれがしの所領が多く、沿道の事情にも民意にも通じていること。もうひとつは、十六年間織田家と好を通じておりましたゆえ、信長の性格も戦い方も知り抜いていることでござる」

「大高城までの諸城はすでに制圧しておる。貴殿に本隊の先手をつとめてもらう必要はない」

「はたして左様でござろうか」

信元は小馬鹿にしたように氏清を見やり、村木砦での戦を思い出されよと言った。

「信長は嵐の海を渡り、誰も想像すらしなかった道をたどって、わずか半日で村木砦を攻め落とし申した。この時、南蛮渡来の鉄砲を用いたことはお聞き及びでござろう」

「むろん聞いておる。だがあの時と今回とでは事情がちがう」

「あれから六年、信長はすでに三百挺もの鉄砲を購入し、戦法にも戦術にも磨きをかけており申す」

（三百挺？）

さっきは二百挺と言ったはずだが、と元康は内心首をかしげた。

「鉄砲などは一度放てば弾込めに暇がかかる。その間に騎馬で蹴散らせばよいのじゃ。のう、葛山どの」

氏清が葛山氏元に同意を求めた。

「おおせの通りでござる。鉄砲は三十間（約五十四メートル）ほどの距離から撃ちかけなければ、役には立たぬと聞いております。次の弾を込めるまでに、易々と蹴散らすことができましょう」

「はたして左様かな。信長が二発目の弾を込める戦法をあみ出していたなら何となされる」

「あると申すか。そのような戦法が」

氏清は完全に信元の挑発に乗せられていた。

「ございます。それがしの手勢を用いて実演させたく存ずるが、お庭先を拝借してよろしゅうございますか」

「御前に鉄砲を持ち込むつもりか」

「威力を知っていただくには、それが一番でございましょう」

「この儀、いかがでございましょうか」

氏清が再び今川義元にうかがいを立てた。

「面白い。好きにさせるがよい」

義元はかすかに顔をひきつらせている。信元の無礼は腹にすえかねるが、言い分には理があると我慢しているのだった。

信元は悠然と席をはずし、鉄砲足軽五人と長槍の者五人をつれて大広間の西側の広庭にやってきた。

それを見た諸将の間から、ざわめきと失笑が起こった。

黒光りする鉄砲五挺は凄味（すごみ）があるが、物干し竿（ざお）のような槍は滑稽（こっけい）である。こんなに長くては一人では扱えないので、戦場では何の役にも立たないと誰もが思っていた。

「ならばお許しをいただき、塀に向かって鉄砲を放たせていただく。次の弾込めまでの槍の動きにご注目いただきたい」

信元の号令一下、五挺の鉄砲が火を噴いた。

耳をつんざく爆発音と、塀を打ちくずす威力は凄（すさ）まじい。射撃が終わると後列の長槍の者が前に出て、片膝立ちになって槍を構えた。

槍の石突きを地面に突きさし、脇にしっかりと槍を抱え込んでいる。こうして槍（やり）衾（ぶすま）を作れば、人も馬も近付くことはできない。

その間に鉄砲足軽たちは落ち着き払って弾込めを終え、二度目の銃弾を塀にあびせた。

集中して撃ち込まれた十発の銃弾は、塀を突き破るほどの威力がある。

その凄まじさに今川家の諸将たちは圧倒され、しばらく声を発することができなかった。

しかも長槍で槍衾を作られたなら、騎馬でも徒兵でも突撃は封じられる。

その間に二発目の弾を込めることができると目の前で証明され、鉄砲の装備が遅れていることの深刻さを思い知らされていた。

「これが信長があみ出した戦法でござる。鉄砲は砦を楯（たて）にして戦う時がもっとも大きな威力を発揮いたしますが、野戦で用いる時には小笠原どのがおおせられた通りの弱点がござる」

信元は勝者の余裕を見せて、小笠原氏清の見識をたたえてやった。

「しかし信長は槍衾を作って砦とすることで、この弱点を克服したのでござる。しかも長槍隊と鉄砲隊を徹底して鍛え上げ、どんな状況でも自在に戦える部隊を作り上げており申す」

信元はすべて信長の独創だと言ったが、これは必ずしも正しくない。

実はこの戦法は十六世紀初めにスペイン（イスパニア）陸軍が開発したもので、パイク兵と呼ばれる長槍部隊とマスケット銃隊を組み合わせたテルシオ部隊の戦法なのである。

それが鉄砲伝来とともに日本に伝わり、この戦法の合理性と強さに着目した信長によっていち早く採用された。

その先見性と情報収集能力、そして大量の鉄砲の購入を可能にした経済力こそ、信長の強みだった。

「もし信長がどこかの森に兵を伏せ、このような戦法で攻めかかってきたならいかがなされる」

信元は軍扇の先で大広間の右から左まで差しながら返答を迫ったが、発言しようとする者はいなかった。

「それに対抗できるのは、相手と同じ戦法を使えるそれがしの手勢しかおりません。それゆえ本隊の先手をうけたまわり、殿の御楯になりたいのでございます」

「この儀、いかがでございましょうか」

氏清が三度、うかがいを立てた。

「下野守の忠義、神妙である。望み通り長槍と鉄砲の者のみ先手に加えよ」

義元もしたたかである。

帰り新参の水野勢を本隊に加えては今川家の序列を乱すので、必要なところだけを取り上げたのだった。

評定が終わると、信元が松平政忠をつれて元康をたずねて来た。

「喜べ元康、わしは松平どのの手勢に加えていただくことになった。これで殿の馬前で腕をふるうことができる」

碓井の夫である松平政忠は、今川本隊の先手をつとめている。信元は長槍と鉄砲の者をひきつれ、松平勢に加わることになったのだった。

「これも政忠どののお口添えのお陰でござる。下野守信元、この通り、お礼を申し上げる」

「なんの。殿が水野どののご忠義に感じ入られたからでござる」

「いやいや。こうして今川家との和議が成り、帰参が許されたのも、元はと言えば源応院さまの命を賭したご進言のお陰でござる。このご恩は生涯忘れませぬ」

信元は容姿が端麗な上に弁舌がたくみである。

それゆえ人の心をつかむのも上手だが、言葉に実がないので元康には何となくうさん臭かった。

「伯父上、他の手勢はいかがなされる。大高城へ向かわせられますか」

「それには及ばぬ。皆この土地に詳しい者ゆえ、沿道の警固などをさせていただく。そちは早く於大に会いに行ってこい。出陣まで、あと一刻（約二時間）ほどしかないぞ」

「それでは、ひとまずお暇いたします。大高城にてお待ち申し上げます」

出発前に金陀美塗の具足に着替えた。

この先は今川家の馬廻り衆としてではなく、三河衆の大将として大高城へ向かうので、義元に遠慮して紅糸威の腹巻をつけておく必要はない。

それに三歳の時に別れた母と十六年ぶりに会うのだから、大将らしい華やかな鎧を着た姿を見てもらいたかった。

「さすがに見事な鎧でございます。母上さまもさぞお喜びでございましょう」

着込みを手伝った源七郎が、黄金の兜をかぶった元康を惚れ惚れとながめた。

「母上のためではない。この鎧を作ってくれた岡崎衆に報いるためだ」

元康はそんな強がりを言い、脇差の刃に顔を映してみた。

自分の容姿に自信はないが、黄金の兜をかぶった顔はいつになくりりしく引き締まっていた。

元康は源七郎と酒井忠次を従え、池鯉鮒神社に向かった。

現在、神社は池鯉鮒城跡のすぐ近くにあるが、この頃には上重原にあって、城から一里（約四キロ）ほど南東に離れていた。

その道を馬で向かいながら、元康は期待と緊張に身がすくむ思いをしていた。

母とは物心つく前に別れたきりなので、どんな人だったか覚えていない。

祖母の源応院（於大の母）や叔母の碓井（於大の異父妹）の面影をもとに、こんな感じの人ではないかと想像をめぐらしてきたばかりだった。

（この姿をご覧になったら、母上もきっと誉めて下さるにちがいない）

母との再会の場面を思い描き、元康は内心わくわくしながら馬を進めた。

池鯉鮒神社に着いた元康は、意気揚々と神門をくぐった。

社殿を宿所としている久松俊勝が、小具足姿で玄関口まで迎えに出ていた。

「元康どの、ご足労いただきかたじけない」

俊勝はやさしげな顔立ちをした物腰やわらかな武将である。於大より二つ年上の三十五歳だった。

「水野下野守どのに勧められました。お計らいに感謝申し上げます」

「せっかくお出でいただいたが、於大は正月に子を産んだばかりで体調をくずしており申す。失礼なことがあるかもしれませんが、何とぞご容赦いただきたい」

「ならば庭先から挨拶だけさせていただきます。出陣の刻限も迫っておりますので」

「それではあまりに失礼でございます。水野下野守どのに叱られまする」

「いいのです。戦勝の後に改めてお訪ねしますので」

元康が言い張ったのは、母親の体調を気づかってのことばかりではない。庭なら兜を脱ぐ必要がないので、その方が見映えがすると思ったのだった。

床几（しょうぎ）に座り泉水のほとりで待っていると、水色の小袖を着た於大が侍女を従えて部屋に入ってきた。

面長のととのった顔立ちは源応院や碓井に似ているが、小柄で太った体付きは野良働きの下女のようである。

侍女は生後四ヶ月の長福丸（ながとみまる）（後の松平定勝（さだかつ））を、大事そうに抱きかかえていた。

（そうか。俺の胴長（どうなが）の体付きは母親ゆずりだったか）

元康は心の中で笑みを浮かべながら、考えてきた通りの挨拶をした。

「松平次郎三郎元康でございます。母上さまにはご壮健のご様子、祝着至極（しゅうちゃくしごく）に存じまする」

「元気じゃありません。見て分かりませんか」

鈍い子ね、と言わんばかりの刺（とげ）のある言葉が降ってきた。

「体調をくずしておられると、久松どのから聞いておりましたが」

「それならどうして、会いに来たのですか」

「和議の仲介をしていただいたお礼を申し上げたいと思いました。それに、お目にかかれることが嬉(うれ)しくもあったので」

元康は動揺をさとられないように、ゆっくりと落ち着いた口調で話そうとした。

「私はちっとも嬉しくありません。兄のおせっかいのせいで、蒸し暑い中をこんな所まで来なければならなくなったのですから」

「どうして嬉しくないのです。母子(おやこ)ではありませんか」

「兜を脱いでごらんなさい」

「えっ？」

「聞こえたでしょう。兜を取ってみなさいと言っているのです」

於大は扇子を取り出し、苛立(いらだ)たしげに胸元をあおいだ。

元康は顔をさらすことに抵抗を感じながらも、言われた通りにした。

目庇(まびさし)と吹き返しにおおわれてりりしかった顔が、兜を脱ぐなりあごの張った凡庸な顔付きになった。

しかも行軍中に兜の中がむれて、不潔そうなニキビまで出来ていた。

「ほらね、思った通りだわ」

於大はいっそう激しく胸元をあおぎ、お前の顔は嫌になるほど父親に似ていると言った。

「私は十四歳で広忠(ひろただ)さまに嫁ぐように命じられましたが、嫌で嫌で仕方がありませんでした。顔はそんな風だし、気の利いたことなどひとつも言えない無粋な人だったわ。十五の時にお前を身籠(みごも)ったと分かった時は、矢作川に身を投げようかと思ったほどです」

「父はすでに亡くなっています。そんな風に悪く言うのはやめて下さい」

「私だってこんなことを言いたくはありません。お前が生まれてからは、案外幸せだと思える時期もありました。ところがその矢先に、あの人は私を離縁したのです」

「それは水野家が今川家を裏切り、尾張の織田家についたからではありませんか」

母との感激の対面を期待していた元康は、気持ちを立て直して於大の鋭さと向き合おうとした。

「確かにそうでしょう。でも私を大事と思って下さるなら、離縁などせずに家に残す手立てがあったはずです。ところが今川家に遠慮して、さっさと実家に返しておしまいになった。そんな意気地なしなのですよ。お前の父上は」

「父は松平家を守ろうとしたのです。あの時には、そうするしか方法がなかったのです」

「そんな風に弁解するところも、あの人にそっくり。でも水野の男なら、人の顔色をうかがっておべっかを使ったりはしませんよ」

「おべっかですって」

元康の頭の中で何かがはじけ、怒りが火のかたまりとなって胸に突き上げてきた。

「あの人は私を離縁した後、今川一門から側室を迎えました。これをおべっかと言うのです。そういえばお前も、今川家から嫁を迎えたそうですね」

「迎えました」

「そろそろ二人目の子が生まれるとか」

「ええ、そうです」

「それで義元公の馬廻り衆に取り立てられたのでしょう。戦場での手柄も立てずに」

「手柄を立てたことはあります。二年前に寺部(てらべ)城攻めで初陣し、義元公の感状をいただきました」

「そんなものは手柄ではありません。まわりのお膳立てに乗ったばかりです」

「敵の中に馬を乗り入れて戦いました。母上が……、於大どのがおおせられるようなものではありません」

「人を殺しましたか」

於大は元康がむきになるのを面白がり、わざと意地悪をして追い詰めようとしていた。

「いいえ、武者同士のぶつかり合いでしたから」

「それは重臣たちが初陣のお膳立てをしたのです。侍は人を斬って一人前です。返り血で真っ赤になるほどの戦をしなければ、本当の武者とは言えません」

「人を斬ったことなら……」

あると言いかけて、元康は言葉を呑(の)んだ。

初陣の時、肝(きも)を練(ね)るために敵の捕虜を斬れと今川家の重臣に迫られた。断りきれずに首を打ち落としたが、今でも内心後悔していたのである。

「側女は持ちましたか」

「………」

「どうせお前のことだから、今川の姫に遠慮して側女も持てないのでしょう」

於大が再び胸元をあおぎ出した時、侍女に抱かれた長福丸が手足をもがいて泣き出した。

侍女は遠慮して部屋の外に連れていこうとしたが、於大はそれには及ばないと言った。

「おなかがすいたのでしょう。おいで」

長福丸を抱き取り、胸の合わせを広げて乳首をふくませた。

再婚した俊勝との間に、すでに五人の子を成しているが、丸々とした乳房は豊かで固く張っている。

長福丸は夢中で乳を呑みながら、人に取られまいとするようにもう一方の乳房もしっかりとつかんでいた。

元康にはそれが自分を意識した仕草のように思われ、いたたまれない気持ちになった。

しかも於大は元康の胸の痛みを見抜いたように、上目使いに笑ったのである。鉄漿(かね)をぬった黒い歯が、唇の間からにっとのぞいた。

「忠次、源七郎、帰るぞ」

元康は耐えきれなくなって席を立った。

「お待ちなさい。まだ私の問いに答えていませんよ」

「側室は、持ちません」

「ほらね。持たないのではなく、持てないのでしょう。お前の目を見れば分かります。覚悟の定まらない気弱な目。そんなことでは、とても一人前の武将にはなれませんよ」

「やかましい」

元康はそう叫ぶなり、手にした兜を地面に叩きつけた。

そうして刀を抜き放ち、池のほとりの松に腹立ちまぎれの一撃を放った。人の太股(ふともも)ほどの幹を斜めに両断する、凄まじいばかりの腕である。斬られた松がゆっくりと傾き、池の中に倒れ込んだ。

元康の声に驚いて、長福丸が火がついたように泣きはじめた。

元康は憎しみのこもった燃えるような目で二人をにらんだ。

「まあ恐い。私たちまで斬ってしまいそうな形相だわ」

於大は落ち着き払っていた。

「ここに来るまでは、もう少し温かい方かと思っていました」

元康は涙がにじむのを見られまいと、背中を向けて刀を納めた。

「私は何もお前が憎くて言っているのではありません。そんな優しい目をしたままでは、戦場で生き抜くことができないから、心を鬼にしろと申し上げているのです」

「児が泣いています。早くお乳をあげたらどうですか」

もう二度とこの人とは会うまい。元康は固く心に誓って社殿を後にした。

池鯉鮒城にもどり、予定通り正午に出陣した。

元康がひきいる三河衆一千の後には、瀬名氏俊が三百の兵をひきいて従っている。

大府を抜ける間道を通って桶狭間へ行き、水野信元がきずいた高根山の砦を検分するためだった。

行くこと三里（約十二キロ）。

未の下刻（午後三時）過ぎには桶狭間に着き、長福寺という浄土宗の寺で昼食を取った。

高根山はここから四半里（約一キロ）ほど北にあり、通り狭間と呼ばれる谷間の道がつづいている。

「元康どのもいかがじゃ。高根山の陣所を見ていかれぬか」

氏俊が誘った。

「そうしたいのですが、丸根砦の織田勢の動きも気になります。早く大高城に着いて、鵜殿どのと連絡を取らなければ」

「大高城まではあと一里（約四キロ）ばかりという。後学のためにも陣所を見ていかれよ」

氏俊は強引に引き止めた。

元康は酒井忠次や鳥居元忠ら五十名ばかりを護衛にして、氏俊に従うことにした。

高根山は東海道の南に位置する小高い山で、尾張の鳴海方面から知多半島に攻め込んで来る敵にそなえて砦がきずかれていた。

有松村を見下ろす要害の地で、東海道に面する北側は切り立った崖だが、南はなだらかな尾根になって桶狭間までつづいている。

水野勢は高根山の木をすべて切り払い、砦の曲輪を三段にして、今川義元の本隊が休息できる構えにしていた。

一番高い本丸には檜(ひのき)造りの東屋(あずまや)を建て、義元の御座所にしている。四間四方の広さがあり、茶を点(た)てられるように炉までそなえた立派なものだった。

「どうぞ。こちらにお出で下され」

水野家の組頭に案内され、崖の際(きわ)まで行った。

真下に東海道が通り、有松村が広がっている。

二十軒ばかりの小さな集落で、木地師や行商で生計(たつき)を立てる者たちが住んでいた。

東海道の両側には灌木(かんぼく)におおわれた山が迫り、道は山にそって折れ曲がっているので、見通しはきわめて悪い。

そうした中で、木を切り払った高根山だけが広々とした空間を保っていた。

「これは良い。ここに旗を立てれば、諸将からもご本陣の位置がひと目で分かる」

氏俊は大いに満足し、短い間によくぞこれだけの仕事をなされたと、水野家の組頭をねぎらった。

「過分のお言葉、かたじけのうござる」

組頭は片膝をついて礼をのべた。

「しかし一本残さず木を切っては、不用心ではないでしょうか」

そんな危惧が、元康の胸をよぎった。

敵が攻めてきたなら、今川義元がどこにいるかすぐに分かるからである。

「元康どの、そのような懸念は無用じゃ」

氏俊は優越感を丸出しにした笑みを浮かべ、織田勢がここに攻めてくることはないと言い切った。

「なぜです。鉄砲隊を森の中に伏せるかもしれぬと、信元どのもおおせられたではありませんか」

「実はな、この尾張攻めには秘策があるのじゃ」

「それは……、秘策とは、どういうことでしょうか」

「他聞をはばかることじゃが、そちは身内ゆえ今のうちに伝えておく」

氏俊は元康を東屋につれていき、人払いをしてから打ち明けた。

「尾張に内通者がおるのじゃ。我らが大高城や鳴海城に入ったなら、その方々が我らに身方して兵を挙げることになっておる」

「どなたですか。内通者とは」

「尾張守護の斯波義銀どの、三州吉良の吉良義安どの、そして鵜浦二の江の服部左京進じゃ」

氏俊は詳しく語らなかったが、この背景には尾張守護の斯波家と守護代である織田家の、主導権をめぐる長年の争いがあった。

事の発端は六年前、天文二十三年（一五五四）七月に、尾張守護の斯波義統（義銀の父）が清洲城で殺されたことだった。

手を下したのは、清洲城主の織田信友と家老の坂井大膳である。これを知った義銀（幼名岩龍丸）は、信長を頼って那古野城に逃れた。

信長は即座に兵を出して清洲城を攻め落とし、義銀を守護として尾張下四郡を支配する大義名分を得た。

その半年後に織田信友は切腹を命じられ、坂井大膳は今川義元を頼って駿府に落ちのびた。

これで事件は落着したかに見えたが、実は斯波義統の謀殺を裏で画策したのは信長だった。

信長は義統の家臣だった簗田弥次右衛門を身方に引き込み、信友や大膳をあやつって義統を殺すように仕向けた。

二人はこれにまんまと乗せられ、義銀と簗田らが城を留守にしている間に義統を殺した。

ところが簗田は義銀をつれてそのまま那古野城に駆け込み、信長の庇護を求めたのである。

駿府に逃れた坂井大膳は、今川義元に一部始終を訴えて信長打倒のための助力を求めた。

それと同時に義銀に事の真相を伝え、信長を討つために共に立ち上がろうと呼びかけた。

義銀はこの誘いに応じ、今川家に追われて織田家に身を寄せていた吉良義安と、鯏浦の一向一揆の大将である服部左京進を身方にして、兵を挙げることにしたのである。

「計略はこうじゃ」

氏俊は懐から矢立と紙を取り出し、大高城、鳴海城、那古野城、清洲城の位置を書き込んだ。

四つの城とも伊勢湾からほど近い所にあり、那古野城と鳴海城の間には天白川が流れていた。

「我らが大高城、鳴海城に兵を入れれば、信長は天白川の西側に布陣するか、那古野城に籠城して防ごうとするであろう。そこで明日の巳の刻（午前十時）までに、鯏浦の服部が千艘の船団を大高城の側につける。それに一万余の今川勢を乗せて清洲城に向かわせ、斯波義銀どのと一手になって那古野城を攻めるのじゃ。東西から敵を受ければ、いかに信長とてどうしようもあるまい」

どうだ、驚いたか。氏俊はそう言いたげな顔をして元康の肩を叩いた。

大高城、鳴海城の守備兵を合わせれば、今川勢は四万五千にのぼる。

対する信長は三千から四千の兵しか動かせないのである。

守護の斯波義銀までが今川方となって那古野城に攻め寄せたなら、織田家の一門や重臣の中には、信長を見限って寝返る者が次々と出るはずだった。

「太守が四万もの大軍を動かされたのは、義銀どのから仕度がととのったという知らせがあったからだ。この機会に一気に織田家を滅ぼし、尾張を併合しようとご決意なされたのじゃ」

「そのお膳立てをしたのは、坂井大膳どのでしょうか」

「大膳どのと吉良どのだ。むろん当家の密使が、斯波どのに会って御意を確かめている」

「他のご重臣は、この計略を知っておられるのですか」

「計略は密なるを要す。知っているのは三、四人であろう」

氏俊は自信満々だが、元康は何か腑に落ちなかった。

話がうますぎる。

そんな気がしたからだが、確証もなく口にすることはできなかった。

氏俊は検分の結果は良好だと告げる使者を池鯉鮒城の義元に送り、長福寺の北側の平地で宿営して本隊の到着を待つことにした。

元康はそのまま桶狭間道を西に進み、夕方には大高城に入ったのだった。

第三章

大樹寺

桶狭間地図

天白川

丹下砦

鳴海城

善照寺砦

黒末川（扇川）

中島砦

鷲津砦

織田信長

桶狭間

大高城

丸根砦

松平元康

今川義元

大高(おおだか)城に入った松平元康(まつだいらもとやす)は、守将の鵜殿長照(うどのながてる)と対面した。

今川義元(よしもと)の甥(おい)にあたる気鋭の武将で、三河(みかわ)国上ノ郷(かみのごう)城（蒲郡(がまごおり)市神ノ郷(かみのごう)町）の城主である。

尾張(おわり)侵攻を目論(もくろ)んでいた義元は、昨年から長照を大高城に入れ、織田方にそなえさせていた。

「元康どの、よう来て下された。兵糧(ひょうろう)まで入れていただき、かたじけのうござる」

長照がにこやかに迎えた。

さほど歳(とし)が離れていないし、元康の妻の瀬名(せな)とは従兄妹(いとこ)同士なので、駿府(すんぷ)城下で何度か顔を合わせたことがあった。

「お役目ご苦労さまです。義元公は今夜池鯉鮒(ちりふ)（知立(ちりゅう)）城にお泊まりになり、明日の未(ひつじ)の刻（午後二時）にこの城に入られる予定でございます」

「ご本陣から知らせをいただいた。明朝、丸根砦(まるねとりで)攻めの先手(さきて)をつとめられるそうでござるな」

「夜明け前に朝比奈(あさひな)どのが、二千の兵をひきいて鷲津砦(わしづとりで)のふもとに到着なされます。用意がととのったなら、鉄砲の音を合図に攻めかかる手筈(てはず)でございます」

「ならば今夜は将兵ともに体を休め、英気をやしなっていただきたい。どうぞ、こちらに」

長照は元康を二の丸御殿に案内した。

大高城は西の伊勢湾、東の大高川にはさまれた要害の地である。

南から舌状にせり出した丘陵の尾根に、本丸、二の丸、三の丸の曲輪を配し、伊勢湾側には出丸をきずいて船をつけられるようにしている。

伊勢湾海運を掌握する役目をになった城だが、北の鳴海城と連携することによって、東海道や鎌倉街道にもにらみをきかせることができる。

このままでは国境を今川家に押さえられると危惧した信長は、大高城の北東に鷲津砦と丸根砦、鳴海城の南東に善照寺砦と中島砦をきずいて対抗していた。

永禄三年（一五六〇）五月十九日の未明、元康は一千の兵をひきいて大高城を出た。

弓と槍と打刀、そして楯を持つ兵たちが、全員徒歩で大高川を渡り、丸根山の南のふもとに布陣した。

山頂にある砦とは、わずか三町（約三百三十メートル）しか離れていなかった。

空には雲が切れ切れにかかっている。

その切れ間から月が顔を出すと、あたりがぼんやりと明るくなるが、それも束の間、次の雲が月をおおって光を奪っていく。

三ヶ所の攻め口に散った松平勢は、息をひそめて朝比奈勢からの合図を待った。合図があり次第、持楯が先頭を進んで陣地を確保し、弓隊が砦に火矢を射込んで焼き払う作戦である。

夜が白々と明けてきた時、朝の静寂を切り裂いて鉄砲の三連射の音がした。間髪入れずに鬨の声が上がり、朝比奈勢が北側から鷲津砦に攻めかかった。

丸根砦の織田勢はそちらに注意を引きつけられている。

その頃合いを計り、

「今だ。かかれ」

元康は大音声を上げて軍扇をふるった。

二つの砦の将兵は必死に防戦したが、砦の構えも脆弱で人数も少ない。一刻（約二時間）ばかりの戦いの末に砦を焼き立てられ、大半が討死したのだった。

丸根砦を落とした元康は、意気揚々と大高城にもどった。

討ち取った敵は三百余。身方の死者は十二人、手負（てお）いは四十八人だった。

「見事なお働き、感服いたしました」

鵜殿長照は本丸を空け、手勢八百を二の丸に移していた。

今日から大高城の守備は元康が受け持ち、鵜殿勢は今川義元の本隊に合流するように命じられていた。

「かたじけない。金創医（きんそうい）を手配していただき助かりました」

金創医とは、負傷者の手当てをする医師のことである。

元康も五人を同行させていたが、長照の配慮のおかげで素早く皆の手当てができたのだった。

元康は本丸御殿に上がり、兜（かぶと）を脱ぎ鎧（よろい）の胴をはずした。わずか二刻（約四時間）ばかりの出陣だが、緊張のせいかぐったりと疲れていた。

「皆に粥（かゆ）を食べ、仮眠を取るように伝えよ」

小姓の松平源七郎（げんしちろう）に命じ、板張りの床に横になると、引きずられるように眠りに落ちた。

どれほど時間がたったのだろう。

「殿、お目覚め下され、殿」

源七郎に肩をゆすられて目が覚めた。

「どうした。何事だ」

「西の海からおびただしい船団がやって来ます。すぐお知らせしろと、酒井忠次さまが」

「今、何刻だ」

「巳の刻（午前十時）を過ぎたばかりでございます」

元康は身支度をして、本丸北西の隅にある見張り櫓に登った。

忠次や鳥居元忠、石川数正らがいて、敵か身方か案じながら接近する船団を見守っていた。

「あれは鵜浦の服部左京進どのだ。我らに身方するために、出丸の船入りに船をつけられる」

元康がいきさつを語っている間にも、眼下の二の丸では鵜殿勢が船団を迎えるために船入りに向かっていた。

一向一揆で組織した千艘もの船団は、大高城の船入りだけでは収まりきれず、天白川や大高川の河口にまで船をつらねている。

一艘に十人は楽に乗れる兵船で、一万人を清洲城に渡すために漕ぎ着けたのだった。

これで義元の本隊が到着すれば、信長は袋のねずみだ。

元康は自信を深めて待っていたが、正午になっても何の音沙汰もなかった。

本隊だけでも二万五千の大軍なのだから、そろそろ先陣部隊が到着してもいい頃だった。

「まだ見えぬか。赤鳥の旗は」

何度も物見を出したが、今川勢が現れたという知らせはない。不吉な予感に駆られ、物見頭の服部半蔵正成を呼んだ。

「義元公の先手が着いていてもいい頃だ。ご本陣の高根山まで行って、様子を見てきてくれ」

「承知いたしました。何か分かり次第、つなぎの者を走らせます」

半蔵は元康と同じ歳だが、伊賀忍者の出だけあって探索の要点を心得ている。

十人の配下をひきいて現地に向かい、状況が分かった時点で一人ずつ報告に走らせることにしたのだった。

第一報はすぐに来た。

今川勢の先陣部隊三千は大高城から半里（約二キロ）ほどの所まで来ているが、本陣からの命令がないので桶狭間道ぞいに長く伸びた陣形を取って休息しているという。

第二報は桶狭間の長福寺前からのもので、谷間を埋めつくすほどの軍勢が、本陣からの命令を待ってのんびりと昼食をとっていると知らせてきた。

第三報は東海道に向かった別動隊からで、黒末川（扇川）ぞいの中島砦に織田家の軍勢が続々と集まっているという。

「人数は、どれほどだ」

「遠目ゆえ、しかとは分かりかねますが、千五百から二千ほどだと存じます」

「二千だと」

信長が動員できる軍勢はせいぜい四千。

その半分が天白川も黒末川も渡って中島砦まで進出しているとは、いったいどういうことなのか……。

混乱におちいっているさなかに、第四報が来た。

東海道の有松（ありまつ）の西で小競り合いが起こったというのである。

「どうやら織田の抜け駆け者が、今川の先手に攻めかかったようでございます」

「それで、どうなった」

「今川勢は織田勢五十人ばかりを返り討ちにし、勢いに乗って追撃しております」

それは今川勢を攪乱（かくらん）するための囮（おとり）ではないか。おびき出されたところを、中島砦の織田の本隊に攻められたなら、先手の衆はひとたまりもなく敗走するだろう。

しかも谷間の細い道なのだから、敗走した先手衆（さきてしゅう）は今川本陣に逃げ込み、大混乱をもたらしかねなかった。

（もしや、信長は初めからそれを狙（ねら）っているのではないか）

恐ろしい疑いが元康の胸に突き上げてきた。

もしそうだとすれば、今のうちに鵜殿、朝比奈勢と一手になり、中島砦を南から攻めるべきだ。

そう思ったが、義元から大高城で待つように命じられている。それに背いて勝手な行動を取ることはできなかった。

午の下刻（午後一時）になった頃、晴れていた空がにわかに鉛色の雲におおわれ、激しく雨が降り出した。西からの強風が吹き荒れ、稲妻が光の矢となって大地を突き刺し、空気をふるわせて雷鳴がとどろいた。

突風が谷間を走り、山の斜面にそって天に吹き上げていく。その猛烈な勢いに、山頂の松の巨木が何本も根こそぎなぎ倒された。

この時期には珍しい異常なまでの天変だが、元康はむしろほっとした。これで織田勢は鉄砲を使えなくなる。

鉄砲さえなければ、二千ばかりの兵など恐れるに足りない。東海道を埋めつくした今川勢が楯となり、義元の本陣までは進むことができないはずだった。

ところがこの雷雨はわずか四半刻（約三十分）ほどでやみ、何事もなかったように青空が広がった。

初夏の新緑が雨に洗われ、日の光をあびて美しく輝いている。

元康は後で知ったのだが、信長が全軍に総攻撃を命じたのはこの時だった。

しかも雨の間、二百挺の鉄砲隊を中島砦に入れ、いつでも使える状態を保っていた。

〈空晴るるを御覧じ、信長鑓をおっ取て大音声を上げて、すはかゝれ〳〵と仰せられ、黒煙立て、懸るを見て、（今川勢は）水をまくるがごとく後ろへくはつと崩れたり。弓、鑓、鉄炮、のぼり、さし物、算を乱すに異ならず〉

『信長公記』はそう伝えている。

信長勢の突撃に今川方の先手は大混乱におちいったわけだが、中でも鉄砲と長槍を用いた戦法が無類の強さを発揮した。

調子づいて信長の囮部隊を追いかけてきた今川勢は、狭い谷間の道で逃げ場を失い、退却しようとして後ろの身方とぶつかり合った。

収拾不能な混乱は今川義元の本陣にまでおよび、戦闘態勢を取れないまま敗走を始めたのだった。

元康にそれを伝えたのは服部半蔵だった。

「義元公は高根山のご本陣を引き払い、桶狭間にむかって退却なされたようでございます」

「なぜだ。織田勢はたった二千というではないか」

「今川勢の多くは、戦（いくさ）が始まるとは夢にも思っていなかったようです。しかも雷雨をさけて、弓も槍も刀も袋に入れたままでございました。それゆえ織田勢の急襲に対応できなかったのでございます」

鉄砲も百挺ばかりそなえていたが、雨にぬれて使い物にならなかったという。

「水野信元（のぶもと）どのはいかがなされた。五十挺の鉄砲と長槍をそなえておられたが」

「そこまでは分かりません。高根山から桶狭間にかけて激戦が行われており、近付くことができないのでございます」

「義元公はご無事であろうな」

「旗本衆がまん丸になって輿（こし）を守り、桶狭間の方に逃れていかれました。どこか要害の地を確保できれば、態勢を立て直すことができると思います」

「ご苦労だった。すまぬが一緒に来てくれ」

元康は半蔵をつれて二の丸御殿の鵜殿長照をたずねた。

長照も桶狭間での異変を聞き、どうしたものかと重臣たちと協議をしていたところだった。

「この半蔵が、新たな知らせを伝えてくれました。お人払いをしていただきたい」

元康は長照と二人きりで話すことにした。

「義元公は高根山から桶狭間に逃れ、信長勢と激戦中だそうです。これからすぐに兵を出し、応援におもむくべきと存じます」

「しかし、我らはここで到着を待つように命じられておる。事情も分からぬのに、勝手なことをするわけにはいくまい」

「非常のことが起こっているのです。一刻も早く義元公のもとに駆け付け、信長勢を撃退するべきと存じます」

「当家も物見を出して、様子を確かめている。はっきりしたことが分かるまで、もう少し待ってもらいたい」

長照は決して臆病な武将ではない。

だが名門今川家の軍中法度（ぐんちゅうはっと）は、軍令違反を厳しく禁じているので、独断で動くことをためらったのである。

それは鷲津砦を攻め落とした朝比奈泰能（やすよし）も、そして元康自身も同じだった。

こうしている間にも、取り返しのつかないことが起こっているのではないか。そんな不安に押しつぶされそうになりながら、元康はふと信長のことを思い出した。

織田家の人質として熱田（あつた）で過ごしていた頃、信長は時々ふらりと様子を見に訪ねてきた。魚釣りや鷹狩り（たかがり）、遠乗りに出た帰りで、ささやかな手みやげを持参するのが常だった。

元康が六歳から八歳の頃である。

信長は八歳上だから十四から十六だったはずだが、すでに一人前の武将の風格をそなえていた。

何より元康が驚いたのは、信長の洞察力の鋭さである。顔を合わせて少しの間話しただけで、信長は元康の心の内をほぼ完璧に読み取っていた。

元康が欲しがっているものを見抜き、その時には何も言わないが、次に来る時に手みやげとして持ってくる。

「ほれ、読んでみるがよい」

鋭い目をして無愛想に、仮名書きの『平家物語』を渡された時には、息が止まるほど驚いたものだ。

元康が源頼朝（みなもとのよりとも）に興味を持ち、この本を読みたがっていることを、信長は何かを手がかりにして気付いたのである。

（この人の前で、隠し事はできない）

幼い元康は、世の中にこんなに頭の切れる男がいることを初めて知り、鳥肌立つ戦慄（せんりつ）とともに胸に叩（たた）き込んだものだ。

その時のことを鮮やかに思い出し、今川義元らが束になっても、信長にはかなわないような気がしてきた。

外でけたたましい鷗（かもめ）の鳴き声がした。

天白川の河口で二十羽ばかりの鷗が、輪を描いて旋回をくり返しながら、二つに分かれて戦っている。

縄張りをめぐる争いのようで、互いに渦を巻くように回りながら、体当たりをしたり鋭いくちばしで突っつき合っていた。

元康は一刻の猶予（ゆうよ）もならない焦燥におそわれ、石川数正を呼んで相談することにした。

「そちを見込んで話がある。他言されては困ることだ」

固く口止めしてから、瀬名氏俊（せなうじとし）から聞いた計略を語った。

「斯波義銀（しばよしかね）どのや吉良義安（きらよしやす）どのが身方し、服部水軍が千艘も動く大がかりな策だ。

信長に察知されているおそれがあるが、そちはどう思う」

「さようでござるな」

数正は驚いた気色も見せず、宙の一点を見つめたまま考えを巡らした。

重臣の中には頭が良過ぎて信用ならぬと言う者もいるが、こんな時にはもっとも頼りになる男だった。

「あるいは事は、それほど単純ではないかもしれませぬな」

「どういうことだ」

「信長は今川の計略を察知し、逆手に取って義元公をおびき出したのかもしれません」

「なぜだ。なぜそう思う」

「殿の使いで刈谷城に行った時、水野信元どのは囲碁を打っていけとそれがしを引き止められました。そして勝負には後手の先手という策があると言われたのでございます」

「相手に先手を取らせて、策を読み切るということか」

「さよう。これを戦に当てはめるなら、相手の動きを見切ってから急所をつく、ということになろうかと存じます」

「信長は敵の計略を見抜き、ぎりぎりまで引きつけて後の先を取ろうとしているということだな」

後の先とは新陰流の剣の奥義で、相手が打ち込んでくるのを待ち、それを見切って急所を打ち返すことだ。

奥山休賀斎から剣を学んでいる元康は、近頃ようやくその技が使えるようになったばかりだった。

「信長どのは那古野城をわずかな手勢で出陣しながら、中島砦に二千の兵を集めておられます。事前に精鋭部隊を配しておかなければ、このような芸当はできますまい」

「水野の伯父上は、それを知っておられたということか」

「そうでなければ、後手の先手などとはおおせにならぬと存じます」

「それなら何ゆえ、義元公にそのことを告げぬ。ご自分の手柄とするためか」

信長の手の内を読み、華々しく撃退してみせたなら大きな手柄になる。信元はそれを狙って先手に加わったのではないか。元康はそう思った。

「殿は心の優しい、正直な方でございますな」

お万（まん）と同じことを、数正がかすかに嘲（あざけ）りの混じった口調で言った。

「何だ。その小馬鹿にした言い方は」

「兵法は詭道（きどう）なりと、孫子（そんし）も説いております。そのような生やさしいお考えでは、この先が危ぶまれてなりません」

「それはどういうことだ。伯父上が信長と通じておられるとでも申すか」

「証拠は何もございませんが、おそらく」

信長と組んで、今川義元をおびき出すのに一役買ったのである。だから土壇場で和議に応じて義元を安心させたのだろう。

石川数正は囲碁の対局を説明するように冷静に分析してみせた。

「それなら……、それならなぜ、信元どのは先手に加わることを望まれたのだ」

「申し上げて、よろしゅうございますか」

「構わぬ、他言無用の話だ」

「信長の手引きをするためと存じます。中島砦からは、義元公のご本陣がどこにあるか分かりませぬ。それゆえ高根山に休息所をきずき、目立つようになされたのではないでしょうか」

「そちはいつ、そうと気付いた」

「たった今、殿から今川どのの計略を聞いた時でございます」

「そうであろう。そちは頭が良過ぎるゆえ、手妻でも披露するように、そんな考えを述べただけだ」

人より抜きん出ようとして奇抜なことを言うのは悪い癖だと、元康は数正の考えを打ち消した。

そうしなければ、背筋の寒気がおさまりそうもなかった。

「殿、一大事でございます」

源七郎が駆け込んできた。

「騒々しい。今度は何だ」

「鵜殿長照どのが、手勢をひきいて城を出ていかれます」

「何だと」

元康は外に飛び出し、二の丸を見やった。

鵜殿勢は整然と隊列を組み、いつでも戦えるように鉄砲の火縄に火をつけて大手門に向かっていた。

しかも城の外の桶狭間道を、朝比奈勢二千が東に向かって行軍している。

長照は朝比奈泰能と連絡を取り、今川本隊と合流するために桶狭間に行くことにしたのだった。

「なぜだ。なぜ俺に何も知らせずに」

「殿は大高城の留守役を命じられておられますからな。本隊に合流させるわけにはいかぬと思われたのでございましょう」

石川数正がそう言ったが、自分でも信じていないことは口ぶりで分かった。

「数正」

元康は腹立ちのあまり、数正の鎧の肩紐（かたひも）をつかんで引き寄せた。

「俺の前で、二度とそのようなひねくれた物言（ものい）いをするな。分かったか」

「か、かしこまってござる」

「それなら、思うところを思うままに言え」

「鵜殿どのも朝比奈どのも、三河衆（みかわしゅう）は信用できぬと思っておられるのでございましょう。これを好機と見て、自立をはかるかもしれぬと疑っておられるものと存じます」

「馬鹿野郎、そんな風に人を見るな」

元康は力まかせに数正の横面（よこつら）を殴りつけた。

小柄な数正は一間（けん）（約一・八メートル）ばかりも後ろに飛ばされ、気を失って床に倒れた。

「殿、何ということを」

源七郎があわてて数正を抱き起こし、頬を叩いて正気にもどらせようとした。

「方々（かたがた）、服部水軍が引き上げていきますぞ」

北西の見張り櫓に配していた兵が声を張り上げた。

今川勢一万を清洲城まで運ぶ役目を負っていた服部左京進の水軍千艘が、誰も乗せないまま空しく西に向かっていく。

日が西に傾いた、申（さる）の刻（午後四時）過ぎのことだった。

「どうやら、何か新しい知らせがあったようでござるな」

酒井忠次が側（そば）に来て語りかけた。

「我らは、どうする」

「鳴海城には岡部元信どのが踏みとどまっておられます。我らもこの城の守りを固め、今川勢の再起を待ったらいかがでしょうか」

「さようでござる。兵糧も充分にあることゆえ、一月や二月は持ちこたえることができまする」

　鳥居元忠が今こそ三河武士の強さを天下に示す時だと言った。

「そうだな。我らがここに踏みとどまっていれば、義元公が態勢を立て直される助けにもなろう」

　意地でもこのまま敗走するわけにはいかぬ。元康はそう思っていたが、夕方になって思いがけない使者が来た。

　水野信元の家臣、浅井六之助道忠だった。

「水野下野守さまのお申し付けにより、まかり越しました。今川義元公は桶狭間にて織田の軍勢に討ち取られ、今川勢は総崩れになって敗走しております」

　浅井道忠は三十歳。碧海郡箕輪（安城市）出身の土豪だった。

「元康どののもすぐにこの城を出て、岡崎城にもどられるように、とのことでございます」

「義元公が、討ち取られたのか」

元康はそう問い返した。

あまりの衝撃に、頭から血が引くのが自分でも分かった。

「さよう。輿を捨てて逃れようとなされましたが、泥田に足を取られて身動きが取れなくなり、あえなく」

「伯父上は本隊の先手をつとめておられたはずじゃ。なぜ、そのことを知っておられる」

「存じませぬ。それがしはこのことを伝え、岡崎までの道案内をせよと命じられたばかりでございます」

「道案内だと」

「桶狭間を抜けて刈谷に到る道は、当家の所領でございます」

(安全を保障する、ということか)

しかし信元は今川方として出陣しているのだから、今頃領内は大混乱におちいり、とてもそんな余裕はないはずである。

それなのにこのような申し出をするのは、裏で信長に通じていたからだろう。

だとすれば、元康たちが大高城に立てこもったなら、西の織田、東の水野からはさみ撃ちにされるということだ。

(伯父上はそれをさけると同時に、大高城をいち早く無傷で手に入れようとしておられるにちがいない)

元康は動揺から懸命に立ち直り、めまぐるしく考えをめぐらした。

このまま大高城に籠城したなら、孤立して全滅するばかりである。

ここは信元の温情に乗ったふりをして、岡崎城まで撤退するしか生き延びる道はなかった。

「心得た。すぐに仕度にかかるゆえ、道案内をよろしく頼む」

元康はそう決断し、一千の手勢に出陣の仕度を命じた。

幸い星月夜である。

月は十五夜を過ぎて欠け始めているが、夜道を照らすには充分だった。

元康は三十騎を先に立てて偵察にあたらせ、その後方に松明を持った徒兵百人ばかりを進ませた。

これは囮である。

敵が松明をめがけて襲撃してきたなら、暗がりを進む後ろの本隊が撃退する作戦で、暗夜に敵地を行軍する時の常法だった。

一里（約四キロ）ほど東に進むと、血の臭いがしてきた。桶狭間の大地が激戦の血を吸い、むせかえるような臭いを発している。

討死した者たちの屍（しかばね）が、鎧をはぎ取られて放置してあるのが、夜目にもはっきりと分かった。

元康は背筋にざわざわと寒気がはい上がるのを感じながら、ひたすら行軍を急がせた。

水野信元が信長と裏で通じていたことは、もはや明らかである。松平政忠（まさただ）の先手に加わりながら、戦が始まった途端に掌（てのひら）を返したにちがいない。

しかもその策略を成功させるために、元康をいいように利用し、義元を罠（わな）にはめるための手駒にしたのだった。

翌日の明け方、池鯉鮒に着いた。

将兵の多くはここで今川勢と合流すると信じていたが、元康は足を速めてそのまま素通りした。

池鯉鮒城に立ち寄らないと分かると、将兵の中に離脱する者が出始めた。

どうやら今川勢の大敗と義元の討死が、噂となって広がったらしい。それなら自分の城にもどり、所領を守る手立てを講じなければならぬ。

そう考える者が多く、城下を離れる頃には一千の手勢が半数以下に減っていた。

「殿、このままではさらに多くの離脱者が出ます。いったん行軍を止めて、お考えを皆に伝えるべきではないでしょうか」

酒井忠次が元康の馬の前に回り込んで進言した。

「もはや同じことだ。このまま岡崎に急いだほうが良い」

城下を出て半里（約二キロ）ほど進んだ時、突然一千ばかりの軍勢が現れて行く手をはばんだ。

旗もかかげていないし、統制も取れていない。近在の土豪やあぶれ者が、落武者を狩って手柄にしようとしているのだった。

常の時なら、この程度の烏合の衆は怖れるに足りない。

だが、皆が疑心暗鬼におちいっている状況では、気をくじかれていっせいに逃げ出すおそれがあった。

「浅井、あれは何者だ」

元康は浅井六之助を間近に呼んだ。

「しかとは分かりませんが、刈谷城下の上田平六（へいろく）と見受けました」

「何者だ。そやつは」

「水野信近（のぶちか）さまに従っている土豪の棟梁（とうりょう）でございます」

「水野の家臣なら、行って話をつけてきてくれ。それが道案内の役目であろう」

「かしこまって候」

六之助は手綱（たづな）さばきも鮮やかに上田平六に馬を寄せ、しばらく掛け合ってから道を空けさせた。

矢作（やはぎ）川を打ち渡り、岡崎城下にたどり着いた時には、日が高くなっていた。元康は西門の前で着到を告げたが、門は閉ざされたままだった。

城には今川家から派遣された三浦上野介（こうずけのすけ）らがとどまっていたが、三河衆が織田方となって攻めてくるのを警戒して、誰一人中に入れようとしなかった。

「やむを得ぬ。ひとまず大樹寺（だいじゅじ）へ向かう」

それ以外に取るべき方法はなかったが、この決断が新たな禍いを招くことになった。

大樹寺は岡崎城のほぼ真北に位置し、半里十町（約三キロ）ほどしか離れていない。道も平坦で、子供の足でも半刻（約一時間）で着ける距離である。

ところがこの道を北にたどり始めると、岡崎まで従ってきた者たちが次々と脱落しはじめた。

城に入れてもらえなかったために、今川家から見離されたと受け取ったのである。もはや元康は三河の盟主の座を追われたのだ。この上は一刻も早く自分の城にもどって、次の動きにそなえなければならない。

一門や重臣でさえ見切りをつけ、手勢をひきいて隊列から離れていった。

五百たらずの軍勢は小さな固まりに分かれ、先に進むにつれて人数が少なくなっていった。

この時のことを、「馬糞の川流れ」と評した記録がある。

馬の糞は小さな団子状のものがいくつも重なっているので、川を流れるにつれてバラバラに散っていく。そんな状態だった。

五町（約五百五十メートル）も進まぬうちに石川一族が離脱して、数正もそれに従った。

四半里（約一キロ）ほど行った時には、重臣筆頭の酒井忠尚が上野城（豊田市）に向かうために列を離れ、甥の忠次も行動を共にした。

「と、殿、酒井忠次どのが」

松平源七郎が涙声で離脱を告げた。

「分かっておる。忠次には何か考えがあるのだ」

元康は脇目もふらず大樹寺の大屋根だけを見すえて馬を進めた。

（家臣を恨んではならぬ。恨むなら、己の非力を恨め）

元康は悔しさに奥歯をかみしめて自分に言い聞かせ、涙を流すまいとして空をながめた。

「殿、一大事でございます」

「やかましい。今度は何だ」

「敵が、敵が迫って参ります」

そう言われてふり返ると、矢作川の西側の道を、五百騎ばかりが砂煙を上げて猛然と駆けてくるのが見えた。

旗をかかげていないので、どこの軍勢か分からないが、元康らを追撃していることは馬の走り方で分かった。

「あれは松平家次どののようでござるな」

目のいい鳥居元忠が、軍勢の中に知り合いの顔があると言った。

家次は桜井松平家（安城市桜井）の当主で、祖父の信定以来、岡崎の宗家とは対立している。

織田信長や水野信元とも好を通じているので、この機会に元康を討ち、宗家の座を奪おうとしているにちがいなかった。

元康はまわりを見回した。

従っているのはもはや百騎ばかり。家次勢が川を渡って先回りしたなら、とても防ぎきれなかった。

「殿、ここは我らが殿軍をつとめ申す。早く寺に入られよ」

名乗りを上げたのは本多百助光俊（後の信俊）である。

武勇の士の多い本多家の中でも、ひときわ優れた武辺者だった。

「頼む。川ぞいに駆けて渡河を防げ」

「心得た。鍋之助、お前も来い」

光俊は鍋之助（後の本多忠勝）ら九騎を引きつれ、矢作川に向かっていった。

元康は馬に鞭を入れて大樹寺に急いだ。

思いがけない敵の出現が、「馬糞の川流れ」をいっそう加速させ、寺の境内に駆け込んだ時には従者はわずか二十八人になっていた。

大樹寺は松平家四代当主である松平親忠が、文明七年（一四七五）に勢誉愚底上人を招いて開いた浄土宗の寺である。

大樹とは征夷大将軍の唐名で、親忠は子孫から将軍となる者が現れるようにこの名をつけたという。

以来寺は松平家の菩提寺となり、七代清康（元康の祖父）が七堂伽藍を整備し、多宝塔を造営した。

まわりに高い塀をめぐらし、厳重な門を構えた寺は、城郭としての機能もそなえていた。

「ご迷惑をおかけ申す。敵に追われております」

元康は寺の者に急を告げ、住職の登誉（とうよ）天室（てんしつ）上人に会いたいと申し入れた。

「わしなら、ここにおる」

山門の二階から声が降ってきた。

見上げると麻の僧衣を着た上人が格子窓ごしに下をのぞいていた。

細身でやせているが、頭だけが異様に大きい。大きな目が鋭い光を放ち、唇をへの字に引き結んでいた。

「松平元康でございます。今川義元公が桶狭間で果てられ、敵に追われております」

「そんなことは分かっておる。ここからよく見えるのでな」

「敵は桜井の松平でござる。織田に呼応し、攻め寄せて参りました」

これから寺にこもって撃退するので、力を貸していただきたい。元康は山門に上がって頼み込んだ。

「断る」

登誉上人は素っ気なく突き放した。

「わしは戦は嫌いでな」

「しかし、ここは当家の……」

「代々の墓を預かる菩提寺じゃ。多くのお布施もいただいた。だが寺は、現世の争いの外に立っておる。戦でも中立を保たねば、仏に仕える者とはいえまい」

「当家が滅びても構わぬと、おおせられるのですか」

「いっこうに構わぬ。誰かが滅びれば、誰かが栄えて新たな支配を始めるばかりじゃ」

「この寺を創建したのは当家です。その恩を忘れて、よくもそのような薄情なことが言えたものだと、元康は上人をにらみ据えた。

「わしは武士が嫌いでな。戦などに関わるのはまっぴらじゃ。しかし、確かにこの寺はそちの先祖が創建し、今日まで守ってくれた。助けはせぬが、戦うなり焼き払うなり、気がすむようにするがよい」

上人はさも退屈だと言わんばかりにあくびをもらし、山門から下りていった。

手には『今昔物語』を持っている。庫裏の中は蒸し暑いので、山門の二階で涼みながら読んでいたのである。

（この糞坊主が）

元康は胸の中で悪態をつき、寺の西側を見やった。

松平家次の手勢は、矢作川の浅瀬をこえて対岸に渡ろうとしていた。

本多百助らがそこに先回りをして矢を射かけているが、敵は数に物を言わせ、数手に分かれて岸に上がろうとしている。

このままでは前後に回り込まれ、逃げ場を失って討死するのは必定(ひつじょう)だった。

「百助、もうよい。引け」

えらの張ったあごから発する元康の声は、野太く芯があって遠くまでよく届く。

百助はそれを聞きつけ、九騎を従えてためらいなく引き上げてきた。

「殿、家次どのの兵は百ばかりしかおりません。他は一向一揆の者共でございます」

百助は矢を射かけながら、敵の内情をつぶさに見ていた。

義元が討死したことを知った一揆衆は、この機会に桜井松平家を支援して元康を倒し、勢力を拡大しようとしていたのである。

「敵が来るぞ。門の守りにつけ」

元康は南の山門に十八人、東門に十人を配して迎え討つ構えを取った。

家次は寺の守りが手薄だと知っている。

まず百騎ばかりに四方の門を押さえさせると、馬廻り衆をひきいて悠然と山門の正面に馬を乗りつけた。

横には十八歳になる嫡男忠正を従えていた。

「元康どの、初めてお目にかかる」

家次が一町（約百十メートル）ほど離れた所から口戦を仕掛けた。

「ご存じのごとく、今川義元公は信長公との戦で討ち取られ、敵に首をさらす醜態を演じられた。もはや今川家に、この三河を押さえる力はない」

家次が勝ち誇った声を上げると、馬廻り衆が箙を叩き、義元の腑甲斐なさをののしった。

「それゆえ今川家の婿となり、忠誠を誓ってこられた貴殿のご苦労も、水の泡になったということじゃ。これからはわが桜井松平家が一門の宗家となり、信長公の配下となってこの三河を差配いたす」

それに従うなら弓、槍、刀を捨てて寺から出でよ。もし逆らうのなら、寺に火を放って全員討ち取るばかりだと、家次が居丈高に迫った。

今度は元康が言い返す番である。

これまで岡崎松平家の温情にすがって生き延びてきた者が、宗家の窮地に付け込んで謀叛を起こすとは何事か。

そんな風に論難するべきだろうが、元康は黙ったままだった。

「殿、ここで黙り込めば、負けを認めるも同然ですぞ。身方の士気にも関わり申す」

鳥居元忠が何か言えと迫ったが、元康は声を上げる気力を失っていた。

「なるほど。まだ年若い元康どのゆえ、思いがけぬ苦難に動転しておられると見ゆる。かくなる上は、祖父信定の頃から織田家と好を通じてきた当家が、松平の宗家となって国を治めるのが、一番理にかなったやり方なのじゃ」

寺を開いて降伏するなら、全員の命を助けるし、所領も元のように宛おこなう。元康にもそれなりの城と所領を与えるであろう。

家次は好条件を示して降伏を迫った。

「おのれ、言わせておけば」

元忠が矢をつがえて家次を射落とそうとした。

「待て」

元康は弓柄（ゆづか）をつかんで引き寄せた。

「まさか、降伏なされるおつもりか」

「家次どのの言われることも一理ある。この人数で、あの敵に勝てると思うか」

元康は寺を取り囲む軍勢を見やった。

この機会に勝ち馬に乗ろうと、近在の村々から押っ取り刀（おっとりがたな）で駆けつける者たちも多かった。

軍勢の向こうには、海までつづく広大な平野が広がっている。

田植えを終えたばかりの水田には、早苗（さなえ）が美しく列をなし、青い空と流れゆく雲が映っている。

元康はその景色にしばらく目を奪われ、登誉上人が言った通りだと思った。岡崎松平家が亡（ほろ）びても、誰かが新しく栄えて領地と領民を守ればよいのである。

大事なのは、そのための人材を無駄に死なせないことだった。

「家次どの。情け深いお申し出に感謝いたす。家の者どもと相談いたすゆえ、しばし猶予をいただきたい」

家次の了解を得ると、元康は家臣全員を境内に集めた。

「聞いての通りだ。戦って勝てぬのなら、お前たちまで道連れにするわけにはいかぬ」

「殿、降伏なされるのでございますか」

源七郎が裏切られたような顔をして喰(く)ってかかった。

「三河と松平家のために、お前たちを生かすのだ。俺はここで腹を切る」

元康は家臣たち一人一人を見渡すと、源七郎だけを従えて墓地へ行った。

一番奥まった所に、松平家歴代当主の墓が並んでいる。

元康はその真ん中に座り、長々と手を合わせて己の腑甲斐なさゆえに家を亡ぼす罪をわびた。

「源七郎、介錯(かいしゃく)を頼む」

鎧の胴をはずし、鎧直垂(よろいひたたれ)の合わせを開いて腹をくつろげた。

「殿、おやめ下され。その覚悟がお有りなら、どうして戦おうとなされぬのですか」

「戦えばお前たちを死なせることになる。皆を窮地に引きずり込んだのは、この俺だ」

中でも悔やまれるのが、水野信元の計略を見抜けなかったことだ。見抜けなかったどころか、まんまと利用されて義元を死地に立たせてしまったのである。

「殿のせいではありません。こんなことになろうとは、誰にも予測できませんでした」

「言うな。お前は命じられた通り介錯し、この首を家次どのにとどければ良い」

元康がそう命じた時、

「馬鹿者が。神聖な墓地を血で汚すつもりか」

墓石の間から登誉天室上人が現れた。

まるで先回りするように、墓の花入れに水をさして回っていたのである。

「御坊は好きにしろと言われた。今さら口出しをしないでいただきたい」

元康は腹立ちのあまり声を荒らげた。

「そちはいくつじゃ。十七ばかりであろう」

「十九でござる」

「その若さで犬死にして良いのか。人質暮らしばかりで、生まれてきた甲斐があったと言えるか」

「事にのぞんで命を捨てるは、大将たる者の務めです。御坊などには分かりません」

「そのような強がりを申さずとも良い。そちは本当は、戦などしたくないのであろう」

上人の澄みきった目で見つめられ、元康は反論できなくなった。

「人はなぜ殺し合い、奪い合うのか。なぜ欲や敵意から離れられないのか。なぜ御仏の教え通りに、八正道(はっしょうどう)を歩むことができないのか。なぜ戦のない世の中を作り、家族が仲良くおだやかに暮らすことができないのか。そちは心の内で、常にそう考えてきたであろう」

「…………」

「どうした。そちも男なら、いさぎよく認めたらどうじゃ」

「そんなことは……、糞坊主のたわ言だ。現実には、誰もそんな風には生きられぬ。

俺はお前のように世捨て人にはなれぬのだ」

「認めたな。そう考えておる、そう望んでおると」

上人は元康の前に回り、手にした柄杓（ひしゃく）で嬉（うれ）しげに五輪塔の頭を叩いた。

「ああ、望んでいるとも。そんな世の中に生まれていたなら、戦に出て人を殺すことも、父を失い母と引き裂かれることもなかったのだ」

「それなら何ゆえ、そうした世の中を作ろうとせぬ。なぜこんな所で命を捨てて、逃げ出そうとする」

「これが武士の責任の取り方だ。それにこの先どれほど生きたところで、御坊の言うような世の中など作れはせぬわ」

「馬鹿者が」

上人が割れ鐘のような声を上げ、五輪塔を強打して柄杓の柄（え）を叩き折った。

「そちは三州（さんしゅう）一、いや、日本一の臆病者じゃ。正しいことを望んでいながら、なぜそれを成し遂げようとせぬ」

「俺は松平家に生まれた。私情を捨て心を鬼にして戦い抜くのが、当主の務めだ」

「何のための戦いじゃ。この世を良くするためではないのか。それとも地獄の亡者のように、欲にかられ敵意にあやつられて、奪い合い殺し合いをつづけるだけなのか」

「御坊らもこの世は穢土だと説いているではないか。念仏をとなえ御仏におすがりしなければ、浄土には行けぬのであろう」

「その通りじゃ。しかしこの世を穢土と観じて、少しでも浄土に近付ける努力はできる。そしてそれは、政を司るその方らにしか出来ぬのだ」

「無理を申すな。俺はこの通り、敵に追い詰められて腹を切ろうとしている」

「ならば、そこから立ち上がれ。ここで死んだと胆をすえて、一歩でも半歩でも理想に近付く努力をしたらどうだ」

「死んだつもりで、一歩でも半歩でも……」

元康の頭の中で何かが弾けた。

これまでとらわれていた古い殻が真っ二つに割れて、新しい世界が姿を現したのである。

それと同時に、体の奥底から不思議な歓喜が突き上げてきた。

「そうじゃ。ご先祖さまには死に様ではなく、生き様を見せてやれ。それが本当の供養というものじゃ。それに家臣たちを助けるために死のうとしているようだが、それは無理じゃ。後ろを見てみるがよい」

そう言われて振り返ると、家臣全員が列をなし、元康が自害したなら供をしようと、凄(すさ)まじい形相で脇差を握りしめていた。

「お前たちは……」

こんな俺のためにと言いかけたが、滂沱(ぼうだ)の涙があふれて言葉にならなかった。

「討って出るぞ、仕度をせよ」

元康は鎧の胴を着込みながら境内にもどり、三列縦隊の陣形を取らせた。

このまま家次めがけて攻めかかり、敵の囲みを破って岡崎城に駆け込むつもりだった。

「元康、待て」

登誉上人が二十人ばかりの僧兵をひきいて本堂から出てきた。

「お前が志(こころざし)のために戦うなら、この者たちも加勢したいと申しておる。僧兵の頭は、納所(なつしょ)の祖洞(そどう)という者じゃ」

祖洞は身の丈六尺（約百八十センチ）をこえる仁王のような僧で、七十人力と評されていた。

「かたじけない。それでは我らの後ろに従って下され」

「頭を使え。戦には覚悟と勇気と知恵が必要だと、太原雪斎どのに教わらなかったか」

「教わりましたが、何か」

「敵はその方らが降伏すると思っておる。六尺棒しか持たぬ寺の者を先に立てたなら、そのための交渉に来たと思うであろう。その油断をつくのじゃ」

「それは妙案です。御坊も案外戦好きではありませんか」

「そちが御仏の子になったゆえ、生かしてやりたいだけじゃ。討って出ると同時に、狼煙を上げて岡崎城に急を知らせてやる」

「しかし、岡崎城の今川勢は動きません」

「背後をつかれるかもしれぬという不安を与えるだけで、敵は浮き足立つものじゃ。それから、誰かにこれをかかげさせよ」

上人が差し出したのは、白地の布に「厭離穢土　欣求浄土」と墨書した旗だった。穢土であるこの世を離れ、浄土をめざす。浄土宗の根本の教えを表した言葉である。

「それでは参る」

祖洞が山門の貫木(かんぬき)をはずし、六尺棒のかわりにして先頭を進んだ。

家次勢が和解の使者と見て安心しているところに、貫木でいきなり馬の横面を殴りつけたのだからたまらない。

馬は高くいなないて竿立(さおだ)ちになり、主人を振り落として後方に逃げていった。

他の僧兵たちも六尺棒で横面を殴って馬を追い立て、敵を大混乱におとしいれた。

「今だ。行くぞ」

元康は陣頭に立って鐙(あぶみ)をけった。

二十九騎が魚鱗(ぎょりん)の陣形をとって突撃していくと、家次勢はあっけなく崩れ、矢作川をめざして敗走していった。

家次勢を撃退した松平元康らは、なお二日間大樹寺にとどまり、五月二十三日に岡崎城に入った。

今川家の人質として駿府に移されて以来、十二年目にして自分の居城にもどることができたのだった。

この日を境に、元康は一気に勢力を盛り返した。

城内には三百人ちかい家臣たちが残っていたし、逃げ帰ってきた時には「馬糞の川流れ」のように散っていった一門や重臣たちが、次々にもどってきたのである。

「我らは離反したのではござらぬ。所領にもどって足場を固めた方が、殿のお役に立てると考えたのでござる」

「さよう。城にもどって手勢をひきい、すぐにも岡崎に駆けつける所存でござった」

悪びれもせずに申し開きをする一門や重臣たちを、元康は何も言わずに元の通りに遇した。

十八松平家の宗家争いや内紛の歴史は古く、百年ちかくも離合集散をくり返しているので、互いに許し合うことに慣れていた。

戻ってきた者たちは、各地の最新の情報を持ち帰った。中でも一番の驚きは、鳴海城を守っていた岡部元信の働きである。

元信は織田勢の猛攻をはね返し、今川義元の首を引き渡すという条件で開城し、堂々と退去してきたのである。

「しかも帰国の途中に刈谷城を攻め、水野信近どのを討ち果たされたそうでございます」

「伯父上を……、どうやって」

「詳しくは存じませんが、三千ばかりで大手口を攻め、搦手から忍びの部隊を城内に潜り込ませたようでございます」

鳴海城には桶狭間から逃れた者が続々と集まり、総勢三千を超えていた。その軍勢で正面から攻めると見せて敵を引きつけ、忍びに信近の首だけを狙わせた。

戦功者の元信らしい、見事な采配だった。

「そちにはこの和議を仲介する力量はない」

そう言った信近のしたり顔が目に浮かぶ。

あの伯父も初めから自分をだましにかかっていたのだと思うと、討ち取られた首を持ち去られたと聞いても、少しも哀れみを覚えなかった。

元康が領内の再建に着手しはじめた頃、駿府の関口義広から使者がとどいた。

瀬名が無事に女児を出産したという。

その祝いに今川氏真から銀二十貫（約三千二百万円）をたまわったので、そのまま送ってくれたのだった。

義広が使者にたくした書状には、

「このたびの不慮の出来事により、家中も領内も動揺しております。しかし長年の御恩に報いるのはこの時だと、皆々心をひとつにして新しいお館（やかた）さまを支えていますので、駿河（するが）、遠江（とおとうみ）のことはご安心下さい。西三河は織田の脅威にさらされ、ご苦労が多いことと存じますが、今川家ご一門衆として岡部元信どのに劣らぬ働きをしていただけるものと、お館さまも期待しておられます。過分の祝いは、そのための軍資金だと思って下さい。瀬名も竹千代（たけちよ）も、生まれたばかりの姫も元気です。この危機を乗り切り、皆でめでたい正月を迎えられるように、力を合わせて頑張りましょう」

律義な義父らしい、ととのった文字で記されている。

元康は一読するなり、申し訳なさに涙がこみ上げるのを抑えることができなかった。

水野信元の裏切りがすべての元凶だと、義広も知っているはずである。

元康も共謀しているのではないかと疑ったとしても無理はないが、そんな揺らぎは露ほども見せず、二十貫もの銀を送ってきたのである。

この厚情に背くようでは、もはや漢とは言えなかった。

「忠次、数正」

元康は声高に「馬糞の川流れ」に加わった二人を呼んだ。

「その方らはこれより安濃津（津市）に行き、この銀で鉄砲を買い付けてこい。少なくとも二十挺は買えるだろう」

手持ちの五貫文を足して申し付けた。

水野勢に勝つためには、何としてでも鉄砲を手に入れなければならなかった。

酒井忠次も石川数正も、失われた信頼を取りもどそうと勇んで出かけたが、半月後に手ぶらでもどってきた。

「申し訳ございません。買い付けることができませんでした」

二人そろって神妙に頭を下げた。

「なぜだ。銭に不足はあるまい」

「武具を商う店をたずねましたが、どこも鉄砲は扱っておらぬと」

「それなら堺まで行って買えばいいではないか」

「それがしが馬を飛ばして参りました」

忠次が気落ちした顔で答えた。

鈴鹿峠をこえ、堺まで行ったが、一見の客には売らないと言われたという。

「どうやら堺には鉄砲座があり、座に入っている者にしか売らないようでございます」

数正はぬかりなくその辺の事情を調べ上げていた。

鉄砲が伝来して十七年。産地は堺、根来、国友など数ヶ所に限られている。

しかも鉄砲の砲身に使う軟鋼やカラクリを作る真鍮は、国内で生産する技術がなく、すべて輸入に頼っている。

南蛮からそれを輸入できるのは堺の納屋衆だけなので、彼らは鉄砲の生産権を握り、座を作って上得意にしか売らないようにしているのだった。

「このあたりで座に入ることを許されているのは、尾張の織田信長、知多の水野信元、それに伊勢神宮だけのようでございます」

「ならば伊勢神宮から買い付けよ」

「そう思って大湊（伊勢市大湊町）の店に行きましたが、知らぬ存ぜぬの一点張りでございました」

伊勢神宮の神人たちは堺から鉄砲を買い付け、大湊の商人を使って今川、武田、北条などの有力大名に売りさばいている。

だが神職にあるだけに、公然と認めることをはばかったのだった。

「なるほど。さようか」

元康は世の中の仕組みの一端を垣間見た気がした。

すでに農業ではなく、商業、流通が時代の主流になっている。

海外との交易ができる者が輸入品を独占的に扱い、言い値をつけて売りさばくことができる。

彼らとのつながりを持たなければ鉄砲を買い付けることができず、戦に勝つこともできないのだから、生殺与奪の権を握られているも同然だった。

この頃、悲しい知らせがもうひとつ届いた。

「殿、母上から書状が参りました」

父政忠と叔父忠良の死が確認されたと、源七郎が暗い顔で告げた。

「父と共に出陣していた家臣がもどり、当日の様子を告げたのでございます。父と叔父は織田勢を喰い止めようとして、長槍隊に突き立てられたそうです」

「さようか。叔母上もさぞ、心細い思いをしておられような」

「時期を待って髪を下ろすと申しております」

「叔母上はいくつになられた」

「三十二でございます」

「その若さで、尼になることはあるまい」

元康は祖母の源応院によく似た碓井の方に、母親のような親しみを感じている。実母の於大に深く失望しただけに、碓井の方には身近にいてもらいたかった。

「しかし、心静かに父の菩提を弔いたいと望んでおりますので」

「そう言わずに、再婚されるようにお勧めせよ。俺が似合いの相手を探すゆえ、大船に乗った気でいるがよい」

　強引に源七郎に承知させると、元康は酒井忠次を呼びつけた。

「そちは俺を裏切った。桶狭間から引き上げてきた日のことだ」

　その落とし前を、まだつけてもらっておらぬ。元康はそう迫った。

「確かにさようでございます。いかようにもお申し付け下され」

忠次はいっさい弁解をしなかった。

「この先も、俺に仕えるつもりか」

「命ある限り、お仕えしとうございます」

「ならば碓井の方を妻となし、源七郎の父親になれ」

「承知いたしました」

忠次は一人身だし、松平政忠が討死したことも知っていた。

「形ばかりの夫婦（めおと）ではないぞ。むつみ合って三人の子をなせ。そう誓うなら、あの日の罪を許してやる」

「兜首（かぶとくび）を取るつもりで励み申す。お許しいただき、かたじけのうござる」

忠次は大真面目に金打（きんちょう）をして誓いを立てた。

「叔母上にはその旨伝えておく。これから水野信元を討ち果たし、妻となる人の仇（あだ）を報じて引出物とせよ」

元康は水野信近を失って動揺している刈谷城にねらいを定め、服部半蔵らに城下の様子をさぐらせた。

城には新しく水野家の城代が派遣され、厳重に守りを固めているが、八月一日には城下で八朔（はっさく）の祭りが行われるので、守備が手薄になるという。

「その日じゃ。皆が酒に酔って寝入った頃に、夜討ちをかける」

　五百の兵を五人、十人ずつに分けて刈谷城の近くにひそませ、八月一日の深夜に夜討ちをかけたが、水野勢の守りは固かった。

守備が手薄になるどころか、いつもより多く兵を入れている。しかも鉄砲を要所に配備しているので、城に近付くことさえできなかった。

　ところがこの攻撃は、思わぬ効果を生じた。

元康がこれまで通り今川家に従う意志を示したために、疑心暗鬼におちいっていた西三河の土豪たちが元康のもとに集まってきた。

中でも東条城（とうじょう）（西尾市（にしお））の吉良義昭（よしあき）は無二の今川方で、これから力を合わせて織田に対抗しようと申し入れてきたのだった。

第四章

清洲同盟

清洲に向かう元康と水野信元の足取り

両者が共同作戦を決行したのは、翌永禄四年（一五六一）二月のことだ。

松平元康は千五百の将兵をひきいて横根城（大府市横根町）と石ヶ瀬（大府市江端町）に、吉良義昭は二百艘の三河水軍をひきいて知多郡の常滑港に攻めかかった。

知多半島に北と西から侵攻して水野信元を攻め亡ぼす作戦だったが、両者の足並みがそろわず、無残な失敗に終わった。

攻撃は二月六日の夜明けからと決めていたが、義昭がひきいる水軍がその日までに常滑港に着くことができず、一日遅れて攻撃にかかった。

そのために水野勢の力を分散させることができなかった上に、またしても鉄砲隊の銃撃に手も足も出なかったのである。

「数正、鉄砲入手の手立てはどうした」

元康は石川数正に、金はいくらかかってもいいから何とかしろと命じていた。

「大湊の商人や織田家出入りの商人に話を持ちかけましたが、横流しに応じてくれる者はおりません。鉄砲座の掟は、よほど厳しいようでございます」

「そこを何とかするのが、お前の知恵の見せ所であろう」

「ただ今、織田家のさるお方に接近し、二倍の値を出すなら何とかしてもよいという話をいただいております」

「二倍だと。その業突く張りは誰じゃ」

「恐れながら、そのお方のお命にかかわりますので」

数正は口が固い。

それも秘密の交渉事に適した資質だった。

「尾張の者共は抜け目がない。口車に乗って銭を巻き上げられるのが、関の山ではないのか」

「そうお思いなら、この役目から下ろしていただきとうございます」

「いっそ尾張に向かう商人を襲い、鉄砲を奪い取ったらどうじゃ」

そうすれば一挙両得だと、腹立ちまぎれに思いつきを口にした。

「それは無理でございます」

「なぜじゃ。それほど警固が厳しいのか」

「首尾よく何十挺かを奪い取ったとしても、鉄砲を使いつづけるには火薬と鉛弾が必要です。それはお分かりでございましょう」

「分かっておるわ。賢しげな口をきくな」

「火薬も鉛弾も堺の鉄砲座が扱っておりますので、商人を敵に回すわけにはいかないのでございます」

これには元康もぐうの音も出ない。

何とか手立てはないかとカリカリしながら日を過ごしていると、浅井六之助道忠がやってきた。

桶狭間からの道案内をつとめて以来、元康に才覚を見込まれて家臣になっていた。

「殿、お聞き届けいただきたいことがございます。ご不快かもしれず、お叱りを受けるかもしれませんが」

「そちの心底は分かっておる。めったなことでは、腹を立てぬ」

「かたじけのうございます。実は水野下野守さまから、これをお届けするように頼まれました」

六之助が遠慮がちに差し出した書状には、

「態と申し入れ候。所用の趣、浅井道忠に申し候。お聞き届け、願わしく候」

そう記してあった。

「そちはいまだに、水野と通じているのか」

おだやかだった元康の胸は、いきなり不信と疑いに塗りつぶされた。

「誓ってそのようなことはございません。やましいところがあるのなら、このような書状を取り次いだりはいたしません」

「ならばなぜ、水野の使いなどするのじゃ」

「下野守どのには、それがしの兄と叔父が仕(つか)えております。二人から書状を預かり、内容をつぶさに聞いて、殿にお伝えした方が良いと考えたのでございます」

「水野は今川義元(よしもと)公を罠にかけ、大敗の原因を作った。そのことを存じておろうな」

「むろん」

「それを承知で、水野の用をつとめると申すのか」

「恐れながら、この役目をはたせるのはそれがし一人。その覚悟で引き受けました。お疑いとあれば、どんな処罰を下していただいても構いません」

六之助は気負いもなく言い切った。

「よかろう。ならば申すがよい。所用の趣とやらを」

「下野守さまは、当家との和議を望んでおられます」

「今川方に、もどりたいと申すか」

とっさに元康の頭に浮かんだのは、そんな考えだった。

「さにあらず。殿と織田信長公との同盟が成るよう、下野守さまが仲介役をはたすとおおせでございます」

「今川を裏切れということか」

「そのための交渉を、近々させていただきたいと」

「馬鹿な。何度も同じ手に乗るか」

「もし和議に応じていただけるなら、鉄砲五十挺を進呈（しんてい）したいとおおせでございます」

「ご、五十挺だと」

元康は不覚にも動揺した。

「さようでございます」

「しかし、火薬や鉛弾はどうする」

「聞いておりません。下野守さまに会って、直（じか）におたずね下されませ」

「あの伯父のことだ。どうせ良からぬことを企（たくら）んでおるのであろう」

元康は腹立ちまぎれに吐きすてたが、ひと思いに突き放すことはできなかった。

鉄砲五十挺の魅力は、それほど大きかった。

「そちは先ほど申したな。俺にこの話を伝えた方がいいと思ったと」

「申し上げました」

「なぜじゃ。なぜそう思った」

「殿のご運が開けるように、願っているからでございます」

鉄砲を入手できなければ、水野や織田に勝つことはできない。

しかし彼らと同盟してそれを手に入れ、兵を東に向けたなら、日ならずして三河一国を掌握することができる。六之助はそう言った。

「織田の力を借りて、今川を討てと申すか」

「何事も時の勢いに従うべきと存じます」

「もう良い。そちの存念は分かった」

元康は一人で部屋にこもり、心を落ちつけようと大の字に寝そべった。

確かに六之助の言う通りである。鉄砲を入手できないままでは、これからも信元に勝つことはできない。

勝てないどころか、やがて信元が織田の後押しを得て三河に攻め込んできたなら、ひとたまりもなく攻め亡ぼされるだろう。

（だが、もし今……）

信元の勧めに従って信長と同盟したなら、後顧（こうこ）のうれいなく三河の統一に専念することができる。

その誘惑は計り知れないほど大きかったが、簡単に踏み切ることができない事情があった。

ひとつは駿府（すんぷ）で瀬名（せな）や子供たちが人質になっていることだ。

元康が反旗をひるがえしたなら、今川氏真（うじざね）は見せしめのために三人を処刑するかもしれなかった。

もうひとつは、元康の面目の問題である。

これまで臣従し忠義をつくしてきた今川家を裏切り、主君の仇（かたき）である水野や織田に寝返ったなら、元康の武将としての信用は地に落ちる。

（応じるべきか、拒むべきか）

元康は二つの思いの間を頼りなく揺れ、自問自答をくり返しながら数日をすごした。

三日目に六之助が、何と返答したらいいかとたずねに来たが、牛のような目でひと睨みしただけで追い返した。

（ともかく信元に会って、話だけでも聞いてみよう）

決断するのはそれからでいい。

十日ほど迷った末に、元康は信元と会う段取りをつけるように六之助に命じた。

翌日、返答が来た。

明日池鯉鮒神社で待っているので、参拝する者たちにまぎれて来るようにという。

「あるいは罠かもしれませぬぞ」

酒井忠次が危ぶんだ。

参拝者に身を変えれば丸腰も同然なので、奇襲されたなら防ぎようがなかった。

「警固は浅井六之助に任せてある。案ずることはない」

翌朝、元康は忠次や源七郎ら七人だけを従え、白装束に菅笠という出立ちで岡崎城を出た。

まず大樹寺に参拝して道中の無事を祈り、東海道を西に向かった。

前後に二十人ばかりの山伏が従っている。六之助が手配した池鯉鮒神社の僧兵で、守護の権力が及ばない者たちだった。

「なるほど、これなら誰も手出しはできますまい」

忠次は六之助の機転に感心し、まわりの景色をながめる余裕を取りもどしていた。

「万一の時は、忠次が信元を組み伏せよ。俺が首を取る」

元康はその時にそなえ、今川義元から拝領した脇差をたばさんでいた。

上重原（かみしげはら）の池鯉鮒神社に着くと、すぐに社殿に通された。

城主と宮司を兼務する永見貞英（ながみさだひで）は、水野信元の妹を娶（めと）っているので、今度の対面にも便宜をはかったのだった。

「どうぞ、こちらでございます」

案内された対面所で待っていたのは、信元ではなく於大（おだい）の方（かた）だった。

桃の花を描いたあでやかな打掛けをまとい、長い髪を薄水色の元結（もとゆい）でたばねている。前回会った時とは見ちがえるような、派手で艶（つや）やかな装いだった。

「どうして……、あなたが」

元康は敷居際で足を止めた。

「兄に頼まれたのです。お前を説得せよと」

「伯父上に会う約束でここに来ました。おられないなら帰らせていただきます」

「恩を仇で返すつもりですか」

「………」

「昨年、今川家と水野家の和議を図る時、お前は私の伝を頼って兄と連絡を取りました。その恩を返すべきではありませんか」

「恩どころか、あれは伯父上の計略でした。母上もそれをご存じだったのでしょう」

「いいえ、知りません。兄は戦の計略をもらすほど甘い男ではありませんから」

「ともかく、伯父上がおられないのなら帰ります」

「お前はこの間、私を殺そうとしましたね」

「殺すなどと、滅相もない」

「吉良勢と組んで石ヶ瀬まで攻め寄せたではありませんか。あそこから阿古居（知多郡阿久比町）までは三里（約十二キロ）ばかりです。兄が助けてくれなければ、久松家はお前の軍勢に攻め亡ぼされていました」

「戦ですから、それは仕方ありません。母上のことなど、考えてもいませんでした」

いっそ攻め亡ぼしていたなら、どれほど清々（せいせい）しただろう。元康はふとそう思った。

「松平（まつだいら）が攻めて来たと聞いて、私も戦見物に参りました。何ともみじめな敗（ま）け方だこと。その理由が分かりますか」

「…………」

「鉄砲を持っていないからです。これからの戦は、鉄砲を持たなければ勝てません」

「言われなくても、そんなことは分かっています」

「それならなぜ兄と和を結び、手に入れようとしないのですか」

於大の方は底光りする油断のない目で元康の反応をうかがい、手をゆるめずにたたみかけた。

「鉄砲がどのような仕組みで売られているか、お前も知っているでしょう。私がこの役を買って出たのは、水野のためではなくお前を助けるためなのですよ」

「もう結構です。この話は、席を改めて伯父上といたします」

女などが口を出すことではない。

元康は言外にそう言って背中を向けた。

「お待ちなさい。お前のことだから、今川家を裏切れば人から何と言われるか分からないと、気に病んでいるんじゃありませんか」

さすがに母親である。

元康の心の内を鋭く見抜いていた。

「そんな所は広忠(ひろただ)さまにそっくり。生真面目で鈍重で融通がきかなくて」

「言ったはずです。俺の前で父上の悪口は言うなと」

「これは悪口ではありません。そんな性格が災いして、あの人は二十四歳という若さで家臣に殺されました。そんな過ちをくり返させないために、ありのままを伝えているのです」

「そうですか。過分のご配慮をいただき、有り難いことだ」

「体面では、ないのですか。和議に踏み切れない理由は」

「気にしていないと言えば嘘になります。しかしそれが吹っ切れなければ、ここには来ません。ただ……」

「何です。言ってごらんなさい」

「駿府には妻の瀬名と子供たちがいます。この和議に応じたなら、どんな扱いを受けるか分かりません」

「何かと思えば、そんなことですか」

於大の方は鼻で笑い、口元を手で隠してわざとらしくあくびをした。

「そんなこととは何です。妻子の命に関わることですよ」

「今川から押しつけられた嫁など、さっさと捨ててしまえばいいのです。お前はまだ若い。水野の女子（おなご）を嫁にして、子供をたくさん作ればいいではありませんか」

「馬鹿な。それがあなたの本心ですか」

元康は怒りのあまり我を忘れ、於大の肩をつかんで詰め寄った。

初めて触れた母親の肩は、女らしいやわらかさと弾力に満ちていた。

「離しなさい。母親に手をかけるなど、もっての外です」

「母親と思うから許せないのです。俺の子は、あなたの孫ですよ。それでも見殺しにしても構わないと言うのですか」

「それが武家に生まれた者の運命（さだめ）です。その覚悟がなければ、人の上に立つ資格はありません」

「それなら父上があなたを離縁したことを、なぜ責めるのです。運命と思って受け容れればいいではありませんか」

「そんなことは分かっています。でも、どうしても許せないから、お前を見ると腹が立つのです」

分かったか。これが女というものだ。

於大の方の目には、そう言いたげな妖しげな光が宿っていた。

「もういい。何も言うな」

元康は現実から逃れようとするように、於大の方を突き飛ばした。

於大の方が悲鳴を上げて突っ伏した時、襖を開けて水野信元が入ってきた。緋色の直垂に熊皮の袖なし羽織という鮮やかな出立ちで、片手に素焼きの徳利を下げていた。

「思いがけぬ用ができて遅くなった。待たせている間、話し相手になってくれと於大に頼んでおいたのだ」

ところが何やら険悪な様子だなと、信元は二人を交互に見やった。

「この子があんまり物分かりが悪いものだから、ちょっと言い過ぎたばかりです。別に何でもありません」

於大の方が身を起こして裾(すそ)の乱れを直した。

「ほう、和議に応じてくれぬか」

「駿府にいる妻子のことが気がかりで、大事な決断ができないのです」

「その優しさが元康の取り柄じゃ。それを責められては、立つ瀬があるまい。のう元康」

「いえ、そのような」

於大を突き飛ばした後悔にさいなまれて、元康は何と応じていいか分からなかった。

「妻子のことなら案ずるに及ばぬ。わしと和議を結ぶ前に、駿府に離縁状を送れば良い。さすれば今川氏真も、従妹(いとこ)の首をはねたりはするまい」

「しかし、子供たちは」

「関口義広(せきぐちよしひろ)どのに頼むがよい。情に厚く信義を重んじるお方と聞いたゆえ、孫を殺すようなことはなされまい」

「おや、それは私への当てこすりですか」

於大の方が横で口をとがらせた。

「何のことじゃ。わしは駿府の人質の処遇について、元康と話しておる」

「どうせ私は因業(いんごう)深い生まれつきです。しかしそうでなければ、大事なものを守り抜くことはできませんから」

悪(あ)しからずとばかりに会釈して、於大の方は悠然と部屋を出ていった。

元康には、目を向けようともしなかった。

「於大に何か言われたようだな」

「いえ、別に」

元康は心を閉ざしたままだった。

「あれも強情な女子でな。広忠どのに離縁されて緒川(おがわ)城にもどった時、喉を突いて自害しようとした。広忠どのに惚(ほ)れておったゆえ、捨てられたのが悔しかったのだ」

「あのお方は、父上の悪口しか言われませんでした」

「それは生き延びて新しい生き方を選んだからじゃ。わしがあれの自害を止め、久松俊勝に嫁がせた。それを承知した時、本当の私はもう死にましたと於大は言った。その意味が分かるか、元康」

「いいえ、分かりません」

「これからは自分を捨て、まわりに求められる生き方をすると決めたということだ。その言葉通り、於大は俊勝の妻となり、五人の子供を産んだ。そして広忠どのやお前のことを、無理に忘れようとしておる。だから広忠どのによく似たお前を見るのが辛いのだ」

「俺には……、俺には関係のないことです」

「それなら、もう少し修行を積め。崖から飛び下りるような思いを何度かすれば、於大の気持ちが分かるようになる」

信元は腰の胴乱から金の馬上杯を取り出し、徳利の酒をついだ。

「知多の酒は旨いぞ、飲むか」

「結構です。今は飲みたくありません」

「そうか。後は何が気にかかる。武士としての体面か」

信元は馬上杯の酒をひと息に飲み干した。

美男の家系の生まれで、仕草といい飲みっぷりといい、惚れ惚れするほど見事である。それがいちいち元康の癇（かん）にさわった。

「体面など気にしていません。俺もそれなりの覚悟をしてここに来たのです」

「ほう、ならば何だ」

「桶狭間のことが、我慢ならないのです。伯父上は俺を、計略のための手駒に使われたではありませんか」

「手駒にした覚えはない。お前が和議の仲介役に任じられたというので、うまく使わせてもらっただけだ」

「同じことです。俺はそうとも知らず、あなたを義元公に引き合わせる役目をしてしまった」

「それはわしのせいではあるまい。そうと気付かなかった、お前たちが悪いのだ」

「たとえそうだとしても、俺をだますことはないでしょう」

「やれやれ。やはり血は争えんな」

馬鹿な奴（やつ）だと言いたげに、信元は二杯目の酒を飲んだ。

「お前のそんな所は於大にそっくりだ。もはや和議を結ぶしかないと分かっていながら、いつまでも昔のことにこだわっている。それは自分の誇りを守りたいからにすぎんのだ」

「それで結構。どうせ俺はそんな男です。しかし、自分が納得できないうちは梃でも動きませんから」

「では、どうやったら納得できる」

「桶狭間で何があったか話して下さい。何をたくらみ、どんな風に俺をだましたのか」

元康は再びだますという言葉を使った。

兵法は詭道なのだから、だまされるほうが悪いと頭では分かっている。だが心のどこかに血のつながりに対する甘えがあって、だまされたとしか感じられないのだった。

「ならば話してやろう。己の甘さを思い知って、後の戒めにするがよい」

信元がにわかに厳しい表情になって語ったのは、およそ次のようなことだった。

発端は一昨年末、尾張守護の斯波義銀が、今川義元の力を借りて織田信長を倒そうと画策したことだった。

この計画には吉良義安や服部左京進が加わり、織田家重臣の離反も見込める状勢となった。

そこで義元も大軍を動かして信長を討つ決断をしたが、この計画は最初から信長に筒抜けになっていた。斯波家の重臣である簗田弥次右衛門が信長に通じ、逐一情報を伝えていたからである。

「並の武将なら、義銀を斬って陰謀の芽をつもうとするところだ。ところが信長どのはそうではなかった」

信長はこの陰謀を逆手に取って、一気に今川義元を討ち果たそうとした。

義元が服部左京進の水軍を頼んで尾張を攻めるつもりなら、必ず伊勢湾ぞいの大高城に入る。

進路は当然東海道か桶狭間道をたどることになる。

そのどちらも大軍の移動には不向きな谷間の狭い道なので、義元の休息地をつかみ、二千ばかりの精鋭部隊で奇襲をかければ勝機は充分にある。

「信長どのはそう考え、わしに休息地を知る方法はないかとたずねられた。そこでわしはいったん今川方と和議を結び、高根山の砦に曲輪をきずいて東屋をかまえ、休息所にされるように進言した。その先はお前も知っている通りだ」

「鉄砲と長槍を使った戦法を披露して今川本隊にもぐり込み、織田勢が攻めかかってくるのを待っていたというわけですか」

「その通りだ。戦の直前に暴風雨にみまわれ、信長どのが出陣を取りやめられるのではないかと肝を冷やしたが、雨も風も四半刻（約三十分）ほどで止み、かえって我らに幸いすることになった」

「伯父上はそのことを、何ひとつ恥じておられないようですね」

「我らは知恵を絞り抜き、決死の覚悟で事を成した。それをなぜ恥じねばならぬのだ」

信元は訝しそうに元康を見やった。

「世間ではそれを裏切りと言います。伯父上のせいで、松平政忠どのも忠良どのも討死なされたのですよ」

「それはいたし方あるまい。武士は常に死と隣り合わせて生きておる」

「ならば逆の立場だったらどうです。だまされて裏切られて、そんな風に落ち着いていられますか」

「戦で負けるのも、知略で負けるのも同じことだ。知恵を絞り抜いた末にだまされたのなら、己の未熟さを悔やむしかあるまい」

「俺には分からない。人はそんなに非情に生きられるものでしょうか」

元康はだんだん打ちのめされた気分になってきた。

信元の言うことを是とするなら、勝つためにはどんな手を使ってもいいということになる。つまりそれは、誰も信用するなということではないか。

そんな風にはとても生きられないと、年若い正義感が心の底で悲鳴を上げていた。

「実はな、元康。この謀（はかりごと）は源応院（げんおういん）さまも知っておられた。わしがひそかに駿府をたずね、力を貸してくれと頼んだのだ」

「おばばさまに、頼んだですって」

「ああ、そうじゃ」

「それでは、ご自害なされたのは」

「この和議が疑いのないものだと義元に信用させるために、身を捨てて下された。

お陰で刈谷(かりや)城を引き渡すことなく和議を結ぶことができ、後の計略がずいぶん立てやすくなった」

「馬鹿な。おばばさまが……」

そんな計略の片棒をかつぐはずがないと言いかけた時、元康の脳裡(のうり)に源応院が遺(のこ)した歌がよみがえった。

世の中はきつねとたぬきの化かしあい
欲ばしかいて罠にはまるな

欲にあやつられて罠にはまった義元を見て、後の教訓とせよ。

源応院はそう教えるために、こんな戯歌(ざれうた)を遺したにちがいなかった。

「分かったか。ならば供養の酒を飲め。源応院さまは、お前のために命をなげうたれたのだからな」

信元が馬上杯に酒を注いで差し出した。

「俺のために」

「もしこの戦に今川が勝ったなら、三河は今川領になるはずだった。義元が出陣前に三河守に任官されたことが、そのことを示している」

「そうか。それを防ぐために……」

おばばさまは自害したのだと、元康はようやく納得した。

今まで漫然と受け容れていた現実が、次元のちがう酷い顔付きをして目の前に現れた。

「わしは必ずお前を助け、松平家が立ち行くようにすると源応院さまに約束した。桶狭間の戦いの日に浅井六之助をつかわしたのも、こうして和議を勧めているのも、その約束をはたすためだ」

「もういい。よく分かりました」

元康は意を決して馬上杯をつかみ、ひと息に酒を飲み干した。たまらない苦さが、喉からみぞおちへ駆け下りていった。

「ならば和議に応じるのだな」

「五十挺の鉄砲を進呈いただくと、六之助は申しましたが」

「その通りじゃ。いつでも引き取りに来るが良い」

「ただでもらうつもりはありません。一挺につき銀一貫文を支払います」

「いいのか。五十挺だと五十貫文（約八千万円）になるぞ」

「今は手持ちがありませんが、三年がかりで支払います。そのかわり、火薬と鉛弾を仕入れられるよう、堺の商人に話をつけていただきたい」

鉄砲をもらったところで、火薬と鉛弾を自前で調達できなければ、この先ずっと水野信元に服従しなければならなくなる。

それだけは何としてでも避けたかった。

「ほう、わしが信用できぬと申すか」

「伯父上のことゆえ、我らに鉄砲だけ与えて三河を平定させ、使い殺しにされるかもしれません。大事な家臣や領民を、そんな酷い目にあわせるわけにはいきませんから」

「良かろう。ただし信長どのの許しがなければ、勝手なことはできぬ。一緒に清洲に伺候し、お許しを得ようではないか」

「その前に西三河を平定して、信長公にそれがしの力を示したいと思います。それまで待っていただきたい」

今のまま同盟に応じたなら、信元を介してしか信長と交渉ができなくなる。

だが西三河を平定した後なら、信元と同等の扱いをするように求めることができるはずだった。

「いつまでに平定できる」

「鉄砲五十挺があれば、半年のうちには」

「面白い。ここに来て急に肚がすわったようだな」

信元が苦笑しながら馬上杯を受け取った。

「伯父上のお陰で、たった今崖から飛び下りましたから」

元康は徳利を引き寄せて酒をついだ。

陶土の中の鉄分が赤く発色した、常滑焼の色合い豊かな徳利だった。

岡崎城にもどると、元康は酒井忠次に銀二十貫を集めるように命じた。

「そのような大金、急には無理でございます」

「秋に年貢が入ったなら、五分の利子をつけて返す。その条件で家臣や領民たちから借り集めよ」

「いったい、何のための金策でござる」

「今川と手切れをするのだ。氏真公からいただいた娘の誕生祝いを、全額返さなければならぬ」

元康はかき集めた銀二十貫に手切れの書状をそえ、瀬名の父親である関口義広に送った。

「長年ご厚情をいただいたが、昨年の桶狭間の敗戦以来西三河の状況はきびしく、今川殿と手切れをしなければ当家の安泰をはかれない状況となった。お怒りは重々承知しているが、どうか窮状をお察しいただきたい。

ただひとつ気がかりなのは、駿府に留(とど)めおいている妻子のことである。このままではどのような災難にみまわれるか計りがたいので、離縁状を送らせていただくことにした。妻や子とこうした形で別れるのは忍びないが、三人の安全のためなので、どうかよろしくお頼み申し上げる。

これからは今川家の敵となるので、戦場で相まみえることもあるだろう。その時には松平の棟梁(とうりょう)として身を処す覚悟なので、手加減なく攻め寄せていただきたい」

およそそんな内容である。

次に鉄砲五十挺を信元から受け取り、新たに編成した鉄砲足軽二百人に、人里離れた山中でひそかに訓練を受けさせた。

織田家の鉄砲指南役である橋本一巴の高弟を招き、火薬の調合から実戦での鉄砲の操作法、破損した場合の修理法まで、徹底的に教えてもらったのである。

それと同時に一門衆や重臣たちを集め、今川家と手を切り、織田、水野と同盟することを告げた。

「我らが目ざすのは三河一国を統一し、祖父清康の偉業を引き継ぐことだ。その手始めに、東条城の吉良義昭を攻め亡ぼす」

東条吉良を下して三河湾沿岸を支配すれば、伊勢湾の海運につながることができる。

そうすれば三河の産物を畿内に売りさばけるし、津料（港湾利用税）や関銭（関税）を徴収できるようになる。

そこから上がる収入は莫大なものだし、織田、水野と並んで伊勢湾海運圏を支配する態勢を作り上げれば、同盟をより強固なものにすることができるのだった。

半月ほどして関口義広から返書がとどいた。

「書状をいただき困惑している。これまで貴殿の人柄と才質を見込み、元服の時には理髪の役もつとめたし、娘の瀬名を嫁がせて親子の契りも結んだ。それなのに貴殿は当家が一番苦しい時に我らを見捨て、主君の仇に身を売るというのか。

私も妻も、貴殿がそのような薄情な婿だとは思っていない。おそらく家中の老臣たちに迫られ、そうせざるを得ない立場に追い込まれているのだろうと拝察している。

もしそうならば、家も所領も捨てて駿府に参られよ。喜んで当家の跡継ぎとして迎え、氏真公の近習に推挙させていただく。貴殿の力量ならば、やがて今川家の筆頭家老となり、駿、遠、三の三ヶ国に号令する日が来るだろう。

瀬名と孫たちの身を案じて離縁状を送っていただいたことには感謝するが、状況はそれほど甘くはない。もし貴殿が織田に身方し当家に兵を向けられたなら、氏真公は武家の作法にのっとって三人を磔にかけられるだろう。

そうしたくなくとも、甘い処分をすれば次々に寝返る者が出てくるのだから、今川家を守るためには非情の処分を下さざるを得ないのだ。聡明な貴殿なら、それくらいのことは分かっているはずである。

どうかご再考いただき、人間の本道に立ち返ってもらいたい。織田信長に従い、たとえどれほどの栄華をきわめられようと、妻子を見殺しにした罪をあがなうことができるだろうか。その呵責に苦しみ不幸な来世を迎えるよりは、世間にも神仏にも恥じない生き方をまっとうするべきではないか」

長々とつづく義広の書状を、元康は三度読み返した。

一度目は申し訳なさに涙を流し、二度目は冷静に事実を把握しようと努め、三度目はこの事態にどう対処すべきか考えながら、巻き紙に記された義父らしい律義な文字を追っていった。

すでに崖を飛び下りている。

今さら情にほだされて決断を変えるつもりはないが、気にかかるのは瀬名と竹千代、亀姫と名付けた娘のことだった。

（これは脅しだ。あの関口どのに、娘や孫を見殺しにする度胸はあるまい）

元康は誰にも相談することなく書状を焼き捨てた。

いつの間にか、相手の人の良さを弱点と見なし、逆手に取って勝ちにつなげる冷徹さを身につけていた。

四月十一日、元康は東三河の牛久保城（豊川市牛久保）を攻め、反今川の旗幟を鮮明にした。

その半月後には、総勢二千を動員して吉良義昭の東条城を攻め、落城まであと一歩のところまで追い詰めた。

西三河の軍事的制圧をすすめる一方、元康は東三河の国衆に調略の手を伸ばしていった。

これには田峯城、長篠城、野田城の菅沼一族、作手城の奥平氏などの山家三方衆、川路城の設楽氏、下条城の白石氏などが続々と応じ、今川から離反する機会をうかがっていた。

こうした動きを察知した今川氏真は、これ以上の離反、裏切りを防ごうと、吉田城（豊橋市今橋町）にとどめていた国衆の人質を、城下の竜拈寺で磔にした。

その数は十三人と伝えられている。

これは元康に対する警告でもあった。

今後も反今川の動きをつづけるなら、駿府にとどめている瀬名や竹千代、亀姫も同じ目にあうことになる。

そう告げるために、ことさら酷たらしい見せしめの処刑をしたのだった。

その恐れをひしひしと感じながらも、元康は西三河平定の手をゆるめなかった。

六月には今川方の牧野成定が守る西条城（西尾城）を攻め落とし、九月十三日には東条城の近くの藤波畷で吉良義昭の軍勢と戦った。

この時初めて、鳥居元忠が指揮する松平鉄砲隊を実戦に投入し、訓練の行きとどいた猛烈な射撃で敵の主力を壊滅させた。

これには吉良義昭も対抗する術がなく、城を明け渡して降伏した。

元康は水野信元に宣言した通り、和睦から半年後に西三河の平定を終えたのである。

翌永禄五年（一五六二）正月三日、元康は酒井忠次、松平源七郎改め康忠ら十名を従え、ひそかに緒川城をたずねた。

水野信元とともに清洲城におもむき、織田信長と正式に同盟を結ぶためである。

だが、このことが今川方に知られたなら、駿府にいる瀬名や子供たちが危険にさらされる。

おそらく関口義広の懇願によって辛くも守られているであろう三人の命が、この同盟の成立によって無残に断たれてしまうおそれがある。

そのことを危惧(きぐ)した元康は、信元に頼み込んで秘密裡に清洲を訪ねることにした。家中の者たちばかりか、供をする忠次らにさえ本当の目的を告げない警戒ぶりだった。

水野信元は出発の仕度をととのえて待ち受けていた。供はやはり十人で、全員直垂の下に鎖帷子(くさりかたびら)を着込んでいた。

一行は緒川城から大府に出て、桶狭間道をたどって大高城に向かった。

このあたりには以前から水野家の所領が点在していたが、桶狭間の戦いの戦功によって、今や知多半島の大半が水野家の所領になっていた。

大高城も信元の重臣が預かっている。

元康が不安と動揺にさいなまれながら桶狭間からの知らせを待っていた広大な城には、沢瀉(おもだか)紋の旗がひるがえり、水野家の軍勢五百人ばかりが守備についていた。

城下の船入りで水野水軍の船に乗り、伊勢湾を横切って清洲に向かった。

庄内(しょうない)川の河口で川船に乗りかえ、舟引きたちに引かれて清洲城下の船着場に向かっていく。

河口の港には伊勢湾沿岸ばかりか東海、関東から来た船が押し合うようにして舳先を並べ、庄内川の水運によって旅客や積荷を内陸部へと運んでいく。

一方、上流からは木曽の名木や美濃や瀬戸の陶磁器、関の刀剣などを積んだ船が下っていく。

信長が清洲城を本拠地と定めたことで、庄内川河口の港が、津島や熱田の港と肩を並べるほどに繁栄していた。

清洲城下もにぎやかだった。

庄内川の水運と、那古野から美濃にいたる街道が交わる交通の要所で、人も物も自然と集まってくる。

信長は楽市楽座の制を導入したり、税的な優遇によって商工業者を保護することでそれをさらに発展させ、桶狭間の戦いからわずか一年半の間に清洲を尾張一の商業都市に育て上げていた。

元康は城につづく道を歩きながら、沿道のにぎわいに圧倒されていた。

民家の多さといい、絶え間ない人の往来といい、岡崎の十倍ほど立派に感じられる。この町の華やかさに比べれば、駿府の城下さえ田舎臭く古めかしいと思えるほどだった。

「どうだ、元康」

信元が自慢でもするような口調で感想をたずねた。

「凄いですね。話には聞いていましたが、これほどとは思いませんでした」

「信長どのは時代の流れを見据える目をもっておられる。苛烈なばかりの決断力と知略の冴えは、桶狭間において示された通りじゃ」

「これからは商いと物の流れが、国を動かすようになるのですね」

「そのことをいち早く信長どのに指南したのは、水野家の者たちじゃ。十八年前に織田家と同盟したのも、伊勢湾から三河湾にかけての海運を支配すれば、天下が取れると見込んでのことだ」

この海域は東国と畿内を結ぶ流通の要衝である。

東国や東海から運ばれる商品は、いったん伊勢湾で水揚げして、東海道や中山道の陸路をたどって京都や大坂に運ばれる。

畿内から東国に向かう時はその逆をたどる。

知多半島の港を押さえて海運に従事していた信元は、その動きを正確につかんでいたのである。

清洲城に着くと、遠侍の中段の間に案内された。

室町殿の様式にならって新築した武士の詰所で、上段、中段、下段と三つの部屋がある。

信長に対面に来た者たちは、身分や格式に従ってそれぞれの部屋に案内されるのだった。

竹の襖絵を描いた中段の間には、五人の先客があった。

いずれも正月参賀にきた国衆で、信元は顔見知りに軽く会釈して上座についたが、元康が知っている者はいなかった。

「いずれも城ひとつを抱えている程度の者たちじゃ」

気遣うには及ばぬと、信元が小さく耳打ちした。

しばらく待つと、丸顔で小肥りの四十がらみの武士が入ってきた。

「下野守どの、一別以来でございます」

信元の前で平伏し、その節にはお世話になり申したと頭を下げた。

「そのような挨拶は無用でござる。お気遣い下されるな」

「されどお礼を申し上げる機会もなく、心苦しく思っておりましたゆえ」

「無用と申しておる。正直に申せば、その面見ると片腹痛いわ」

信元がひと睨みすると、小肥りの男はへこへこと頭を下げながら退出していった。

「どなたでございますか」

元康がたずねた。

「簗田政綱というケチな男じゃ。信長どのの家来で、今は沓掛城を預かっておる」

政綱は斯波義統の家臣だったが、信長が謀略を用いて義統を討ち取った後は、織田家に仕えるようになった。

桶狭間の戦いの前には、斯波義銀に仕える簗田弥次右衛門と密接に連絡を取り、今川義元をおびき出す根回しをした。

計画の準備段階で、信長と信元の連絡役にあたったのも政綱である。

そうした働きによって沓掛城主に抜擢されたが、弓矢の手柄ではない上に、立ち回りがあまりに小狡いので、織田家中では白眼視されているのだった。

「方々、お待たせいたしております」

目元の涼しい若侍が、敷居の外から声をかけた。

信長が近習として重用している長谷川秀一だった。

「ただ今殿はご気分を損じられ、奥に下がっておられます。それゆえご参賀は明日にくり延べしていただきとう存じます。しかし、たってのお望みであれば、このまま暫時お待ちいただきたい」

「暫時とは、いかほどでござろうか」

そうたずねる者がいた。

「分かりません。殿のご気分次第ですから」

方々もご存じのはずだと言われ、先客の五人はそろって席を立った。

信長の気分の変化は激しく、時には太田牛一が『信長公記』の中で「お狂いあり」と評している狂暴な発作におそわれる。

そんな時に行き当たろうものなら、どんな難題を押しつけられるか分からないので、たいていの家臣は対面を避けるのだった。

「どうする。我らも出直すか」

信元も明らかに腰が引けていた。

「皆に内緒でここに来ました。できれば今日のうちに岡崎に戻りたいのですが」

「しかし、ご機嫌を損じるようなことがあっては、元も子もあるまい」

「お申し越しの通りの条件で和議に応じると、書状にしたためております。それをお渡しすれば、用事はすむものと存じます」

元康は信長が不機嫌になった時の状態を知らない。

それに織田家の人質になっていた頃に優しくしてもらったことがあるので、それほど大事にはなるまいと考えていた。

「さようか。ならばたっての所望とお伝えいただこう」

半刻（約一時間）ほど待つ間に、部屋はしんしんと冷え込んできた。

それも道理で、外では雪が降っている。異常なばかりに美しく掃き清められた庭に一寸（約三センチ）ばかり降り積もり、庭石や松の木々を白くおおっていた。

「お待たせいたしました。殿が対面なされますので、お渡り下されませ」

秀一が先に立って本丸御殿に案内した。

こちらもすべて新築で、杉や檜の香りがただよっている。広々とした廊下は鏡のように磨き上げられ、糸くずひとつ落ちていなかった。

「うう、何やら寒い」

信元がひとつ胴震いした。

それは寒さのせいばかりではないことを、元康は鋭く察していた。

対面所は豪華だった。

信長が着座する上段の間には床の間があり、龍虎の絵がかけてある。ちがい棚には白磁の花器に赤い実をつけた深山千両（みやませんりょう）が生けてある。

驚いたのは天井で、碁盤（ごばん）の目状に区切った格天井（ごうてんじょう）のひとつひとつに色鮮やかな花が描かれている。

格天井は大寺院などにも用いられているが、こんなに華やかな装飾を見るのは初めてだった。

それに比べて客が座る下段の間は質素だった。左右の白い襖には、下の方に申し訳程度に薄水色の青海波（せいがいは）の模様が描かれている。

天井は杉の柾目板（まさめいた）を張っているばかりだが、これはこれで不思議な気品と清潔感があった。

（これも室町殿のやり方だろうか）

元康は目だけを動かしてあたりをながめた。

やがて信長が濃紺の大紋に烏帽子という折り目正しい姿で現れた。

小顔ですらりと背が高いので華奢な感じがするが、体は武芸や水練で鍛え抜いた鋼のような筋肉におおわれていた。

信長の顔は青ざめ、半開きにした目には不機嫌の光が宿っている。

ここに来たのはそれなりの覚悟があってのことだろうな、とでも言いたげな目だった。

「年賀のご挨拶を申し上げます。上総介どのには栄えある新年をお迎えになり、祝着至極に存じまする。ご当家のますますのご繁栄と……」

信元が平伏して言上したが、信長は最後まで言わせなかった。

「なぜ煩わす」

「は？」

「用件を申せ」

「お申し付けの通り、松平元康を連れて参りました。そのことをお伝えするべく、ご対面をお願い申し上げました」

「竹千代か」

信長は幼名を口にしたが、懐かしさや温かさとは無縁の響きだった。

「お懐かしく存じます。本日はご拝顔の栄に浴し、かたじけのうございます」

元康は途中でさえぎられまいと、少し早口になっていた。

「なぜ、すぐ来なかった」

これはなぜすぐに同盟に応じなかったか、という意味である。

「一昨年、桶狭間で叩(たた)きのめされました。それゆえ西三河を平定してからでなければ、合わす顔がなかったのでございます」

「ほう、さようか」

形のいい口ひげを動かし、信長がかすかに笑った。

「あの日は大高城の守りについておりました。義元公が討ち取られたと聞いて、天地がひっくり返ったほど驚きました」

「雑作(ぞうさ)もない。阿呆(あほう)を一人退治しただけじゃ」

「お陰さまで西三河の平定を終え、水野信元どののお口添えによって、こうして御前にまかり越すことをお許しいただきました。改めて御礼申し上げます」

元康は用意の書状を長谷川秀一に渡し、取り次いでくれるように頼んだ。

お申し付けの通り犬馬の労をとらせていただく。境目については御意の通りに計らうので、堺の鉄砲商人との取り引きをお許しいただきたい。

それだけを簡潔に記している。

境目とは三河と尾張の国境のことで、高橋郡は信長に、碧海郡の大半は信元に引き渡すことになっていた。

「なるほど。さようか」

信長は元康の腹のくくり方が気に入ったらしい。半眼にしていた目を初めて見開き、あれを持てと長谷川秀一に命じた。

年若い近習が運んできたのは、折敷に載せた銀の延べ板である。少なくとも二十貫目（約三千二百万円）はありそうだった。

「下野にこれを取らす。今度の働きの褒美じゃ」

信長は信元に銀を渡し、そちはもう下がって良いと言った。

二人きりで向き合うと、子供の頃の関係にもどった。元康がそう感じたほど、信長の表情がやわらかくなった。

「竹千代、久しいの」

信長はたった今元康と会ったような言い方をした。

「八つの歳（とし）にお別れして以来でございます。もう十三年になります」

「西三河の平定、大儀であった。藤波畷の戦ぶりは聞いておる」

「信長さまが桶狭間でなされたことに比べれば、何ほどのこともございません」

「聞いたか、下野から」

「おおよそのことは」

「あれは九尾（きゅうび）の狐（きつね）じゃ。真に受けるな」

その口ぶりの冷たさが、元康には意外だった。

信長と信元は一枚岩だと思っていたが、どうやらそうではないようだった。

「犬馬の労をとると申したな」

「ははっ」

「ならば三河と遠江（とおとうみ）を切り取っておけ」

余は美濃を取り、近江（おうみ）を押さえて都に上（のぼ）る。

その間、東からの脅威にさらされないように磐石（ばんじゃく）の備えをしてもらいたいと、信長は遠大な計略を語った。

「天下に号令なされますか」

「そうじゃ」

「これは途方（とほう）もないお望みでございますな」

元康は思わず無遠慮な笑みをもらした。

「さようか」

信長の目が再び鋭くなった。

「俺などには想像もできないことでございます」

元康は背筋にひやりとしたものを感じ、襟を正してご計略を聞かせていただきたいと頭を下げた。

「天下を尾張にする。簡単なことじゃ」

「それはどのような意味でございましょうか」

「分からぬなら、聞くな」

信長は不機嫌そうに吐き捨てた。

お前も所詮（しょせん）その程度の男かと、腐った魚でも見るような目をしていた。

「申し訳ございません。田舎から出てきたばかりで、ご城下のにぎわいに目を回したほどでございます」

「何だ。にぎわいの元は」

「商いと交易、そう見受けました」

「その大元はどこにある」

「それは……、都ではないでしょうか」

教師に返答を迫られた劣等生のように自信なげに言って、元康ははっと気付いた。

織田家は伊勢湾海運を押さえることによって、巨万の富を得てきた。

その実力のほどは、信長の父信秀（のぶひで）が天文（てんぶん）十二年（一五四三）に四千貫文の銭（約三億二千万円）を朝廷にポンと寄付していることからもうかがえる。

信長はその態勢をいっそう強化して商業、流通の振興策（しんこうさく）をほどこし、今や実質的な尾張の支配者になっている。

しかし商品の流れは、尾張一国にとどまるものではない。東国からの商品は尾張から美濃や近江を通って都に流れていく。

その流れを追って拠点を次々に押さえていけば、今の何倍もの関銭や津料を徴収することができる。

たとえば近江を押さえて琵琶湖の水運を掌握したなら、日本海の海運ともつながることができる。

泉州堺を手に入れたなら、南蛮貿易を支配できるようになる。

信長の雄大な構想に初めて気付き、元康は驚きのあまり口を半開きにして目を宙に泳がせた。

これが子供の頃からの癖で、ひどく阿呆じみた顔になる。

信長もそれを良く知っていた。

「分かったようだな。その頭でも」

「恐れ入りました。信長さまのお考えには、ついていけませぬ」

「遅れても良い。ついて参れ」

「犬馬の労をとると、お誓い申し上げました」

「ならば、褒美を取らす」

信長が手を打ち鳴らすと青海波を描いた襖が開き、折敷を目の高さにささげた妙齢の美女が入ってきた。

細くきりりとした眉、涼しい目元、紅いつぼみがほころんだような唇、腰まで垂らした緑なす黒髪。

その美しさに元康は一瞬目を奪われ、非礼を恥じて顔を伏せた。

鮮やかな萌葱色の打掛けを着ているので、余程身分の高い方だと察したのである。

「忘れたか、竹千代。お市じゃ」

信長は元康の動揺ぶりを楽しんでいた。

人質として熱田にいた頃、元康は信長の妹のお市に何度か会ったことがある。自分より五つ下と聞いたので、まだ二歳か三歳だったはずだ。

それがこんなに美しくなっているのだから、覚えていろと言う方が無理だった。

お市は元康の前に座り、折敷をふわりと置いた。

表に上質の紙がかぶせてあり、少し盛り上がっている。

(銀かな)

元康はかすかに期待し、己の小ささを恥じた。

「会盟の約が成ったとうかがいました。おめでとうございます」

お市は指をついて挨拶し、元康の目を真っ直ぐに見つめた。

元康は瞳の美しさに目を奪われ、聡明さに感じ入った。

会盟の約とは、中国の覇者が諸侯を集めて盟約を結ぶことである。日頃から漢籍（かんせき）を読んでいなければ使える言葉ではなかった。

「どうぞ、お召し上がり下さい」

紙をめくると、三本のみたらし団子が現れた。

ひと串に三つの団子をさし、醤油（しょうゆ）色をしたたれをかけてある。

「食え、好きであろう」

信長が前のめりになって勧めた。

元康が人質になっていた頃、信長は熱田神宮の帰りにみたらし団子を持って立ち寄ったことがある。

淋（さび）しさに打ち沈んでいた元康は、団子のあまりのおいしさに思わず顔をほころばしたものだ。

あれは人質になって間もない頃だから、もう十五年も前である。それを信長はしっかりと覚えていたのだった。

（この人は欺（あざむ）けぬ）

元康は改めて心に刻み、有り難く団子をいただいた。

「今夜は泊まっていけ。余のたっての所望じゃ」

信長の言葉には、逆らい難い強さがあった。

夕方、酒宴があった。

信長は顔を出さなかったが、家老の林秀貞（通勝）、佐久間信盛、侍大将の柴田勝家など、織田家の重臣たちが居並んでいる。

その席の上座に案内され、元康は新参の盟約者として初対面の挨拶をした。

今川家が没落したので、あわてて頭を下げに来たか。

重臣たちはそう言いたげな視線を投げてくるので、針のむしろに座らされているようである。

しかし不機嫌な顔を見せるわけにはいかないので、どうぞよろしくと酒を注いで回り、勧められるままに盃を受ける。

そうこうしているうちに、すっかり酔っていた。

席にいる時は気力で抑え込んでいたが、部屋にもどって横になると、急に酔いが回り、深々と寝入り込んでいた。

しかし、さすがに武士である。酔いつぶれていても意識の一部は冴えていて、危険に対処すべく身構えている。

深夜、廊下をすり足で歩くかすかな音さえ聞きのがさなかった。

(忍びか)

元康はかたわらに置いた刀を夜具の中に引き入れた。

いつ踏み込まれても対処できるようにして息をひそめていると、足音が部屋の前で止まり、音もなく襖が開いた。

薄目を開けて様子をうかがうと、背後の月に照らされて女の姿が浮き上がった。

(まさか……)

驚きに息を呑(の)んだ。

長い髪を元結でむすんだ姿は、お市にちがいない。しかもこの寒夜(かんや)に、白小袖をまとっただけだった。

それが何を意味するか、分からないほどうぶな元康ではない。

しかし、これはどうした訳か。夜伽(よとぎ)をせよと信長が命じたのなら、盟約の標(しる)しに妻にせよということだろうか……。

めまぐるしく考えを巡らしている間に、お市は落ち着き払って襖を閉め、座ったままさらりと小袖を脱ぎすてた。

真っ暗なので裸体が見えたわけではない。だが床に落ちた衣の音と、濃密な香の匂いでそうと分かった。

「お目覚めでしょう。ご無礼いたします」

一糸まとわぬ姿で、お市が夜具にもぐり込んできた。

元康はあわてた。

うら若く美しい娘に、こんな風に迫られたことは一度もない。しかも相手は、あの恐ろしい信長の妹なのである。

だが、ここで取り乱したなら武士がすたる。元康は喉元までせり上がりそうな肝っ玉を呑み下し、平然と横になっていた。

お市はそれを了解の返事と取ったらしく、ためらうことなく体を寄せてきた。

二の腕あたりに乳房が当たり、妙に熱い。このままでは足までからめられ、身動きできなくなりそうだった。

「信長どのの、お申し付けか」

こんな大胆なことをする理由は、それしか考えられなかった。

「元康さまも、その程度のお方なのですか」

「何が」

「殿方はみんなそう。わたくしを信長の妹としか見ないで、大切にしたり怖がったり」

「では、なぜこんなことをする」

「元康さまのお子が欲しいからでございます。ここに」

お迎えしとうございますと、お市は元康の手を秘所に導いた。

やわらかい草むらにおおわれた場所は、すでにしっとりと濡(ぬ)れている。もう男を知っている体だった。

「俺の嫁になるということか」

「そんなことは望んでおりません。あなたさまの子が欲しいだけ」

「分からぬ。なぜだ」

「わたくしは一度嫁にやられました。兄のお気に入りの方でしたが、うんざりするほど小心者で、兄のことばかり気にかけておられました」

それが嫌で婚家を飛び出し、信長にひどく怒られた。以来肩身の狭い思いをしているので、元康の子を宿して見返してやりたいという。

「そうすれば兄も、わたくしを道具のように他家に嫁に出したりはしないでしょう。だって、元康さまのことを大層気に入っていますから」

「そんな身勝手な理由で」

人の子種を盗りに来たかと、元康は内心あきれたが、お市の気持ちは分からぬでもない。

十六といえば母の於大が水野家に返された歳なのである。決して若いとはいえまいと、惻隠の情がふつふつとわき上がってきた。

こうした情け深さは、元康が生涯持ちつづけた魅力であり、最大の弱点でもあった。

第五章

築山殿

永禄八年頃（一五六五年）勢力図

岡崎城にもどった松平元康は、明らかに以前とはちがっていた。

立ち居振る舞いが堂々として、風格と威厳がそなわっている。

言動にも自信がみなぎり、やる気満々という感じだった。

織田信長との同盟が成ったことを知らされた重臣たちは、そのことで元康が自信を深めたのだろうと受け取っている。

むろんそれもあるが、元康にとってはお市と一夜を共にしたことの方が大きかった。

男というものは、女を知ることによって一人前の大人になる。

快楽を知り、男女の不可思議さを知り、この人生を背負っていくと決意することで、顔付きまで変わってくる。

瀬名を娶った時には、そうした達成感はなかった。

今川家にあてがわれたという意識が強く、どうしたら上手くやっていけるかということばかり考えていた。

ところがお市の場合は、自分の男としての魅力でつかみ取った（つかみ取らされた）ものである。

水野信元(のぶもと)でさえ怯(おび)えていた信長の妹を、組み伏せてわが物とした。

しかも翌朝、信長がすべてを知っていることが分かっていながら、臆(おく)することなく向かい合うことができた。そのことで信長と対等になった気さえした。

信長も元康の気持ちを察したらしい。

こいつめ、とでも言いたげな笑みを浮かべ、

「ともかく、仕事を急げ」

突き放すように言ったばかりだった。

夜明け前にお市が白小袖をまとって部屋を抜け出していく時、元康はたずねてみた。

「岡崎に来るか」

妻にしてもいい、という思いを込めた誘いだった。

「そんなつもりはないと、申し上げたはずです」

お市はにべもなかった。

「それでは、どうする」

「児(やや)ができたと分かったら、お知らせします。わたくしのことを、ずっと気にかけ

ていて下さい」

そう告げると、この世ならざる物のように音もなく去っていった。

気丈で激しい気性とはうって変わった儚なげな姿が、元康の脳裡に深々と刻み込まれていた。

元康は難問に直面していた。

信長との同盟が今川氏真に知れたなら、瀬名と子供たちの命はない。その前に何としてでも、救い出す手立てを講じなければならなかった。

（まだ四つと三つなのだ）

竹千代（後の信康）と亀姫が幼い手足を磔柱に縛られ、槍で串刺しにされる。

その光景を想像しただけで、元康は身を切られるような痛みを覚えた。

取り返す方法はひとつしかない。自分が織田家から解放された時のように、今川方の要人を捕らえて人質の交換をすることだ。

一番の標的は、宝飯郡上ノ郷城（蒲郡市神ノ郷町）の鵜殿長照である。

長照は氏真の従兄弟なので交換に応じる可能性は大きいが、問題はどうやって捕まえるかだった。

西三河を制圧した元康に対して、今川方は上ノ郷城に長照、牛久保城（豊川市）に牧野成定、吉田城（豊橋市）に小原鎮実、田原城（田原市）に朝比奈元智を配して守りを固めている。

上ノ郷城を攻め落とすことはできるにしても、長照を生け捕りにするのは至難の業だった。

（信長どのなら、どうなされるだろう）

元康はそう考えるようになっている。信長と対等だと意識するようになって以来、一歩でも半歩でも近付こうとしていた。

そんな時、将軍足利義輝から使者が来た。

使いの役は泰翁上人。京都誓願寺の住職であり、松平家とは先代広忠の頃から懇意にしていた。

「このたび公方さまは東国の無事をはかるべく、御内書を発してご当家と今川家の調停をなされます。ご使者は三条大納言さま、御内書の案はかくの通りでございます」

泰翁がさし出した書状には、元康と氏真の合戦によって東海道が不通になっているので、すみやかに和睦するようにと記されていた。

「この御内書は、今川どのにも届けられます」

泰翁は暗に従うように迫っていた。

「また相模の北条どの、甲斐の武田どのにも、和睦のために力を尽くすように御内書を下されます」

「今川は従いますか」

「この調停は、今川どのから公方さまにお願いしたようでございます。そうして時間をかせぎ、桶狭間以来の退勢を立て直したいのでございましょう」

(で、あるか)

元康は胸の中で信長の口真似をし、この機会をどう活かすべきか考えた。

和睦に応じる条件として、瀬名や子供たちの引き渡しを求めたなら、氏真はすんなりと応じるだろう。

しかしそれでは和睦の条件を守らざるを得なくなり、三河、遠江を切り取っておけと言った信長の命令に背くことになる。

「調停のご使者は、いつ頃都を発たれるのでしょうか」

「定かではありませんが、一月末か二月初めと存じます」

（あと十日か半月はある）

元康はその間に何ができるかと考え、ひとつの策を思いついた。

「承知いたしました。公方さまのおおせの通りにいたします」

「それは結構。公方さまもさぞお喜びになるでしょう」

「ただし、ひとつ条件があります」

今川家に人質になっている妻子を引き渡すこと。しかも泰翁上人が駿府を訪ねて、直に承諾を得てもらいたい。そう申し入れた。

「困りましたな。駿府へは別の者が使いに行っておりますが」

「駿府へ向かう船の手配をいたします。その言質を得てからでなければ、和睦に応じることはできません」

「分かりました。それではおおせの通り、富士遊覧の旅をさせていただくことにいたしましょう」

泰翁上人を送り出すと、元康は酒井忠次を呼んで御内書を示した。

「今川はよほど窮しているようですな」

忠次はこの調停の背景を即座に見抜いた。

「俺は応じると答え、上人に駿府まで行ってもらうことにした」

いきさつを手短に語ると、忠次は不満を隠した悲しげな目をした。

「妻子のために、東三河を捨てますか」

「考えがあってのことだ。そちは境目の城に使者をつかわし、固く城を守って戦をさけるように伝えよ」

二日後に泰翁上人が駿府からもどり、和睦が成ったなら妻子を引き渡すという今川氏真の内意を伝えた。

「かたじけない。当方はすでに諸城に停戦を命じております。後は今川の出方次第です」

「今川どのも応じられましょう。さっそく都に立ち返り、公方さまにお伝えいたします」

泰翁は上首尾に満足し、あわただしく去っていった。

数日、様子を見た。

敵方の城を偵察に行った者たちが、いずれも矛をおさめて停戦していると伝えた。

昨年の四月以来激戦がくり返された境目に、久々に平和がおとずれたのである。

思う壺だと内心ほくそ笑み、元康は服部半蔵を呼んだ。

「近々、上ノ郷城を急襲して鵜殿長照らを人質に取る。配下の忍びを城下に入れ、その時に備えよ」

和睦に応じると言い、泰翁に人質の交渉をさせたのは、今川方を油断させるためだった。

停戦と信じて備えをゆるめた上ノ郷城を攻め、長照らを捕らえて瀬名や竹千代たちと交換するのである。

将軍義輝の調停を逆手に取った策で、信長ならこうするにちがいないと思った。

「承知いたしました。しかし当家の配下は、今川の者に顔を知られているおそれがあります。他の者を使ってよろしいでしょうか」

「誰じゃ。信用できる輩か」

「甲賀の忍びでございます。素姓を明かすことはできませんが、腕は確かでございます」

半蔵が頼んだのは、甲賀出身の伴与七郎資定である。

主従およそ四十人、それぞれ商人や職人、遊芸人、勧進僧などに姿を変えて上ノ郷城下に潜入し、急襲の時を待つことにした。

急襲は二月四日と決めた。

二月三日の深夜、元康は三千の兵をひきいて岡崎を出て、上ノ郷城の北西にある名取山に布陣した。

この日は節分で、各地の神社で追儺や豆まきの神事がおこなわれた。それに合わせて市が立ち、直会などの酒宴も多い。

そうした喧騒が静まり、人々がぐっすりと寝入り込んだ頃を見計らって行動を起こしたのだった。

翌朝、本多広孝、松平家忠、久松俊勝などに二千の兵をさずけて攻撃に向かわせた。

鳥居元忠も松平鉄砲隊をひきいて、この作戦に加わっている。

また伴与七郎ら甲賀衆も、夜の間に城内に潜入して松平勢の攻撃が始まるのを待っていた。

城はあっけなく落ちた。

今川方は停戦が成ったものと信じて油断し、昨夜の節分の酒に酔って深々と寝入っている。

その隙をついて城内にひそんだ甲賀衆が城門を開け、松平勢を引き込んだ。

それと同時に甲賀衆が城内に仕掛けた爆裂弾に火を放つと、鵜殿勢は敵に寝返った者がいると勘違いして大混乱におちいった。

「方々（かたがた）、降伏なされよ。無駄に命を捨ててはなりませぬ」

松平の諸将はそう呼びかけながら奥に進み、半刻（約一時間）ほどで城を乗っ取った。

その間に服部半蔵と伴与七郎らが、鵜殿長照一家を虜（とりこ）にしようと本丸御殿に攻め入っていた。

もっとも重要な役目を、伊賀と甲賀の忍者がになったのだった。

元康は名取山の本陣から城攻めの様子をながめていた。

定めた手順に従い、面白いように事が運んでいく。

煙を吹き上げる城内では、将兵たちが血みどろの戦いをしていると分かっているが、まるで芝居でも見ている気分だった。

「殿、策士になられましたな」

忠次は元康の変貌ぶりに驚いていた。

「兵法は詭道。それに徹したばかりじゃ」

「どうやら清洲で、信長さまに鬼の知恵をさずけていただいたようでござるな」

やがて服部半蔵が、二人の若者を引き連れてやって来た。

「申し上げます。鵜殿新七郎氏長さま、同じく藤三郎氏次さまをご案内申し上げました」

二人とも長照の子で、氏長は十四歳、氏次は十三歳。元服して間もない少年で、今川氏真から諡をいただいている。

鎧もつけていないのは、寝込みを襲われたからだった。

「陣小屋に案内せよ。丁重にな」

元康は近習の松平康忠（源七郎）に命じた。

自分も人質暮らしが長かったので、二人の少年の無念や悔しさは痛いほど分かった。

「して、長照どのと奥方は」

声をひそめて半蔵にたずねた。

「奥御殿に踏み込む前に、脱出しておられました。ただ今、甲賀衆が行方を追っております」

「さようか、大儀であった」

半刻ほどして、伴与七郎が白い包みを下げてやって来た。包みの下が血に赤く染まっているのを見て、元康は天をあおいだ。

「鵜殿長照どのの御首(みしるし)でございます」

与七郎が作法通りに披露(ひろう)した。

「命じたはずだ。生け捕りにせよと」

「申し訳ございません。捕らえようといたしましたが、力及ばず」

長照と妻は数人の家臣に守られて城を脱出し、五井山(ごいさん)に向かった。

与七郎らは清田(せいだ)の安楽寺(あんらくじ)の近くで一行に追いつき、前後を囲んで降伏するように呼びかけたが、長照は妻を刺し殺して自害したのである。

「奥方を手にかけられただと」

「あっという間のことで、止めることができなかったのでございます」

「ご遺体は」

「長照どのと共に荼毘(だび)に付すように、安楽寺の僧に頼んで参りました」

「分かった、もうよい」

長照とは桶狭間の戦いの時、一緒に大高城(おおだか)を守った間柄である。その首を年若い元康は正視することができなかった。

「石川数正(いしかわかずまさ)を呼べ」

平静を装ったが、声がかすかに震えていた。

数正はすぐにやってきた。鎧に返り血をあびているのは、松平家忠らと城内に攻め入っていたからだった。

「そちはこれより駿府へ行き、人質交換の交渉をしてきてくれ」

「人質と申しますと」

数正が知らぬ顔で問い返した。

「鵜殿の息子二人を捕らえた。存じておろう」

「先ほどうかがいました」

「その二人と、俺の妻子を交換してくるのだ。分かりきったことをたずねるな」

「竹千代さまと亀姫さまは人質でございましょうが、瀬名さまはそうではありますまい」

確かに瀬名は実家の関口家に身を寄せているし、元康はすでに離縁状を送っているのだから、人質とは少しちがっていた。

「離縁状は瀬名を救うための方便だ。それに関口どのからも、承諾したという返事はもらっておらぬ」

「それなら三人と二人の交換になりまする。釣り合いが取れぬと言われるおそれがございますが」

「それは追い詰めれば良い。一刻も早くこのことを申し入れることが大事なのだ」

元康はさっさと行けと急き立てた。

上ノ郷城が落とされ、鵜殿長照が討ち取られたと知ったなら、今川氏真は報復のために三人を処刑するおそれがある。

それを避けるには、一刻も早く人質交換の交渉に入らなければならなかった。

その日は上ノ郷城に泊まることにした。

今川方の逆襲にそなえて城の守りを固める必要があるし、城下の鎮撫(ちんぶ)にもつとめなければならない。

また東三河の国衆(くにしゅう)に戦果を伝える書状を送り、身方に参じるように呼びかけるのも重要な仕事だった。

翌日の夕方、石川数正がもどってきた。

「どうじゃ、首尾は」

「これが今川からの返答でございます」

差し出した書状には、人質交換にあたっての二つの条件が記されていた。

ひとつは、上ノ郷城の占領はやむなしとするが、宝飯郡より東には兵を進めないこと。もうひとつは、瀬名を正室の地位にとどめ、竹千代が元服するまで同居させること。

いずれも厳しい条件だった。

「関口どのに仲介を頼んだか」

「おおせの通りにいたしました。この書状は、関口どのから受け取ったものでございます」

「何と言っておられた。あのお方は」

「今回の松平の所業は許しがたい。公方さまのお申し付けを逆手に取ってだまし討ちにするようでは、元康どのの末も知れているとおおせでございました」

数正は遠慮なく、言われた通りのことをくり返した。

「それで、そちは何と答えた」

「どのような末になると思われるか、とたずねました」

「ほう、それで」

「公方さまのお申し付けには、武田も北条も従うことになっている。今川は両家との同盟をさらに強化し、松平の裏切りと跳梁跋扈（ちょうりょうばっこ）を許さないと」

「宝飯郡を境目にするのは、それまでの時間かせぎだな」

「数日中には返答すると約束してまいりました。いかがなされますか」

「第一条には応じられぬ。三河一国を領して祖父清康（きよやす）の頃の権勢を取りもどすことは、わが松平家の悲願だ」

元康はそんな理屈で、三河領有の正統性を主張した。

「第二条は、どうなされますか」

「おおせの通りにする。俺の本意は妻子の無事をはかることにあると、関口どのに伝えてくれ」

「承知いたしました。しかし」

第一条を拒むなら、今川は人質交換に応じないだろう。その時はどうするつもりかと、数正は先を見越して決断を迫った。

「その時には……」

元康はしばらく絶句し、その時には瀬名を諦め、竹千代と亀姫の引き渡しを求めよと命じた。

二対二の人質交換なら、氏真も承諾するはずだった。

石川数正を再び駿府に向かわせた後、元康は久松俊勝を呼んだ。

「明日、我らは岡崎城に引き上げる。この城の留守を、そちに守ってもらいたい」

母の夫をそう呼んだところにも、元康の意識の変化が表れていた。

「有り難き幸せに存じます。身命を賭して、役目をはたさせていただきます」

「寄騎（よりき）として本多広孝の兵五百を残していく。鉄砲二十挺（ちょう）もさずけるゆえ、今川方に付け入る隙を与えぬようにせよ」

翌日、元康は鵜殿氏長、氏次兄弟をともなって岡崎城にもどった。

桶狭間の合戦の前には、今川家の人質になっていた氏長を馬廻り衆に加え、同じ道を西に向かったものだ。

あれからわずか一年九ヶ月しかたっていないのに、互いの立場は大きく変わっている。

その転変を思えば、小舟に乗って嵐の海をただよっているような頼りなさを覚えた。

岡崎城にもどって五日が過ぎても、数正からは何の知らせもなかった。

二対二の交換でも埒が明かぬかと案じながら待っていると、二月半ばに数正の使者がやって来た。

「口上のみで失礼いたします。今川家が人質交換に応じました。鵜殿どのの子息二人とご妻子三人を、西田川のほとりで引き換えることにいたしました」

「境目のことはどうした」

「氏真公は殿のご返答に立腹しておられましたが、関口どのが身を挺して、説得なされました」

「身を挺してとは、どういうことだ」

「ご自身が責任を取って腹を切る。それゆえ母子三人を松平に返してくれと、直訴なされたのでございます」

氏真がそれを承知すると、義広はその日のうちに妻と共に自害したという。

「北の方も、ご一緒に」

元康は暗がりでいきなり殴られたような衝撃を受けた。

こんなことになろうとは、想像さえしていない。ただ信長の知略を真似、敵の裏をかく策を弄しただけである。

それが義父母を死なせる結果を招き、事の重大さに取り乱していた。

「数正は、石川数正は何をしておったのじゃ」

「関口どのの屋敷に泊まり込み、膝詰めで談判なされました。関口どのが身を捨てて瀬名さまを返そうとなされたのは、その説得が功を奏したからと存じます」

「ならば書状くらい寄越すべきであろう。そうでなければ、何があったか分からぬではないか」

「それがしを信じられぬとおおせでござるか」

四十がらみの使者が、平伏したまま鋭い目で睨み上げた。

「そうではない。そうするべきだと言っているだけだ」

「今川家の中には、数正さまを斬って松平と断交すべきだと主張する者もおります。その者たちが厳しく見張っておりますので、駿府を出るのに難儀したほどでございました」

万一敵に襲われて書状を奪われたなら、ようやくまとまった交渉を破棄されるおそれがある。

それゆえ数正は書状を記さず、使者にすべてを託したのだった。

人質の交換は二月末日と決まった。

上ノ郷城の東を流れる西田川の両岸に松平、今川の双方が行き合い、互いの人質を船に乗せる。そうして同時に漕ぎ出して、対岸の敵に引き渡すのである。

瀬名や子供たちを迎えるために、元康は岡崎城の本丸御殿の修築を始めた。

わざわざ駿府から大工を呼び寄せ、自ら奥御殿に足を運んで作事の指示をするほどの熱の入れようだった。

「殿、よろしゅうござるか」

ある日、酒井忠次が難しい顔をして呼び止めた。

「どうした。腹でも下したか」

「そうではござらぬ。瀬名さまを城内にお迎えするのは、いかがなものかと存じまする」

「なぜじゃ」

「今川は敵になり申した。それにこちらに参られるにあたっては、何人かの侍女や侍を従えておられましょう」

その者たちは間諜（かんちょう）の役もつとめるので、当家の内情が今川方に筒抜けになる。そう案じていたのだった。

「確かにその通りかもしれぬ。だが瀬名を正室の座にとどめ、子供たちと同居させると約束した。それに背（そむ）くわけにはいかぬのだ」

「ならば城外のしかるべき場所に、しばらくの間お住まいいただいたらどうでしょうか」

「ようやく妻子と暮らせるようになるのだぞ。そのように薄情なことができるか」

「お気持ちはお察しいたしますが」

御家の大事なのだから熟慮してほしいと、忠次は食い下がった。

「俺はな、忠次。妻子を取り返そうと焦るあまり、瀬名の父と母を死なせてしまった。無理押しをして、自害に追い込んだのじゃ。瀬名はそれを嘆き悲しんでいよう。だから大事にしてやりたい」

「されど、殿……」

「間諜の取り締まりについては、服部半蔵に申し付けておく。俺もうかつなことを話したりはせぬ。だから、曲げて承知してくれ」

二月末日、人質の交換はとどこおりなく行われた。

この日は朝から快晴で、暖かい春の風が吹いていた。岡崎城内の桜も開き、今日の良き日を寿いでいるようである。

元康は烏帽子に大紋という改まった姿で瀬名たちの到着を待っていたが、正午を過ぎた頃に思いがけない知らせがあった。

「申しあげます。奥方さまのご一行は、城下の惣持尼寺にお入りになります」

石川数正の使者が告げた。

前と同じ四十がらみの男だった。

「休息か」

「両親の喪中（もちゅう）ゆえご入城を遠慮したいと、奥方さまがおおせでございます」

「さようか。ならばこちらから出向くと伝えよ」

元康はすぐに出ようとはしなかった。

子供たちには早く会いたいが、瀬名からどんな言葉をあびせられるだろうと思うと、顔を合わせるのがおっくうだった。

（さて、そろそろ）

瀬名の非難にどう答えるかを考えてから、元康はようやく重い腰を上げた。

岡崎城の東に、乙川（おと）ぞいにつづくなだらかな丘陵がある。その東端に南にせり出した築山（つきやま）と呼ばれる一画がある。

昔から築山稲荷（いなり）が祭られているこの高台に、惣持尼寺があった。

岡崎城からはおよそ四町（約四百四十メートル）ばかりで、南に流れる乙川を見下ろす景勝の地だった。

元康は近習頭の松平源七郎康忠らを従え、惣持尼寺の苔むした山門をくぐった。

本堂の入り口に石川数正が出迎え、

「どうぞ。こちらでお待ちでございます」

庫裏の広間に案内した。

瀬名は竹千代と亀姫を左右に従え、下座に控えていた。

薄墨色の打掛けをまとい、化粧もしていない。顔は青白くやつれて、豊かだった髪は艶を失っていた。

竹千代は四歳、亀姫は三歳で、健康そうにぷっくりと太っている。だが瀬名の緊張が伝わったのか、体を固くしてかしこまっていた。

「長い間、苦労をかけたな」

元康はねぎらいの言葉をかけて出方をうかがったが、瀬名は身をすぼめてうつむいているだけだった。

「義元公が不慮の死をとげられ、我らも生き残るのに必死だった。だが、お前たちのことを忘れたことは、一日たりとてなかったのだ」

「こうして再びお目にかかることができました。それだけで幸せでございます」

瀬名が殊勝に頭を下げると、二人の子もあわててそれにならった。

「しかし、義父上（ちちうえ）と義母上（ははうえ）を失うことになった。さぞ心を痛めていることだろう」

「あれはわたくしのせいでございます。お心遣い下さいますな」

「そなたのせいとは？」

「子供たちと共にいたいと、わたくしが我がままを申しました。その願いをかなえるために、父と母は身を捨てたのでございます」

瀬名は別人のように従順で、責めを一身に負っている。

それだけ辛（つら）く哀（かな）しい思いをしたのだろうと、

「それもこの子たちを守りたい一心からであろう。望みがあれば、何なりと申すがよい」

元康はそんな言葉で、心の手をさし伸べた。

「それなら竹千代が元服するまで、一緒に住むことをお許しいただけますか」

「むろんじゃ。そなたを正室として扱うと、今川どのと約束しておる」

「かたじけのうございます。両親を失い故郷（ふるさと）を追われたわたくしにとって、この子たちだけが生き甲斐でございますので」

どうぞよろしくお願いしますと、瀬名が手をすり合わせて頼み込んだ。

「竹千代、覚えておるか。お亀、俺が父親じゃ」

元康はそう言って膝の上に抱き取ろうとしたが、二人とも瀬名にひしとしがみついて動こうとしなかった。

「申し訳ございません。じきに馴れると思いますので」

瀬名がおびえたように取り乱して、この方がお父上だと二人に教え込もうとした。

「竹千代と別れたのは二つの時じゃ。お亀とは初めて会うた。尻ごみするのは無理もあるまい」

「父上のもとに参ると言い聞かせたのですが、申し訳ないことでございます」

「そのように気を遣うな。以前と同じようにしていればよいのじゃ」

元康は瀬名の緊張をほぐそうと笑顔を作り、岡崎城にはいつ移るかとたずねた。

「四十九日の喪が明けたなら、改めて相談させていただきとうございます」

「なぜじゃ。喪が明けたなら、すぐに移ればよいではないか」

「気がかりなこともございます。我がままをお許し下さいませ」

「それまでは、子供たちもここに留めるのか」

「二人は父母がこよなく慈しんでおりました。子供とはいえ、仕来り通りの供養をさせてやりとうございます」

「それでは俺が時々会いに来ることにしよう。竹千代、お亀、早く父の顔を覚えてくれよ」

元康はおどけた顔をして機嫌を取り、三人に会えたことに満足して惣持尼寺を後にした。

四十九日の喪が明けても、瀬名は岡崎城に入ろうとしなかった。体の調子が悪いので惣持尼寺から出たくないという。

元康が訪ねていっても、申し訳ありませんと消え入るように詫びるだけである。

駿府から同行して来た二人の侍女にたずねると、

「昼間はお変わりないのですが、お眠りになってからうなされておられます」

あるいは何か悪い霊に取り憑かれているのかもしれないと、口をそろえて言いつのった。

出入りの医師に診察してもらうと、体が相当に弱っていると言う。心労がたたって五臓が衰弱し、眠りが浅くなって悪い夢にうなされるとの見立てだった。

子供たちの世話は侍女がするので問題はないし、心労がたたっていると言われると、無理をさせるわけにはいかないという気持ちになる。

それに松平家中には、酒井忠次と同じように瀬名を城内に入れるべきではないと言う者も多いので、しばらくはこのまま様子を見ることにした。

「なあに、城は目と鼻の先。俺が通ってくればすむことじゃ」

元康は気にするなと瀬名を励ました。

まさかこの状態が何年もつづくことになるとは、想像さえしていなかったのだった。

永禄六年（一五六三）の年明け早々、織田信長から使者が来た。

両家の結びつきを強めるために、信長の長女徳姫と竹千代の縁組をしたいというのである。

元康はこれを断れる立場にないし、断りたいとも思っていない。

気がかりなのは瀬名がどう受け取るかだが、後で説得をすればいいと思い直し、

「願ってもないことでござる」

そう返答したのだった。

それから四ヶ月後、元康は今川義元から与えられた諱を捨てて家康に改名した。後の徳川家康につながる名乗りが、この時から始まったのである。

今川家とのしがらみを断ち切った松平家康は、三河一向一揆の蜂起も無事に乗り切り、東三河への侵攻を一気に加速した。

永禄七年（一五六四）二月には奥三河作手の奥平貞能、五月には渥美郡二連木城の戸田重貞を身方にし、所領の安堵をおこなっている。

同年六月、家康は酒井忠次に東三河の統轄を命じ、上ノ郷城攻略戦で活躍した本多広孝には田原城（田原市）周辺の所領を与えた。

翌八年（一五六五）三月には吉田城、田原城を攻め落とし、悲願の三河統一を成し遂げた。

時に家康二十四歳。天才と呼ばれた祖父清康が、三河統一をはたしたのと同じ年である。

清康はその翌年に家臣によって暗殺されたが、家康の前途にはまだ五十年という長い歳月が残されているのだった。

永禄九年（一五六六）十二月、家康は松平から徳川に改姓し、従五位下、三河守に任じられた。

このことによって徳川家康は正式に三河守護になり、三河統治の大義名分を得ることができたのだった。

こうした成果を見届けて、織田信長が動いた。

永禄十年（一五六七）の年明け早々、竹千代と徳姫の婚礼を迫ってきたのである。

「五月には輿入れをすると、おおせでござる」

信長の使者がそう告げた。

二人は九歳になったばかりで、夫婦になるにはまだ早い。家康の側にもいろいろと事情があった。

「有り難きおおせでござるが、婚礼の日取りについては改めて」

相談させてもらいたいと、家康は三河守の威厳をもって押し返そうとしたが、

「すでに先の予定も決まっており申す。否応はございません」

すぐに仕度にかかるように申し付けて、使者は接待も受けずに帰っていった。

信長の命令は絶対である。

先の予定があるというからには、この婚礼を機に何か大きな戦略を推し進めよう

としているのだろう。

家康はすぐに近習頭の松平康忠を呼び、石川数正とはかって婚礼の仕度にかかるように命じた。

「織田どのとの縁組じゃ。銭に糸目をつけずに贅を尽くせと、数正に伝えよ」

東三河を押さえたことで、家康は三河湾の海運の大半を掌握している。そこから上がる収入は莫大で、松平家の内証も格段に豊かになっていた。

問題はこの婚礼を瀬名と竹千代にどう伝えるかである。

家康は数日の間熟慮し、やはり自分で伝えるしかないと腹をくった。

正月の松が明けた頃、家康は康忠だけを従えて惣持尼寺に向かった。

本丸の南門を出て、乙川ぞいの土手の道を東に向かう。すると前方に、川に向かってせり出した築山の森が見える。

季節によって装いを変える森と、乙川の豊かな流れをながめながら寺に通うのが、この五年の家康の習いだった。

人質交換によって岡崎に移って以来、瀬名は子供たちとともに惣持尼寺に引きこもっている。

岡崎城に移るように何度か迫ったが、そのたびにさまざまな理由を並べて断られ、根負けして好きなようにさせているのだった。

山門につづく石段を登ると、境内には大勢の参拝者が集まっていた。瀬名の説法を聞きに来ている者たちである。

出家こそしていないが、瀬名は五年の間に仏の教えを学び、わかり易い言葉で庶民に説くので人気を集めている。

中には瀬名の境遇に同情する者もいて、一族の供養のためにこの寺を建立した高師泰（こうのもろやす）の娘明阿（みょうあ）になぞらえ、「今明阿さま」と呼んでいるほどだった。

説法が始まるまでには、半刻（約一時間）ほど間があるという。その間に話をすましてしまおうと、家康は庫裏に急いだ。

瀬名はいまだに薄墨色の衣をまとっている。

寺での暮らしが性（しょう）に合っているのか、あごがくびれるほどに太って、表情もおだやかになっていた。

「今日は説法をするそうだな」

大勢が楽しみにしているようだと、家康は瀬名の活動に理解を示した。

「はい。庵主(あんじゅ)さまに頼まれましたので」

「何を話す」

「まだ決めておりません。『今昔物語』の中に話題はないかと、今朝からさがしていたところでございます」

瀬名が少し照れた顔をして物語の綴(つづ)りを見せた。

「『日本霊異記(にほんりょういき)』も参考になるかもしれぬ。持っておるか」

「いいえ、あいにく」

「ならば近々届けよう。康忠、頼んだぞ」

家康はそんな気遣いをして、話があるので竹千代を呼んでくれと言った。

「承知いたしました。しばらくお待ち下さい」

瀬名は自ら席を立ち、竹千代と亀姫を連れてきた。

九歳と八歳になり、二人ともずいぶん背が高くなっている。すでに世の中のことが分かり始める年頃で、家康の前に座って行儀良く挨拶(あいさつ)をした。

「二人とも立派になった。母上のお申し付けに従い、精進しているようだな」

家康はにこやかに応じ、竹千代の婚礼をあげることになったと告げた。

「妻を娶ったなら、二の丸御殿に住むことになる。それで良いな」

「婚礼は、いつでございましょうか」

瀬名の表情がにわかに険しくなった。

「五月だ」

「まあ、竹千代はまだ九つで、元服もしていないのですよ」

「先方から申し入れがあった。善は急げともいう」

「それではわたくしも、城に移らせていただきます。それでよろしいでしょうか」

「むろん構わぬが、本丸御殿に入ることになる。竹千代と一緒に住むことはできぬ」

「それは承知しております。同じ城内なら、何かと手助けすることができましょう。それにお亀も、兄上さまに会いに行くことができますものね」

瀬名が亀姫を抱き寄せて髪をなでた。

「では今月末に迎えに来る。仕度をしておいてくれ」

家康は早々と席を立った。

もはや男女の愛情は冷めている。

だが瀬名を守らなければという思いは強くあって、その責任をはたしつづけることが愛情なのだと、自分に言い聞かせていた。

「のう、そうは思わぬか」

山門を出て石段を下りながら、康忠に問いかけた。

「さようでございます。殿は御仏のようにおやさしい方でございます」

康忠はその人柄に惚れ込み、生きるも死ぬも一緒だと心に誓っていたのだった。

数日後、於大の方の侍女がやってきた。

「話があるので、お目にかかりたいとおおせでございます」

於大の夫の久松俊勝は、上ノ郷城の留守役を無事につとめた後、岡崎城の二の丸に詰めて城下の経営にたずさわっている。

それに従って、於大も二の丸の屋敷に住むようになっていた。

「何だ。話とは」

「竹千代さまのご縁組に際して、申し上げたいことがあるそうでございます」

何だろう。婚礼の仕来りのことか。それとも何か文句でもあるのだろうか。家康はいぶかりながらも会うことにした。

於大は対面所の真ん中に座っていた。肌の下に脂肪がみなぎり、固く張りつめた体を若苗色の打掛けに包んでいる。とさかを立てた雄鶏のように、闘気満々という感じだった。

「本日はご対面をいただき、まことにありがとうございます」

彼我の立場をわきまえて、於大は殊勝な挨拶をした。

「お元気そうで何よりです。相変わらず若々しいですね」

「主人によくしてもらい、子供たちも立派に育っています。これもご当家に仕えさせていただいたお陰です」

「佐渡守（俊勝）はよくやっています。奉行としての手腕は、本多作左や高力与左と並び称されているほどです」

家康は久松俊勝のことを官職名で呼んだ。

ちなみに本多作左は作左衛門重次、高力与左は与左衛門清長のことである。

「まあ、そのようなお誉めをいただき、かたじけのうございます。主人も常々、殿は大きくなられた、仕え甲斐のあるお方だと申しております」

「桶狭間に出陣する前に会った時、稚児を連れておられましたが、元気にしていますか」

「ええ。長福丸（後の松平定勝）もお陰さまで八つになり、もう馬にも乗れるようになりました」

「早いものですね。あれから七年もたつとは」

「そうですね。こちらの城に住まわせていただいてからも、なかなかお目にかかる機会がありませんでした」

会わなかったのは家康が遠ざけていたからだ。そんな皮肉の針が、於大の言葉には埋められていた。

「ところで、何かお話があるとのことでしたが」

「織田家の徳姫さまが、近々お輿入れになるとうかがいました。竹千代さまとは、二の丸の御殿にお住まいになるとか」

「お詳しいですね。ご存じでしたか」

「兄が知らせてくれました。仲人として縁組を取り仕切っていると聞きました」

「信元どののお陰で、この話がまとまりました。有り難いことでございます」

「ついては一言、さし出がましいお願いをさせていただいてよろしいでしょうか」

（さあ、来たぞ）

家康は内心身構えたが、そんな素振りは少しも見せなかった。

「何でしょう。さし出がましいお願いとは」

「幼いお二人が新居を構えられるなら、お世話をする侍女たちが必要でしょう。その者に心当たりがあります。家康さまもご存じの方なので、推挙させていただきたいのです」

「私も知っている者？」

「ええ。次の間に控えていますので、会っていただけますか」

会えば頼みを断りにくくなる。

それは分かっていたが、誰だろうという興味に打ち克つことができずに対面を許すことにした。

襖を開けて現れたのは、丸顔で瞳の美しい太り肉の娘だった。桜色の打掛けを着て、長い髪を白い元結で束ねていた。

「おお、そなたは」

永見貞英の娘お万である。於大の姪、源応院の孫にあたる。

池鯉鮒城で会った時、源応院によく似ているので驚いたものだが、その時よりずっと美しくなり、ますます「おばばさま」に似てきていた。

「お久しゅうございます。ご立派になられて、まばゆいばかりでございます」

お万は家康を真っ直ぐに見つめた。

気丈な気性と遠慮のない振る舞いは昔のままだった。

「そちもまばゆい。いくつになった」

「二十歳でございます」

「まだ独りか」

「あいにく嫁のもらい手がありません」

「侍女になどなれば、ますますもらい手がなくなるぞ」

家康は遠慮なくからかった。

打てば響く応対ぶりが心地好く、いつになく気持ちが弾んでいた。

「どうですか。お万なら不足はないでしょう」

於大は家康の心の内を見抜いていた。

「むろん不足はありません。しかし竹千代の侍女なら、ご心配いただかなくて結構です」

「どういう意味です。すでに決めている者がいるのですか」

「これは徳川家の問題です。お口出しは無用に願います」

家康はきっぱりと話を打ち切ろうとした。

「分かりました。そなたはもう下がっていなさい」

於大はお万が部屋を出て行くのを待ってから、

「このたび築山殿を城に迎えると聞きましたが、まことですか」

表情を厳しくして問い詰めた。

瀬名は惣持尼寺に住むようになって以来、家中では築山殿と呼ばれていた。

「それも徳川家の問題です」

「そんなことは分かっています。私は久松家の人間ですが、お前の実の母ですよ。子供の身を案じるのは、親として当然ではありませんか」

「父に離縁された今では、憎しみしか残っていない。いつぞや、そうおおせでしたが」

「それは言葉の綾です。母親の愛情とは、そのように底の浅いものではありません。ひねくれたことを言わないで、まことかどうか答えなさい」

「事実です。竹千代はまだ九つですから、母親が側にいる必要があります」

元服するまでは瀬名と同居させる。

家康は人質交換の時に、そう約束している。それを破るわけにはいかないと考えていたが、於大には明かさなかった。

「まさか侍女も、築山殿に選ばせるつもりではないでしょうね」

「そんなことは、考えていません」

「それならいいけど。今川はもはや敵なのですよ」

「分かっています」

「いいえ。本当に分かっているなら、あの女を城に入れたりはしないはずです。それは輿入れして来られる徳姫さまを、ひいては織田家を裏切ることになるのですよ」

「そこまで大げさなことではありません。実の母が子供の身を案じるのは当たり前だと、さっきおおせられたではありませんか」

「それとこれとは話が別です。もし築山殿の供の中に」

今川家の間者がいたならどうするのだと、於大は目を吊り上げて言いつのった。

「お城の内情が今川方に筒抜けになるばかりではありません。ご当家と織田家の関係を断つために、徳姫を害しようとするおそれさえあるのですよ」

（何と口うるさい女だ）

家康は胸元までせり上がってくる怒りを、半眼にした目と無理に上げた口角で隠し、おだやかな態度を保ちつづけた。

「たとえそんなことはなくとも、お前が築山殿を離縁しないだけで、今川家とつながりがあるのではないかと世間は疑います。まして徳姫さまの輿入れと時を同じくして城に入れたなどと尾張に伝わったなら、信長公はどうお考えになると思いますか」

確かにそれは一理ある。

家康も内心懸念していたが、瀬名との約束をはたさなければ気持ちの収まりがつかないのである。

信長には膝をまじえて話をすれば分かってもらえると、漠然と考えていたのだった。

「何もなくてもそんな疑いを招くのです。まして築山殿と徳姫さまの間で、問題でも起こったらどうするのですか。その時にあわてても、取り返しがつかないのですよ」

「そんなことは、言われなくても」

「分かっているなら、なぜこの機会にあの女を離縁し、駿府に送り返さないのですか」

「水野家に送り返された時、母上は自害しようとなされたそうですね」

「だ、誰がそのようなことを」

「信元どのです。本当の私はもう死にましたと、言われたそうではありませんか」

於大への反感を抑えきれずに言ったことだが、口にした瞬間、自分の気持ちにはっきりと気付いた。

瀬名を冷たく突き放すことができなかったのは、於大と同じ目にあわせたくないという思いがあったからだった。

「でも私は、死にもせずにこうして生きています。やさしい夫と素直な子供たちに囲まれて、こんな幸せもあったのだと感謝しています」

「離縁した父上を憎んでいると、おおせられたではありませんか」

「それは私が業の深い女子だからです。もし築山殿が私のような女子なら、きっと松平家を滅ぼして両親の仇を討とうと考えるはずです」

「たとえ実の母でも、言っていいことと悪いことがありますよ」

「私ならそうします。そんないわくつきの女子を、側に置いてはなりません」

「ご意見はうけたまわりました。これから評定がありますので」

ひときわ口角を上げておだやかな表情を作り、家康は席を立った。

（馬鹿野郎が、何を言ってやがる）

怒り心頭に発しているが、それを表に出さないようになったところに、上に立つ者としての成長があった。

ところが、瀬名が父母の仇を討とうとしているという言葉だけは、胸にずしりと響いている。

そんなことがあるはずがないと頭では打ち消すものの、喉にささった小骨のように忘れ去ることができないのだった。

(馬鹿な。何を考えているんだ、お前は)

家康は自分の疑い深さが嫌になったが、近習の康忠に服部半蔵を呼べと申し付けた。

半蔵はたちどころに庭先に現れ、命令を聞く姿勢を取った。

「もそっと、近う(ちこう)」

家康は半蔵を縁側まで呼び寄せ、惣持尼寺にいる瀬名の身辺をさぐるように命じた。

五日後に半蔵がもどってきた。

「瀬名さまは今川と連絡を取っておられます」

法話を聞きに来る者たちの中に、今川家の間者が混じっている。半蔵の配下が後を尾け(つけ)、遠州の掛川(かけがわ)城に入るのを見届けたという。

「あの法話は、それを隠すためだったか」

「どのような用事かは分かりません。ただ今、手下の者を間者にはり付け、動きをさぐらせております」

「ご苦労。くれぐれも内密にな」

ある程度覚悟はしていたが、事実を突き付けられると衝撃は大きい。家康はゆっくり深呼吸をし、目を半眼にして心を丸く保とうとした。

そして胸の波立ちを鎮めてから、この先どうするべきかを考えた。

やはり瀬名を城に入れるべきではないと思うものの、人質交換の時の約束を一方的に踏みにじりたくはなかった。

(何か良い手立てはないものか)

しばらく熟慮した末に、婚礼の前に竹千代を元服させれば良いと思い当たった。

そうすれば約束を破ることなく、竹千代を城内に移すことができるのである。

家康はさっそく石川数正を呼び、この策はどうだとたずねた。

「まことに良策。近頃お計らいに味が出て参りましたな」

九歳上の数正は、知恵の回りでは人後に落ちぬと自負している。その気持ちが誉め言葉にも表れていた。

「ならばこれから尾張に行き、信長どのから諱をいただいてこい。信康という名乗りにしたいと伝えるのじゃ」

数正はただちに尾張に向かった。

信長は異議なく同意し、元服式に用いる信の一字を自ら書いて数正に託した。気迫のこもった端正な文字だった。

「婚礼は五月二十七日にせよとおおせでございます」

「なぜじゃ」

「おたずねしましたが、理由はないとおおせでございました」

信長はこの先の戦略を立て、周到に予定を組み上げている。それをいちいち説明する必要はないという意味である。

家康はその日までに竹千代を元服させると決め、瀬名の了解を得るために惣持尼寺をたずねた。

あいにく雨が降っていた。北からの冷たい風も吹きつけてくる。

家康は蓑（みの）と笠（かさ）をつけ、田夫野人（でんぷやじん）のような姿で乙川ぞいの道を歩いていく。寺の山門につづく石段は雨にぬれてすべりやすいので、一歩一歩踏みしめるように登っていった。

突然後ろですすり泣く声がした。供の康忠が、泣き声をもらすまいと口を押さえていた。

「どうした。何が悲しい」

「分かりません。ただこうして歩いておられる殿を見ていると」

ふいに悲しみが突き上げ、抑えきれなくなったという。

「そちの気持ちはありがたい。だが俺はこの道がそれほど嫌ではないのだ」

「景色をお気に入りなのですか」

「乙川の流れもいい。奥三河の山々のながめも好きだが、ここを歩いていると不思議に気持ちが落ちつく」

初めは瀬名にすまない、辛い思いをさせたくないという一心で通い始めた。

そのうちに誠意をつくさなければ、気持ちのどこかが汚(けが)れているようで通わずにはいられなくなった。

五年間それをつづけているうちに、家康はさまざまなことを考えるようになった。

父のこと母のこと、織田家や今川家の人質になったこと、瀬名と夫婦になり二人の子をさずかったこと、そして桶狭間以来の運命の転変。

それらは脈絡もなく起こったことのように感じてきたが、この道を歩きながらじっくりと考えているうちに、何かの必然ではないかと思うようになった。

バラバラに起こる事象の背後にある必然の糸。その法則を見つけることができれば、これから起こることを予見できるのではないか。そんな気がするのである。

「だから俺のことは案ずるな。どんな生きざまをするか、見届けてくれればよい」

瀬名はいつものように薄墨色の衣に身をつつんでいた。もはや色鮮やかな着物をまとう姿を想像できないほど、その衣が身についていた。

「今日は大事な相談があって来た」

瀬名を入城させられなくなったことと、婚礼の前に竹千代を元服させて信康と名乗らせることを、家康は率直に告げた。

「それは、どうしてでしょうか」

瀬名は動揺を抑えておだやかにたずねたが、こめかみの青筋が隠しようもなく浮き上がっていた。

「重臣の中には、織田家から嫁を迎えるのに今川家ゆかりのそなたを城に入れてははばかりがあると申す者がいる。そこで評定にかけたところ、大方がその意見に同意したのだ」

主君とはいえ、皆の意見を無視することはできぬ。家康は瀬名を傷付けまいと、そんな方便を用いた。

「それで竹千代を元服させるのですか。今川家との約束を、形だけでも守るために」

「その通りだ。決してそなたをないがしろにしているわけではない」

「元服は普通、十四、五歳でするものではありませんか。初陣の前に」

「結婚も初陣のようなものだ。元服していた方が重みも出る」

「それほど……」

瀬名は挑みかかるように口を開いたが、すんでのところで言葉を飲み込んだ。

「すでに信長どのから諱もいただいておる。竹千代にもそう伝えて、準備をしておいてくれ」

「もしや、わたくしをお疑いなのではありませんか」

「…………」

「ここ数日、境内に不審な者が出入りしていると、庵主さまからご注意がありました。それであなたが、忍びを入れておられるのではないかと思ったのです」

「確かに調べさせてもらった。この寺に今川の間者が出入りしていると告げる者があったのでな」

「それは誤解です。侍女のお澄が、重病の母親を見舞うために薬や金子を届けたいと申しました。たまたま存じ寄りの者が法話を聞きに来ましたので、何度か使いを頼んだだけです」

お疑いならお澄を詮議にかけても構わない。瀬名はそう申し出たが、家康は取り合わなかった。

事を荒立てれば、瀬名に対する家中の目が厳しくなるだけだった。

家康は城にもどると平岩親吉を呼んだ。

「婚礼の前に、竹千代を元服させることにした。ついてはそちを、守役に任じたい」

「そのような大役、それがしにはつとまるまいと存じます」

親吉は家康と同じ歳で、駿府で人質になっていた頃から苦楽を共にしている。正直で誠実な男だった。

「何ゆえつとまらぬ」

「殿が瀬名さまを大事になされているからでございます」

「ほう、さようか」

「これまで竹千代さまは、瀬名さまの仕付けを受けて育たれました。それがしの言葉などより、瀬名さまの教えを重んじられましょう。その時、殿が瀬名さまの肩を持たれたなら、守役の立つ瀬はございません」

「案ずるな。瀬名を城に入れるのは取りやめることにした」

「まことでございますか」

親吉の表情が急に明るくなった。

瀬名の入城は重臣たちにも伝わり、皆が心を痛めていたのである。

「竹千代を元服させるのは、一人立ちさせるためじゃ。これからはそちが親となり、徳川家の後継ぎにふさわしい男に育ててもらいたい」

「承知いたしました。この平岩親吉、身命を賭して竹千代さまをお預かり申し上げます」

「名乗りは信康じゃ。信長どのの諱をいただいた」

「良きお名前と存じます」

「ついては信康の元服披露に領内の打ち回しをしたいが、いかがじゃ」

打ち回しとは、軍勢をそろえて領内を視察することである。

徳川三河守の威を示すとともに、領民に信康の存在を知らしめる意味もあった。

「結構なお考えと存じます。どのような順路になされますか」

「岡崎から三ヶ根を抜けて上ノ郷城（蒲郡市）に入り、吉田城（豊橋市）まで足を延ばしたい」

「ならば四、五千の供揃えが必要でございましょう」

「出発は端午の節句にする。石川数正らと相談して、急ぎ仕度にかかれ」

この打ち回しのために、家康は親吉に寄騎五十騎、五百余の軍勢をさずけて信康の旗本にしたのだった。

第六章

信康の婚礼

信康の打ち回しのルート

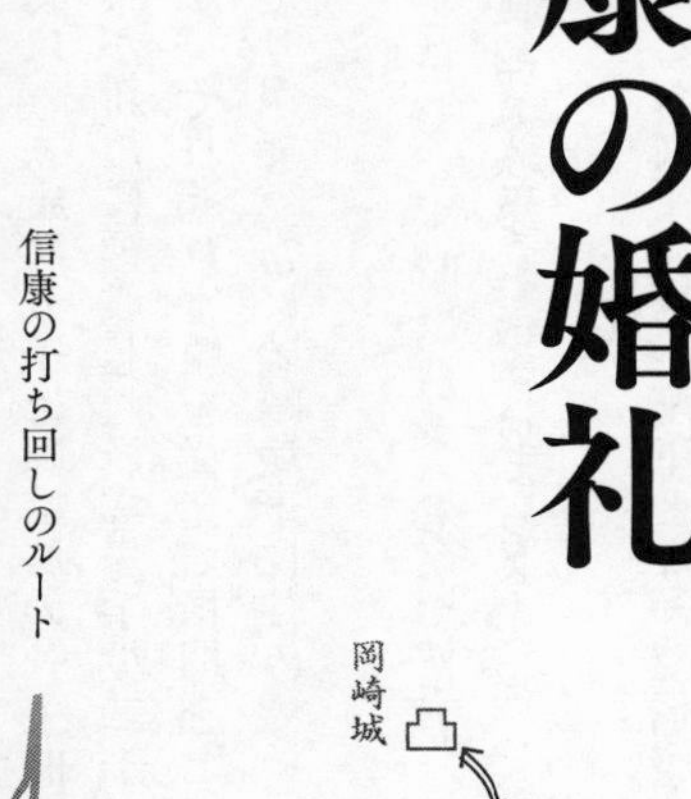

五月五日の端午の節句に、家康勢五千は岡崎城の菅生曲輪に勢揃いした。

中核となるのは、家康が新たに編成した旗本先手役二千で、本多広孝、本多忠勝、鳥居元忠、榊原康政らが、それぞれ寄騎を従えて指揮をとっている。

これは家康直属の馬廻り衆で、常に岡崎城下に住み、いつでも出陣できる態勢をとっている職業軍人だった。

一方、西三河に所領を持ち、平時は農業などに従事している国衆は、石川家成（数正の叔父）の指揮下に組み込まれ、家成の号令に従って軍勢を出す義務を負わされている。

その人数が二千五百。これに平岩親吉配下となった信康の旗本五百が、整然と列をなしていた。

家康は金陀美具足に身をかため、漆黒の馬にまたがっている。

四肢たくましい奥州馬で、松風と名付けていた。

九歳の信康は色々縅の鎧を着込み、緊張に体を固くして鞍の前輪につかまっている。しかし馬術の技量は確かなもので、長々と待たされても、馬は足踏みひとつしなかった。

（ほう、たいしたものだ）

瀬名が乗馬の師をつけていることは知っていたが、これほど上達しているとは思っていない。

我が子の研鑽ぶりが嬉しくて、家康は久々に父親らしい温かい気持ちになった。

なるべく華美な装いをせよと命じているので、どの部隊も鎧や馬具など贅を尽くし工夫をこらしている。

この日のために本多忠勝ら二十騎は朱色の母衣を、榊原康政の二十騎は黒色の母衣を背負い、ひときわ異彩を放っていた。

中でも圧巻は、三百挺を装備した鉄砲隊と、三間間中（約六・三メートル）の長槍を持つ九百人の長槍部隊だった。

これはパイク兵と呼ばれる長槍部隊とマスケット銃隊を組み合わせた、スペイン陸軍のテルシオ戦法を、信長がいち早く取り入れて実戦に用いたものである。

家康もようやく三百挺の鉄砲を購入し、織田勢にならって屈強の部隊を編成したのだった。

行列の先頭を石川家成がひきいる西三河衆が進み、その後ろを徳川鉄砲隊が真新しい鉄砲と異様に長い槍をささげてつづく。

家康と信康は馬を並べ、家康の旗本先手役と、平岩親吉配下の信康の旗本を前後に従えて二の丸御門を出た。

東海道の沿道には、多くの家臣、領民が出て信康の晴れ姿をながめている。やがて若宮八幡宮の手前で左に折れ、北に真っ直ぐに進んだ。

城下を打ち回し、大勢の見物人に披露するという名目だが、本当の狙いは惣持尼寺にいる瀬名に、信康の勇姿をひと目だけでも見せてやることにあった。

通いなれた道を築山の下まで進むと、参道の石段を登りきったところに、尼僧の一団が集まっていた。

皆が薄墨色の衣をまとって白い頭巾をかぶっている。

瀬名は初老の庵主とならんで一番前に立っていた。

「母上だ。見よ」

小声で知らせると、信康は兜の目庇を上げて山門を見上げた。

龍頭の前立てをつけた兜がよく似合う。初々しくも、りりしさあふれる顔だった。

瀬名は食い入るように信康を見つめ、目頭を袖口で押さえてあふれ出る涙をぬぐった。

やがて東海道に復し、乙川を渡って南に向かう。深溝津を通り、三ケ根を抜けて西郡に入ると、前方に上ノ郷城が見えてきた。

五年前、家康が謀略をもって攻め落とし、今や吉田城、田原城とならんで東三河を治める拠点としている城である。

この夜は上ノ郷城に泊まり、翌朝小坂井を通って豊川のほとりまでたどり着いた。

豊川は満々と水をたたえる大河である。

ここを渡るのは容易なことではないが、吉田城を預かる酒井忠次が、三百艘の船を集めて待ち受けていた。

「殿、見事な打ち回しでございます。信康さまも立派になられましたな」

忠次が馬上の二人をまぶしそうに見上げた。

「そちも元気そうで何よりじゃ。小五郎（後の家次）は丈夫に育っておるか」

「おかげさまで、もう四つになりました。時の流れとは、早いものでございますな」

「約束はあと二人じゃ。忘れてはおるまいな」

「金打をして誓い申した。寝食を忘れて励んでおりまする」

忠次がいささかはにかんで、本気とも冗談ともつかぬことを言った。

「どうじゃ。遠州への足がかりはつかめそうか」

「難しゅうござる。宇津山城を身方にした時は、これで浜名湖を押さえられると思いましたが」

今川の巻き返しにあって城を奪われたと、忠次が面目なさそうにいきさつを語った。

宇津山城は浜名湖の西岸から突き出した正太寺鼻の宇津山にある城で、浜名湖の水運ばかりか太平洋の海運を扼する要衝だった。

城主は朝比奈泰長で、桶狭間の合戦の後も今川方として孤塁を守っていたが、永禄五年（一五六二）に泰長が死ぬと、後継者をめぐって城内で争いが起こった。

後を継いだ嫡男の泰充は今川方としての立場を貫いたが、次男の真次は徳川方に心を寄せ、泰充を殺して城主の座を奪い取った。

これを知った今川氏真は、ただちに遠州の兵力を動員して宇津山城を攻めた。そのために真次は討死し、今川方に城を奪い返されたのだった。

その夜は吉田城に宿営し、将兵の労をねぎらうために酒宴を開いた。

浜名湖や遠州灘の魚介類、奥三河の山の幸を集めた豪勢な料理に舌鼓を打ち、酒をくみ交わしながら四方山（よもやま）話に花をさかせた。

二列に居流れた重臣たちのたくましい武者ぶりを見ていると、家康はもう少し駒（こま）を進めたい誘惑に駆られた。

「どうじゃ。ここまで来たからには、遠州まで足を延ばしてみぬか」

その言葉に、笑いさざめいていた座がしんと静まった。

「どこを攻めると、おおせでございましょうか」

年嵩（としかさ）の石川家成が、皆にかわってたずねた。

「宇津山城が良かろう。ここからさほど離れておるまい」

「山越えの道を行けば四里（約十六キロ）ばかりでござる」

酒井忠次が即座に答えたが、今攻めるのは得策ではないと付け加えた。

「ほう、なぜじゃ」

家康はおだやかにたずねた。

「今川方は城を奪い返したばかりで、屈強の兵二千余を入れて守りを固めております。また山越えの道に境目の城をきずき、石や材木を落としかけるようにしております。これを攻めては、身方の犠牲が大きいと思われます」

「奪われたばかりの城ゆえ、攻め落とす甲斐があるのだ。我らの力を見せつければ、遠江の国衆の中にも身方に参じる者が出てこよう」

「過信は禁物でござる。強きをもって敵の弱きを衝くのが、兵法の常道でございましょう」

「臆されたか、忠次どの」

鳥居元忠が酔いに顔を赤くして迫った。

「殿が攻めよとおおせられるなら、黙って従うのが三河武士というものでござる。手立てなど、いくらも工夫がつきましょう」

「ほう。ゆで上がったエビのような顔をして、大きなことを言うではないか」

忠次は不快をあらわにして、その手立てとやらを教えてくれと言った。

「山越えの道に一千ばかりの別動隊を向かわせて敵を引きつけ、本隊は東海道から宇津山城に向かうのでござる」

「山上の城からは、こちらの動きは丸見えじゃ。裏をかくことなど出来ぬ」

「裏をかかずとも、我らが山を迂回して宇津山城を攻めると分かれば、山上の敵は城にもどろうとするでしょう。そこを別動隊に追撃させ、一気に城に付け入れば良いのでござる」

「いやいや、そう簡単には参りませぬ」

おだやかに割って入ったのは、田原城を預かる本多広孝だった。

このあたりの地理に詳しいので、山越えの道を進むのがいかに難しいか良く知っていた。

重臣たちのやり取りはなおしばらくつづき、慎重論が多いことが明らかになった。

家康はじっとそれに耳を傾け、重臣たちの考えを見定めてから、

「皆の存念はよく分かった。どうやらわしの勇み足だったようだ」

宇津山城攻めは時期尚早なので取りやめると、前言を撤回した。

「だがあの城を取らなければ、遠州へ兵を進めることはできぬ。東三河の衆は忠次に従い、その時に備えてもらいたい」

「殿、よく言うて下された」

忠次が感極まり、来年のうちにはこの首にかけてあの城を取ってみせると断言し

た。

覚悟に満ちたゆるぎのない態度に、一座の者たちが心を洗われたように神妙になった。

「酒井どの、先ほどは無礼を申しました。お許しいただきたい」

臆されたかと放言した元忠が、わびながら酒をすすめた。

「こちらこそ、ゆで上がったエビのようだと、腹立ちまぎれに言うてしもうた」

忠次は屈託（くったく）なく盃（さかずき）を受け、おわびにエビすくいを披露しようと立ち上がった。

「ならばそれがしが、笛の役をつとめさせていただきます」

榊原康政が懐から細い笛を取り出した。

桶狭間の頃にはひ弱な少年だった康政も、立派な青年武将に成長し、旗本先手役の一翼をになっていた。

康政が祭り囃子のように軽やかな笛を吹き、忠次がほっかむりをして川エビをすくうさまを演じた。

両手に持ったザルを川に入れ、中腰になって片足でエビを追い込む。そしてザルを上げ、中に入ったエビを他の小魚や川藻（かわも）とより分け、腰の籠（かご）に入れる。

二人の芸のおかげで座が盛り上がり、皆がわっと明るくなった。忠次にはこうしたひょうきんな一面があり、それが人から好かれる強みになっているのだった。

翌日、隊列をととのえて吉田城を出た。豊川ぞいを一里（約四キロ）ほどさかのぼると浅瀬がある。そこを渡って牛久保城下を打ち回し、東海道に出て岡崎に向かう予定だった。

「どうだ。馬上からのながめは」

家康は馬を並べた信康にたずねた。

「心地好うございます」

信康は疲れもみせず血色もいい。無理なく騎乗できているからだった。

「何が心地いい」

「土地は豊かで、人は活気に満ちています。国が良く治まっているからでございましょう」

「そのために矢面に立つのが、武士の仕事じゃ。そのことを忘れるな」

一行は馬の腹まで水につかって豊川を渡った。

川は上流から東に向かって大きく蛇行し、浅瀬をすぎたところで再び西に向かっている。

幸い天気に恵まれたものの、奥三河から流れてくる水はひんやりと冷たかった。

家康は信康の上流を進み、松風の馬体を楯にして流れを少しでもせき止めようとした。

疲れた馬が流れに押され、思わぬ深みに足を取られることがある。それを懸念してのことだった。

無事に向こう岸にたどり着いた時、松風がぴくりと耳を立てて上流を見やった。

それと時を同じくして、林の中から騎馬武者がいっせいに走り出てきた。

およそ二百騎ばかり。河原の道をせり合うように駆けてくる。

「敵じゃ。殿と若殿をお守りせよ」

朱色の母衣を背負った本多忠勝が、馬を回して家康の楯となった。

だが渡河を終えたばかりの先手役は、隊列が長く伸びて機敏な動きがとれなかった。

敵はそれを見越し、旗もかかげずに家康めがけて襲いかかってくる。

「信康、わしにつづけ」

家康は鐙（あぶみ）を蹴り、下流に向かって駆け出した。

傍目（はため）には一目散に逃げ出したように見える行動で、信康も先手役の者たちも戸惑いながら後を追った。

「忠勝どのも参られよ。ここにとどまってはなりませぬ」

黒母衣を背負った榊原康政は、いち早く家康の意図を察していた。

この場にとどまれば、行列の真横から敵に攻められる。

ところが川は西に向かって蛇行しているので、下流に向かって走れば前を行く行列の内側に入って楯にできるし、敵は曲がりの中に封じ込められる位置に誘い込まれることになる。

現に先頭を行く西三河衆は、石川家成の指示に従って背後に回り込んでいた。

ところが敵は委細構わず、家康の首だけを狙ってまっしぐらに駆けてきた。

「長槍、前へ」

鳥居元忠が三間間中の長槍隊百五十に、二列横隊の防御陣形を取らせた。

その後ろに五十人の鉄砲隊がならび、立射（りっしゃ）の構えを取って火ぶたを開けた。

敵はそれでも駆けてくる。

初めから命を捨てた突撃と見える。

その一団が一町（約百十メートル）ばかりに迫った時、先頭を駆ける若武者の顔がはっきりと見えた。

「待て、撃ってはならぬ」

家康は大声を張り上げた。

若武者は鵜殿氏長。その横には弟の氏次がいる。

瀬名たちとの人質交換の後、二人は二俣城の松井宗恒のもとに身を寄せていたが、家康が打ち回しに来ると知って、父母の仇を討とうとしたのである。

「押し込めて虜にせよ。敵は死兵じゃ。油断すな」

鍛え抜かれた長槍隊は、敵が目前に迫っても構えをくずさなかった。むしろ敵の馬のほうが、鋭い槍先に恐れをなして後ずさったり竿立ちになった。

中には勢いあまって馬から転げ落ちる者もいる。

そこを四方から囲まれ、鵜殿勢は身動きできなくなった。

家康は鉄砲を受け取り、氏長の馬の足もとを撃った。前足の間を狙ったが、凄まじい轟音(ごうおん)に驚いて馬が膝からへたり込んだ。

氏長は前へ投げ出され、起き上がりざま刀を首に当てて自害しようとした。

「この愚か者が」

家康は地面が震えるほどの大声を発した。

氏長はぴくりと体を震わせ、呆(ほう)けたような顔で家康を見つめた。

「そちはなぜ、わしの命を狙った」

「知れたこと。親の仇だからじゃ」

氏長は十九。七年前の家康と同じ歳だった。

「ならばなぜ、それをやり遂げようとせぬ。一族郎党を置き去りにして、自分だけ逃げ出すつもりか」

「逃げるのではない。かくなる上は、死に様を見せて覚悟のほどを示すのだ」

「そんなことで、長照(ながてる)どのが喜ばれると思うか。あのお方は上ノ郷城を落とされても、最期まで再起をはかろうとなされた」

「………」

「その度胸と覚悟が、そちにはないのか」

家康は怒鳴りつけながら、これは大樹寺で登誉上人に諭されたことと同じだと気付いた。

「どうじゃ。あるかないか返答せよ」

「あるとも。俺は怨霊になっても、お前の命を狙ってやる」

氏長が涙にぬれた目でにらみつけた。

「ならば、生きて狙ってみよ」

「………………」

「今日は倅信康の元服を祝う打ち回しじゃ。それに免じて許すゆえ、ここで死んだと腹をすえて、自分の生き方を見つめ直してみるがよい」

家康は包囲の一角を開き、鵜殿勢の退却を許した。

氏長らは作法通り馬を下りて手綱を取り、二俣城に向かって引き上げていった。

「殿、何ゆえこのような」

過分の温情をかけるのだと、元忠は不服そうだった。

「家を失い、二俣城ではさぞ肩身の狭い思いをしておろう。それなのに親の仇を討とうと、二百騎も引き連れてくるとは見上げたものではないか」

「しかし、それでは……」

「わしが大樹寺に逃げ込んだ時は、たった二十八騎しか従わなかった。それゆえ氏長の苦労のほどが良く分かるのだ」

それを思うと泣けてくると言いながら、家康は目頭を押さえた。

「それでは虎を野に放つようなものでござる。本当にもう一度襲ってまいりますぞ」

「ならばこちらは、それを上回る用心をすれば良い。油断の戒めになってちょうど良いではないか」

そう考えられるだけの自信と懐の深さを、家康は身につけつつあった。

岡崎城にもどった家康は、信康の婚礼の仕度を急がせた。

二人が住む二の丸御殿を新築し、平岩親吉ら信康付きの重臣の屋敷も近くに建てた。

祝言の日に徳姫の輿が渡れるように、外堀の西側に朱色の橋をかけるほどの気の遣いようだった。

婚礼の当日、家康は朝から落ち着かなかった。

尾張は娘の嫁入り道具に金をかける土地柄だという。信長も人目を驚かすほど派手な行列を仕立て、徳姫を輿入れさせるだろう。

それに比べて徳川の仕度は粗末だった。三河武士は貧乏でケチで、だちかんわ（どうしようもない）。

そんな評判が信長の耳にとどいたなら、家康の面目がつぶれるばかりか、両家の関係に悪しき影響を与えかねない。

万が一にもそういうことがないように、家康は銭を惜しまず仕度をととのえた。銀五十貫（約八千万円）ちかい出費は楽ではないが、これも戦だと腹をすえて金蔵の扉を開けたのだった。

朝日が中天に昇った頃、池鯉鮒城から早馬がやって来た。永見貞英の使者が、徳姫の一行は辰の刻（午前八時）に池鯉鮒を出ると知らせたのである。

「正午過ぎには、こちらに到着されるものと存じます」

警固は仲人の水野信元がつとめている。

大高城で織田家の者たちから花嫁を預かり、一千の軍勢を前後に配して守りにあたっているという。

「織田家からのお供は」

「柴田修理亮勝家さまと、佐久間右衛門尉信盛さまでございます」

二人とも織田家の家老で、家康も五年前に清洲で会ったことがある。重臣二人を供につけたところに、この婚礼にかける信長の熱意がうかがえた。

家康は信康の様子が気になって、奥御殿に行ってみた。

褐色（濃紺）の大紋を着て侍烏帽子をかぶった信康は、床几に座ってその時を待っている。

まわりを五人の女たちが取り囲み、細々と世話をやいていた。

女たちの指揮をとっているのは於大の方だった。

於大は姪のお万を信康の侍女頭にしただけではあきたらず、自ら奥御殿に通って仕度に手落ちがないか目を光らせていた。

「どうです。ご立派な侍ぶりではありませんか。やはり血は争えないわね」

於大がうっとりと信康を見やった。

血とは家康の子ではなく、自分の孫という意味らしい。孫など見殺しにしても構わないと言ったことなど忘れたような、なりふり構わぬ熱の入れようだった。

「そうですね。立派な男ぶりだ」

「ありがとうございます。父上」

信康が律義に一礼した。

「婚礼など半刻（約一時間）ほどで終わる。厠に行って小便さえしておけば、何の心配もない」

家康は息子の緊張をほぐしてやろうとそんなことを言った。

妻を娶るとはいえ、徳姫もまだ九つである。びんそぎ（娘の元服式）がすむまでは、寝所を共にすることはなかった。

「信康さま、二の丸に移られたなら、私の屋敷とも近くなります。これからも時々お世話をさせていただきますからね」

「お願いします。おばばさま」

「まあ、いいお子だこと。ちょっと烏帽子が」

ゆがんでいるかしらと、於大は顔を寄せるようにして直してやった。

（おばばさま……）

家康はどきりとした。

信康と同じ歳の頃には源応院に添い寝してもらい、裸になって抱き合うこともあった。

大きな乳房の間に顔をうずめていると、悲しみや苦しみを忘れて眠りにつくことができたものだ。

その濃密な関係が、今となっては背徳的なもののようにも感じられる。

それだけに於大が信康を臆面もなく手元に引き寄せようとしているのを見ると、女の性を生々しく突きつけられたようなおぞましさを覚えた。

「信康の侍女頭はお万がつとめます。母上が世話を焼くことはないでしょう」

「もちろんお万に任せますが、年若い娘ゆえ分からないこともありましょう。ねえ、お万」

「はい。伯母上に教えていただき、何とかつとめさせていただいております」

お万が無邪気に応じた。

はきはきとした、表裏のない娘だった。

「ほらみなさい。それに信康さまだって、おばばがいないと淋しいでちゅよね」

(何が、でちゅよねだ)

名状しがたい怒りが腹の底から突き上げてきたが、家康は何も言わずに席をはずした。

近頃は母上と呼んで敬っているが、本当はよく分からない。

母親とはいったい何なのか。子供というだけで、愛情を捧げつづけられるものなのか……。

「殿、見えました。徳姫さまのご一行が、矢作川の渡河にかかられましたぞ」

婚礼のために吉田城からやって来た酒井忠次が、息せききって知らせに来た。

家康は急いで本丸櫓にのぼった。

徳姫の輿は船に乗せられ、優雅に矢作川を渡っている。

同行の侍女たちも他の船に乗っていたが、供の侍や荷物持ちたちは全員歩いて渡っていた。

前後を警固する水野勢もまた同じである。

矢作川も豊川に劣らぬほど深くて広いが、家康は冬の渇水期に川底に石畳をしき、人工の浅瀬を作っている。西三河への出陣を迅速にするためで、一行もそこを踏んで川を渡っているのだった。

（少ないな）

家康はいささか拍子抜けした。

荷物持ちの人足たちは三棹の長持をかついでいるばかりである。嫁入り道具がたったそれだけとは意外だった。

花嫁行列は川を渡り、こちらへ向かってくる。沿道には大勢が出て、押し合うようにして見物している。

信長の娘はどんな姿をしているのか。娘三人を嫁にやれば身上がつぶれると言われる尾張の嫁入りは、どれほど派手なものだろうか。

そんな期待を抱いて集まったものの、多くの者が家康と同じような落胆と失望を覚えたようだった。

やがて輿は外堀にかけた朱色の橋を渡り、二の丸御殿に入った。

それを見届けると、家康は水を一杯飲んでから二の丸の対面所に出た。

部屋の西側に信元、信盛、勝家がならんでいる。家康らは東側に、家康、忠次、石川数正の順で正対した。

「水野どの、本日は仲人をつとめていただき、かたじけのうございます」

家康は改まって礼をのべた。

「本日はまことにおめでとうござる。これで徳川どのと織田どのの同盟は磐石となり、家運の興隆は約束されたも同然じゃ」

信元は悠然と肩ひじを張り、この場の顔役は自分だと知らしめようとした。

「柴田どのも佐久間どのも、お供の役をつとめていただき御礼申し上げます。お二人ともご壮健のご様子、祝着至極に存じます」

「ご当家との取り次ぎは、この佐久間が申しつかりました。今後ともよろしくお願いいたす」

信盛は信長の父信秀の代から仕えた織田家の筆頭家老である。おだやかな性格だが、多くの合戦で手柄を立てた剛の者だった。

「それでは暫時、おくつろぎいただきたい。徳姫さまに挨拶して参りまする」

家康は先触れをさせて奥の部屋をたずねた。

徳姫は綿帽子をかぶり、緋色の打掛けをまとって床几に座っている。その回りに十人ばかりの侍女たちが控えていた。

家康は声をかけるきっかけをつかめず、一瞬立ちすくんだ。

「どうぞ、こちらに」

上座の方へと手招きする侍女がいる。

何と信長の妹お市だった。

「そなたが、何ゆえ」

「そのことは後ほど。ともかくご対面をおすませなされますよう」

うながされて上座につくと、徳姫が床几から下りて挨拶をした。

「徳でございます。末永くよろしくお願いいたします」

信長に似て細く鼻筋が通り、あごの尖った顔立ちである。しかし表情はおだやかで、癇の強い気性ではないようだった。

「こちらこそよろしく。長の道中でお疲れになったでしょう」

「いいえ。叔母さまがいろいろと面白いお話を聞かせて下さいましたから」

「ほう、どんなお話か聞いてみたいものだ」

家康はちらりと目をやったが、お市は気付かぬふりをしてすましていた。

奥御殿から下がる前に、お市を別室に呼んで事情をたずねた。

「まさか、そなたが侍女頭ではあるまいな」

「だとしたら、どうですか」

「それは愉しみなことだ。この城が華やかになる」

「有り難いおおせですが、わたくしも嫁に行くことになりました。ちょうどいい機会なので、ご挨拶に参ったのです」

「嫁に行く？　どこへ」

家康は虚をつかれ、ひどく間の抜けた顔をした。

「それはやがてお分かりになりましょう。婚礼の儀、何とぞよろしく」

お市はよそよそしく一礼して去っていった。

何だか妙な雰囲気である。

いったいどうした訳だろうと落ち着かない気持ちでいると、

「ご城下に船が入って参ります。木瓜紋の旗をかかげております」

物見櫓からの使いが告げた。

（もしや）

家康は二の丸の角櫓に駆け上がった。

矢作川から乙川へと、人足に引かれて五艘の小早船が上がってくる。

先頭の船には黒い南蛮帽をかぶり、緋色のマントを羽織った男が立っている。異形の姿がこれほど似合う男は、この国にはただ一人しかいなかった。

（信長どのだ）

家康は嬉しさのあまり、ただ一人で乙川の船着場まで走り出た。

お市はこれを隠そうと、妙な様子をしていたにちがいなかった。

「久しいの。家康」

「お知らせ下されば、港まで迎えに参りましたのに」

「驚かせてやりたかったのじゃ。手みやげがわりにな」

「かたじけのうございます。これに過ぐる喜びはございません」

家康は手ずから下船用の板を渡した。

信長はそれを軽々と渡り、マントをひるがえして下り立った。

「久々に三河湾に船を乗り入れた。初陣の時以来じゃ」

「初陣と申されますと」

「知らぬのか。武士が初めてする戦を初陣と言う」

「それは存じております。何歳のことかとたずねているのでございます」

「十四の時であった。父と共に船をつらね、吉良や大浜に討ち入った」

その頃から三河を制圧することは織田家の悲願だった。三河湾を掌握し、東国と畿内を結ぶ海運を支配するためである。

結局、三河の制圧は成らなかったが、徳川家と同盟することで所期の目的をはたしたのだった。

信長が対面所に入ると、皆の表情が一変した。

くつろいでいた姿勢をただし、緊張に顔を強張らせた。

「信元」

「ははっ」

水野信元が身をちぢめて平伏した。

「常滑の港では世話になった。船奉行を誉めておけ」

「承知いたしました」

「警固の役も大儀であった。お市まで同行し、迷惑をかけたであろう」

「迷惑どころか、身にあまる誉(ほま)れでございました」

「皆に申し渡しておく」

その一言に信元、信盛、勝家が、前のめりになって聞き耳を立てた。

向かい合う忠次と数正も、いつの間にか同じ姿勢を取っていた。

「お市は小谷(おだに)の浅井長政(あざいながまさ)に嫁がせることにした。余はやがて近江(おうみ)から都へ兵を進める。その時浅井と徳川には、東西の楯となってもらわねばならぬ」

(そうか。信長どのが婚礼を急がれたのは)

そんな計略があったからである。

だがいかに信長とはいえ、都に攻め上るのは容易ではあるまい。家康はそう思ったが、気軽に物が言える雰囲気ではなかった。

婚礼の儀は無事に終わり、信康と徳姫はその日から二の丸御殿に住むことになった。

徳姫のまわりは尾張から供をしてきた者たちが固めているので、城の中に織田家の陣地ができたような状態だった。

その夜、信長は城中に泊まっていくことにした。

「汗をかいた。背中を流してくれぬか」

信長が酒宴の途中で耳打ちした。

「そ、それがしが、でござるか」

「そうよ。嫌か」

「いえ、お供をさせていただきます」

家康は少々風に当たってくると家臣たちに断って席を立った。

湯屋には一間四方ほどの湯船があった。外で沸かした湯を樋で注ぎ込むもので、まわりは板張りになっていた。

信長は脱衣所で両手を広げて立ちつくした。いつも影のように付き従っている小姓が、素早く袴のひもをとき、着物をぬがした。

信長は家康よりわずかに背が高く、すらりとした細身である。だが全身が鋼のようなしなやかな筋肉におおわれていた。

背中と胸に刀傷の跡がある。よく見ると左右の太股とすねにも傷跡の引きつれが残っている。

戦乱の世を、命がけで生き抜いてきた証だった。

対する家康は、肩幅が広く胸板が厚い箱のような体付きをしている。

剣や槍の稽古できたえた腕は松の根のように太く、両手にたこができてぶ厚くなっているが、傷跡はひとつもなかった。

十九歳まで今川家の人質になっていた時も、桶狭間の後に独立してからも、戦場の最前線に立って命のやり取りをした経験は一度もない。

信長の悲壮なばかりの傷跡を見ると、そのことが何となく面目ないように感じられた。

股間の陽物も、惚れ惚れするほど見事である。

（おお、何と）

家康も人並み以上だと自負してきたが、これではとても敵わなかった。

「どうした、家康」

信長が怪訝な顔をした。

「いえ、何も」

「さようか」

言うなり家康の一物をむんずとつかんだ。

不意打ちをくらって茫然としていると、

「もっと子を作れ。子宝こそが生きた証じゃ」

愉しげに笑いながら湯船に向かった。

信長は無類のきれい好きである。体の汗と汚れを丹念に洗い流し、肩まで湯につかって心地好げに息をついた。

家康もそれに倣い、遠慮がちに湯の上に首をならべた。

「そちは余を見くびっておるようじゃな」

「とんでもないことでござる。何ゆえそのような」

「先ほど上洛すると言った時、容易ではあるまいと思ったであろう」

「えっ、それは……」

「思ったはずじゃ。正直に申せ」

「確かに、そのような懸念を持ちました」

しかしどうしてそれが分かったのか不思議だった。

「気をつけよ。そちは子供の頃から、疑心が起こると右目を細める癖がある」

信長の記憶力、観察力は、とても家康の及ぶところではなかった。

長く湯につかっていると、家康の顔はゆでた蛸のように赤くなり、額から汗が噴き出した。

ところが信長は赤くもならず汗もかかず、涼しい顔をして何事かを思い巡らしていた。

「上洛には手立てがある」

考えがまとまった上で決然と口を開いた。

「まず稲葉山城を攻め落として美濃を盗る。次に伊勢じゃ」

「さようでございますか」

美濃を従属させなければ近江への道は開けない。だが、なぜ伊勢まで攻めるのか分からなかった。

「退路を確保するためじゃ。万一中山道を封じられても、尾張にもどる道を開いておかねばならぬ」

「なるほど」

長湯のあまり頭の中までゆだったようで、家康は次第にもうろうとしてきた。

「出よ。背中を流してもらおう」

信長は板張りにあぐらをかき、まず水をかけよと命じた。

「水でございますか？」

「知らんのか。それが一番心地好い」

言われるままに水をかけ、家康は手ぬぐいで神妙に背中をこすり始めた。

「次に上洛のための大義名分じゃが、思わぬ駒が転がり込んできた。前の将軍足利義輝公の弟が、越前の朝倉家に身を寄せておる。義秋（義昭）とか義春と申したな」

「義秋公と存じます」

二年前、十三代将軍義輝は松永久秀や三好三人衆の謀叛にあい、二条御所で討ち取られた。

その時義秋は興福寺の一乗院に入っていたが、明智光秀や細川藤孝らの奔走によって救出され、越前の朝倉義景のもとに逃れた。

そして義景の支援を得て上洛軍を起こし、兄義輝の仇を討って将軍になろうとしたが、義景が動かないために目的をはたせないままだった。

業を煮やした明智光秀らは、日の出の勢いの信長に支援を求めてきたのである。

「余はこの駒をつかむことにした。義秋を奉じて上洛軍を起こし、将軍にして幕府を再興させる」

「さすれば天下の管領になられますか」

「そのようなものにはならぬ。余が欲しいのは堺じゃ」

堺の港さえ押さえれば、畿内に入ってくる南蛮からの輸入品を独占することができる。

信長の狙いはそこにあった。

「だが、堺だけでは足りぬ。若狭の小浜と越前敦賀、それに紀州の雑賀を押さえねば、貿易路を独占することはできぬ」

「明国の海商どもでございますか」

「そうじゃ。明国では貿易を禁じているそうだが、それを侵して商いをしている海賊どもがいる。王直という名を、聞いたことがあるか」

「いいえ。三河の田舎者にて」

「海賊どもの棟梁でな。明国の舟山諸島を本拠地とし、五島や平戸にも屋敷を構えていたそうじゃ」

信長は堺の商人（あきんど）や茶人たちから情報を仕入れている。

その発信源はポルトガルの商人やキリスト教の宣教師たちなので、東アジアの状勢をかなり正確につかんでいた。

王直は一千艘の船と五万人の手下を持つと言われた海商で、五島の福江（ふくえ）や平戸に屋敷を持ち、日本海に船団を派遣して石見（いわみ）の銀を大量に購入していた。

その往路に東南アジアから買いつけた硝石や鉛、交易品などを運び、小浜や敦賀、三国湊（みくにみなと）まで足を延ばして売りつける。

それらの港に唐船が入る時には、国中の商人が集まると記録されたほどの活況をていしていた。

「それゆえ余は、上洛をはたした後には、越前の朝倉、そして紀州の一揆輩（いっきばら）を平らげる。さすればどうなる」

「畿内や東国に入る鉄砲、弾薬を、独占することができましょう」

「そうじゃ。日ならずして畿内も東国も余の軍門に下る。その後九州を押さえれば、天下を掌中にすることができる。天下を尾張にするとは、その意味じゃ」

信長の記憶は鮮明で、以前清洲城で家康に語ったことをはっきりと覚えていた。

（このお方は、恐ろしい）

家康は全身が粟立つ思いをしながら、せっせと信長の背中をこすった。

「替わろう。ここに座れ」

「そ、そのような、おそれ多い」

「構わぬ。余とそちは兄弟も同じじゃ」

信長は手ぬぐいを奪い取り、家康を押さえつけるようにして背中をこすり始めた。

「広い背中じゃ。お市もさぞ重かったであろうな」

「確かに。そのようでございました」

「こやつ。のろけおって」

信長は手ぬぐいでぴしゃりと背中を叩き、その図太さを見込んで申し付けることがあると言った。

「武田のことじゃ。信玄坊主はこの先どう動くか分かるか」

いきなりの質問に、家康はどう答えていいか分からなかった。

「余が上洛を企てていると知ったなら、信玄坊主はすぐにこちらの手の内を見抜くであろう。今のうちに雑賀や伊勢長島の門徒衆との関係を強化し、鉄砲、弾薬の入手経路を確保しておかねば、家の存続さえ危うくなる」

「おおせの通りと存じます」

「そのためには港を手に入れねばならぬ。さすれば駿河湾に出るしかあるまい」

「しかし、武田は今川と同盟しております」

「その同盟を破り、駿河に攻め込むはずじゃ。氏真などに大事な海路をゆだねていては、信玄坊主も枕を高くして眠れまい」

「さようでございましょうか。武田どののご嫡男は、今川家から嫁を迎えておられますが」

「そうか、そちとは親戚であったな」

　信長が鋭い皮肉を込めて背中を叩いた。

　信玄の嫡男義信の妻は今川義元の娘だから、瀬名の従姉にあたる。家康と義信は義理の従兄弟であり、駿府にいた頃に会ったこともあったのだった。

「余は弟の信勝をこの手で殺した。胸の傷は、その時抗い太刀をあびたものだ」

　腕の差は歴然としているので、まともに戦ったなら傷を負うことはなかった。

だが死に物狂いで立ち向かってくる信勝を見ていると、ひと太刀なりとも斬り付けさせてやらなければ可哀想だと思ったと言う。

「身内を殺すとはそういうことだ。誰もそんなことを望んではおらぬが、家を守るため、次なる飛躍をはたすためには、やむを得ぬこともある」

「武田どのは義信どのを犠牲にし、駿河に侵攻なされる。そうお考えなのですね」

「その時には、そちに盟約を申し入れて来よう。東西から今川を攻め、所領を山分けにしようとな」

「さすれば、いかがいたしましょうか」

「盟約に応じて今川をつぶせ。そして遠江を手に入れ、しかる後に東海道も遠州灘も封じよ。たとえ武田が駿河を支配したとしても、海には不慣れな山猿どもじゃ。鉄砲、弾薬の入手ができなければ、我らの軍門に下るしかなくなる」

（あの武田を、軍門に……）

あまりに雄大な構想に、家康の血が騒いだ。

夢のような話だが、信長なら着実に実現していくだろう。家康はそれに従い、遠江ばかりか駿河、甲斐まで領するようになる。

その想像に体がかっと熱くなり、武者震いをおさえることができなかった。

（第二巻につづく）

解説

澤田瞳子

戦国武将を主人公とする小説は、歴史・時代小説分野においては幕末を舞台としたそれと並んで、昭和以降、多くの作家が手がけてきた一大ジャンルである。ただ膨大な作品群を綿密に読めば、戦国武将の生き様に焦点を据えていても、「戦国」という一つの時代にまで筆が及ばぬ作が非常に多い。

なぜ、戦国は乱世となったのか。織田信長、豊臣秀吉、そして徳川家康がそれぞれ同時代の人々から抜きん出ることが叶ったのは、なぜか。当時の「日本」の枠組みとは、諸外国との関係は。そしてそもそも、「日本」とは何か——。

こういった問題意識なくして戦国に挑めば、この時代はただ多くの男たちが狭い国内で相争うだけのつまらぬ時世と化してしまう。魅力的な戦国武将が数多い分、戦国時代そのものを描くのは、作家にとって実は非常に困難な業なのだ。

それだけに、徳川家康の名前を冠した本作を拝読した時、私は心底、仰天した。家康という一人の男の生き様を縦糸に、これまでの戦国小説がすくい上げ得なかった骨太な歴史観を横糸に織り込んだ、戦国時代とは何かを問う一大歴史絵巻がそこに現出していたからだ。

長幼の序も弁えず、同じ小説家としての率直な感想を吐露すれば、「こんなにすごい戦国歴史小説を書くなんて、ずるい！」と叫びたいところである。

そもそも今日の歴史小説界で、日本史を俯瞰する視角の広さにおいて、安部氏の右に出る書き手はいない。なにせ氏は、中世に注目する作家が皆無に近かった一九九〇年代から、後南朝を描いた『彷徨える帝』や室町期に生きた人々に眼差しを向けた『バサラ将軍』（原題・『室町花伝』）などを発表なさった人物。九州・宗像を舞台に七世紀の倭国（日本）と大陸の関わりを描いた『姫神』から、日露戦争の勝利から日本の将来を憂いた歴史学者・朝河貫一とその父・正澄を通じて日本の近代再考を迫った『維新の肖像』まで、その作品の根底には常に、日本の姿を見極めようとする問題意識が存在している。

更には江戸中期、仙台から江戸へと向かう最中に漂流し、ミンダナオ島に流れついた廻船の水夫を主人公とした『海神(わだつみ)　孫太郎漂流記』、日本の将来を模索すべく遣唐使として大陸に渡った粟田真人の活躍を描いた『迷宮の月』などからは、外国からの視座によって日本の実像に迫ろうとする氏の挑戦が読み取れるだろう。

その上で『家康』に立ち戻れば、読者はまずそこここに最先端の研究成果がちりばめられている事実に刮目するはずだ。なにせ戦国時代とは様々な俗説が一人歩きし、新たな研究を用いても、それらのイメージを拭い去ることは困難。しかし安部氏は豊富な知見を武器に、果敢に巷説に立ち向かい、戦国の実像に一歩でも迫ろうとなさっている。

一方で氏は、「戦う男たち」という戦国時代のイメージにかき消されがちな、経済や海運、朝廷・公家との関わりといった側面から同時代を見ることで、この時代の多様性を我々に強く告げ知らせる。

当時、ポルトガルやスペイン相手に行われていた南蛮貿易は、世界屈指の産出量を誇っていた石見銀山の銀を基盤とするもの。それに伴って国内に硝石や鉛が持ち込まれた結果、日本は世界を相手取った高度経済成長時代に突入したとの歴史観は、日本史のみならず世界史の見直しをも迫る視座であろう。

また織田信長や豊臣秀吉の政策を、当時の社会構造と不可分な存在として描いている点も見落としてはならない。

たとえば本作で描かれる織田信長は、尾張・津島や熱田港を拠点に商業と流通を支配する経済重視型武将。ただ経済とは、常に成長し続けてこそ価値があるものである。それだけに常に大きくなろうとする信長の限界に思いを馳せる家康の眼差しは、戦国ばかりではなくその次の日本の在り方を見据えんとしているかのようだ。

——そなたは極楽浄土があると信じておろう。(中略)辛く悲しいことを数多く経験し、人が人であることの苦しみを、深く鋭く感じ取っておるからじゃ。

本書第二巻で、登誉上人は信長に比べて弱ければこそ、家康はこの世を極楽浄土の如く安らかなる国に近づけられるだろうと評する。そして読者は、織田・今川の人質時代の恐怖を生傷の如く抱えた家康を通じ、戦国時代とは何かという根源的な問いを突きつけられるのである。

ところで本作でもう一つ忘れてはならないのが、家康を取り巻く女性たちの闊達さである。戦国時代の女性といえば、一般には人質や政略結婚の具としてやりとりされる弱者といったイメージが強い。しかし安部氏の筆にかかれば、たとえば悲劇の佳人として描かれがちな信長の妹・お市の方は、自らの意で必要な男との間に子を生そうとする女性として描かれ、それが彼女の二度目の結婚の理由への伏線となっている。

家康の正室である瀬名（築山殿）、従妹であり後に側室となるお万、実の母親である於大の方、更には登場人物たちの記憶の中に登場する祖母・源応院とてそれは同様で、彼女たちは一様に図太くしなやかで、それがゆえに美しい。ご壮健で、と挨拶を述べる家康に向かって、「鈍い子ね、と言わんばかりの刺のある言葉」をぶつける於大の方の描写なぞ、同じ女としてはぞくぞくしてしまう。すでに中編集『おんなの城』で、戦国を生き抜いた女性たちの逞しさを描いた安部氏ならではの描写である。

本シリーズはこれから六か月連続で六作が刊行され、織田信長の横死の後の小牧・長久手の戦いまでがその射程に入っている。その後更に、秀吉政権下、江戸幕府樹立期を描く続編が刊行予定と仄聞するが、読者は家康の七十四年に及ぶ生涯に寄り添うことで、日本史上の一大画期に立ち会うだろう。その上で再度、現代社会を顧みれば、この国をより深く知るための新しい視点がおのずと備わっていると気づくはずだ。

豊饒なる歴史小説の醍醐味を、何卒お楽しみいただきたい。

――作家

この作品は二〇一六年十二月小社より刊行された『家康㈠
自立篇』を二分冊し、副題を変えたものです。

家康(いえやす)(一)

信長(のぶなが)との同盟(どうめい)

安部龍太郎(あべりゅうたろう)

令和2年7月10日　初版発行
令和3年7月25日　6版発行

発行人――石原正康
編集人――高部真人
発行所――株式会社幻冬舎
〒151-0051東京都渋谷区千駄ヶ谷4-9-7
電話　03(5411)6222(営業)
　　　03(5411)6211(編集)
振替00120-8-767643

印刷・製本―中央精版印刷株式会社
装丁者――高橋雅之

幻冬舎時代小説文庫

ISBN978-4-344-43000-6　C0193　あ-76-1

幻冬舎ホームページアドレス　https://www.gentosha.co.jp/
この本に関するご意見・ご感想をメールでお寄せいただく場合は、
comment@gentosha.co.jpまで。

（五）一酌発好容、再酌開愁眉。連延四五酌、酣暢入四肢。
（六）忽然遺物我、誰復分是非。是時連夕雨、酩酊所無知。人心苦顛倒、反為憂者嗤。

（一）東家　桑を采るの婦
雨来りて苦だ愁悲す。
蚕を蔟す北堂の前
雨冷やかにして糸を成さ不と。
（二）西家　鋤を荷うの叟
雨来りて亦た怨咨す。
豆を種う南山の下
雨多くして落ちて萁と為ると。
（三）而るに我独り何ぞ幸なる
醞酒は本　期無し。
此の多雨の日に及んで
正に新熟の時に遇う。
（四）瓶を開いて罇中に瀉ぎ
玉液は黄金の巵。

持翫(じがん)すれば已に悦(よろこ)ぶ可く
歓嘗すれば余滋有り。

（五） 一酌 好容を発し
再酌 愁眉を開く。
四五酌を連延すれば
酣暢(かんちょう) 四肢に入る。

（六） 忽然として物我(ぶつが)を遺(わす)る
誰か復(ま)た是非を分(わか)たん。
是時(このとき)連夕雨(あめふ)り
人心苦(はなは)だ顚倒(てんとう)し
酩酊して知る無きの所。
反って憂者の嗤(わらい)と為る。

（一） 東の家の桑を摘む女房は
雨が降るので甚だ悲しんでいる。
奥座敷の前で蚕(かいこ)を飼うたが
雨が冷たくて繭を成(つく)らぬと。

(二) 西の家の鋤(くわ)を荷(かつ)いだ叟(おやじ)
雨が降るので彼も怨んでいる。
南山の麓に豆を種(う)えたが
雨が多く豆は落ちて茎ばかりと。
(三) ところが私独りは何と幸福なことだろう
酒造りは元来時期が無い。
この雨の多い日になって
ちょうど酒の熟(な)れ時が来たのだ。
(四) 瓶を開いて樽(たる)に注ぎ
玉液を黄金の盃に盛る。
愛翫(あいがん)しているだけでも楽しめるのに
楽しく飲んだ後味(あとあじ)のうまさ。
(五) 一盃酌めば顔に好い色が出る
二盃酌めば愁いの眉は開ける。
続けさまに四五盃酌めば
酔が手足に廻って来る。
(六) 忽(たちま)ちにして物も我も忘れて

是(ぜ)も非(ひ)も分別がつかなくなる。
このごろ毎夜雨降りつづきで
酔っぱらって何も分らなくなり、
心が無茶苦茶に顚倒(てんとう)し
反って憂(くや)んだ者から笑われよう。

○蔟　蚕が繭を結ぶようになると、これを特殊な蓐(しきもの)に上ぼす。この手続きを「蔟」という。**○鋤**　普通スキと訓ずるが、実はクワで、鍬がスキに当るらしい。**○咨**　歎く声。**○萁**　豆の茎である。マメガラと訓ず。**○罇**　樽に同じ。缶は土器なることを示す。「瓶」は酒を造り込む大きいカメであり、罇は酒席に持ち出す小さい壺である。**○卮**　盃の一種。**○憂者**　雨を憂いた桑摘む女房と鋤を荷いだ叟を指す。

其三

(一)　朝亦独酔歌、暮亦独酔睡。未尽一壺酒、已成三独酔。勿嫌飲太少、且喜歓易致。
(二)　一盃復両盃、多不過三四。便得心中適、尽忘身外事。更復強一盃、陶然遺万累。
(三)　一飲一石者、徒以多為貴。及其酩酊時、与我亦無異。笑謝多飲者、酒銭徒自費。

（一）朝も亦(また)独り酔うて歌い
暮も亦独り酔うて睡る。
未だ一壺の酒を尽さず
已に三独酔を成す。
飲の太(はなは)だ少きを嫌う勿らん
且(しばら)く喜ぶ歓の致し易きを。

（二）一盃復(ま)た両盃
多くも三四を過ぎず。
便(すなわ)ち心中の適を得て
尽く身外の事を忘る。
更に復た一盃を強(し)うれば
陶然として万累を遺(わす)る。

（三）一飲一石(せき)者は
徒(た)だ多きを以て貴しと為す。
其の酩酊の時に及んでは
我与(と)亦た異る無し。
笑うて謝す多飲者は

酒銭徒だ自ら費す。

（一）朝も独りで酔うて歌い
暮も独りで酔うて睡る。
まだ一銚子の酒の尽きぬうちに
もはや三度も独りで酔うた。
酒量は少すぎるが不足はない
手軽に楽しめるのが、まあ喜ばしい。

（二）一盃また二盃
多くて三四盃とは過ごさぬ。
それで、もう好い気持になり
身の外の事は皆忘れる。
さらに復た強いて一盃重ねるならば
好い気持で万（よろず）の累（わずら）いを忘れてしまう。

（三）一度に一石（こく）も飲む人は
ただ多いのを貴（よい）としているが、
その酩酊する段になると

私と少しも異(ちが)わない。
御免蒙る、大酒飲みは
ただ酒代を使うばかりだ。

其四

（一）家醞飲已尽、村中無酒賖。坐愁今夜醒、其奈秋懐何。
（二）有客忽叩門、言語一何佳。云是南村叟、挈榼来相過。
（三）且喜罇不燥、安問少与多。重陽雖已過、籬菊有残花。
（四）歓来苦昼短、不覚夕陽斜。老人勿遽起、且待新月華。客去有余趣、竟夕独酣歌。

（一）家醞(かうん)飲んで已に尽く
村中　酒の賖(かけうり)無し。
坐(そぞろ)に愁う今夜醒(めさ)む
其れ秋懐を奈何(いかん)せん。
（二）客有り忽ち門を叩く
言語一(いつ)に何ぞ佳なる。
云う是れ南村の叟

（三）榼を挈て来りて相い過ると。
且く喜ぶ罇燥かず
安ぞ問わん少与多と。
重陽已に過ぐと雖も
籬菊　残花有り。

（四）歓み来りて昼の短かきに苦しむ
覚えず夕陽斜なり。
老人　遽に起つ勿れ
且く待て新月華を。
客去りて余趣有り
竟夕　独り酣歌す。

（一）家醸の酒はもう飲み尽した
村中に掛売りの酒は無い。
空しく愁う　これでは今夜は眠れまいと
さて秋懐を如何したものか。

（二）客ありたちまち門を叩く

来意は何と素晴しい。
云うこれは南村の叟（おやじ）が
酒樽を提げて訪うて来たのだと。

（三）まあ嬉しい　樽が乾上（ひあが）らなかった
量の多少は問題でない。
菊の節句は　もはや過ぎたけれど
籬（まがき）の菊は　まだ残っている。

（四）愉快になって昼（ひ）の短かいのが苦になる
覚えず夕陽（ゆうひ）が傾いて来た。
お老人（としより）　急いで帰らずに
まあまあ新月（みかづき）の出るのをお待ちなさい。
客が去っても興は尽きず
一晩中独りで酔うて歌うた。

○**坐に愁う**　酒を得る手段が無く、ソゾロニ（ただわけもなく）空しく愁歎すること。○**一に何ぞ**　一は専一である。「誠に」「実に」というほどの意。「一何」は詩の慣用語。○**榼**　字書に「酒器也」とあるのみで、詳しいことは知れないが、字形を按ずるに、蓋（ふた）のある木製の器らしい。○**罇**　もと尊の字を用いた。古器の図録で見ると、周代の銅製の尊は花瓶のような形のものが多く、蓋の無いのが普通である。「罇」は土製なることを示し、「樽」は木製なることを示す。○**重陽**　九月九日の節である。

其五

(一) 吾聞潯陽郡、昔有陶徵君。愛酒不愛名、憂醒不憂貧。
(二) 嘗為彭沢令、在官纔八旬。愀然忽不楽、挂印着公門。
(三) 口吟帰去来、頭戴漉酒巾。人吏留不得、直入故山雲。
(四) 帰来五柳下、還以酒養真。人間栄与利、擺落如泥塵。
(五) 先生去已久、紙墨有遺文。篇篇勧我飲、此外無所云。
(六) 我従老大来、窃慕其為人。其他不可及、且傚酔昏昏。

(一) 吾聞く潯陽(じんよう)郡
昔　陶徵君有り。
酒を愛して名を愛せ不(ず)
醒むるを憂えて貧を憂え不(ず)。
(二) 嘗(かつ)て彭沢(ほうたく)の令と為り

官に在ること纔(わずか)に八旬。
愀然(しょうぜん)として忽(たちま)ち楽しま不(ず)
印を挂(か)けて公門に着く。

(三)口には吟ず帰去来
頭には戴く漉酒巾(ろくしゅきん)。
人吏留め得不(ず)
直ちに入る故山の雲。

(四)帰り来る五柳の下
還(ま)た酒を以て真を養う。
人間の栄与(と)利と
擺落(ひらく)して泥塵の如し。

(五)先生去って已に久し
紙墨　遺文有り。
篇篇(へんぺん)　我に飲を勧め
此の外　云う所無し。

(六)我　老大し来りて従(より)
窃(せつ)に其の人と為りを慕う。

其他は及ぶ可から不(ざ)るも
且(しばら)く倣(なら)わん　酔昏昏。

(一) 吾聞く潯陽(じんよう)郡に
昔　陶徴君淵明がいた。
酒を愛して名誉を愛せず
酔の醒めるを憂えて貧乏を憂えず。

(二) ある時彭沢(ほうたく)の県令になったが
官に在ること、やっと八十日、
急に不快な色を面(おもて)に現わし
官印を役所の門に掛けて辞職した。

(三) 口には帰去来の辞を吟じて
酒を漉(こ)した葛巾(かっきん)を頭に戴き、
官民の慰留も聴き入れず
一散に故郷の山に雲隠れした。

(四) 五柳の宅に帰って来て
元通り酒を飲んで天真を養う。

世の中の栄華と利益とを
塵泥のように振り落した。
（五）先生が死んでから、もう久しくなるが
書き遺された詩文が伝わっている。
どの篇もどの篇も我に酒飲めと勧め
この外は何にも云ってない。
（六）私は老年になってから
ひそかにその人品を慕っている。
外の事は及びもないが
まあ酔うて目がくらくらすることだけは真似しよう。

◎この一篇は陶淵明を景慕するの意を詠じたのである。○**潯陽郡**　今の江西省九江県。陶淵明は潯陽郡柴桑里の人。○**徴君**　朝廷より特に官に徴召された人の尊称。陶淵明は晋の義熙の末年、著作郎に徴されたが就任しなかった。○**彭沢**　故城は今の江西省湖口県の東方に在った。陶淵明はこの地の県令を最後に官を退いた。○**愀然**　容色の変ずること。○**印を挂く**　受持の印を役所に置いて来ること。即ち官を退くこと。○**帰去来**　この時淵明が作った有名な韻文「帰去来辞」のこと。○**漉酒巾**　淵明の伝に云う、郡の武官がある時淵明を訪問すると、ちょ

うど醸した酒が熟したので、頭上の葛巾（くずふの頭巾）を取って濁酒を漉し、漉し終るや、元のように復たこれを著けた。○**人吏**　人民及び官吏である。唐の太宗の名が世民であったので、唐代はこれを避けて、「民」の代りに「人」の字を用いた。○**五柳**　淵明の宅には五本の柳があった。○**昏昏**　不明の貌。

其六

(一)楚王疑忠臣、江南放屈平。晋朝軽高士、林下棄劉伶。
(二)一人常独酔、一人常独醒。醒者多苦志、酔者多歓情。
(三)歓情信独善、苦志竟何成。兀傲甕間臥、憔悴沢畔行。
(四)彼憂而此楽、道理甚分明。願君且飲酒、勿思身後名。

(一)楚王は忠臣を疑い
江南に屈平を放つ。
晋朝は高士を軽んじ
林下に劉伶を棄つ。
(二)一人は常に独り酔い
一人は常に独り醒む。

醒むる者は苦志多く
酔える者は歓情多し。
（三）歓情は信（まこと）に独り善く
苦志は竟（つい）に何をか成さん。
兀傲（こつごう）して甕（おう）間に臥し
憔悴（しょうすい）して沢畔を行く。
（四）彼は憂え而（て）此は楽しむ
道理甚だ分明。
願わくば君且（しばら）く飲酒し
身後の名を思う勿れ。

（一）楚王は忠臣を疑い
江南に屈平を追放した。
晋朝は高士を軽んじ
民間に劉伶（りゅうれい）を放棄した。
（二）一人（劉伶）は常に独りで酔うた
一人（屈平）は常に独りで醒めた。

醒めた者は苦心が多く
酔うた者は本当に歓楽が多い。

(三) 歓楽は本当に独善である
苦心しても結局 何が出来るものか。
劉伶は大威張りで酒瓶の間に臥ころび
屈原は やつれて沢辺を さまよう。

(四) それは彼は憂えてこれは楽しむからで
道理は甚だ明瞭である。
願わくば君よ、まあ酒を飲みたまえ
死後の名誉など思わないことだ。

○**屈平** 戦国末期、楚の懐王・頃襄王に仕えた屈平(字は原)は、忠直の臣にしてかえって君主に疑われ、江南(湖南省)に追放された。○**劉伶** 晋代の人。酒を嗜み、「酒徳頌」一文を遺して有名である。晋初の泰始年間に朝廷の政策試問に応じたが、道家無為の政治論を述べたので落選して、ついに出世しなかった。○**林下** 山林の間。官に対する野であり、民間である。○**独り醒む** 屈原の作と称する「楚辞」漁父篇に「衆人皆酔えり我独り醒めたり」とあるを意味する。○**兀傲** 兀は高く聳ゆること。傲はオゴル。肩を聳やかして威張ることである。○**沢**

畔を行く　屈原の漁父篇の序文に「屈原既に放たれて、江潭に游び、沢畔に行吟す。顔色憔悴し、形容枯槁す」とある。

勧酒寄元九　酒を勧む。元稹に寄す

（一）薤葉有朝露、槿枝無宿花。君今亦如此、促促生有涯。
（二）既不逐禅僧、林下学楞伽。又不随道士、山中煉丹砂。
（三）百年夜分半、一歳春無多。何不飲美酒、胡然自悲嗟。

（一）薤葉（かいば）　朝露有り
槿枝（きんし）　宿花無し。
君も今亦た此（かく）の如し
促促として生は涯（かぎり）有り。
（二）既に禅僧を逐（お）うて
林下に楞伽（りょうか）を学ば不（ず）。
又た道士に随って

山中に丹砂を煉（ね）ら不（ず）。

（三）百年は夜　半ばを分（わか）ち
一歳は春　多く無し。
何ぞ美酒を飲ま不（ず）して
胡然として自ら悲嗟する。

（一）らっきょの葉に朝置く露があり
むくげの枝に宵越しの花は無い。
君も今またこの通りで
促（せま）り来る生命には涯（かぎり）が有る。

（二）むろん君は禅僧を逐（お）うて
林下に仏経を学びも　しないし、
また道士に随って
山中に仙薬を煉（ね）りもしない。

（三）人生百年は夜が半分だし
一歳（ひととせ）に春は多く無いのに、
何（どう）して美酒を飲まずして

ただ　むやみに自ら悲歎するのか。

○**元九**　楽天の親友元稹（げんしん）、字は微之（びし）のこと。「九」は排行または輩行といって、兄弟従兄弟を通算して九番目に当ることを表わす。友人などの間ではこの呼び方をする。○**薤葉**　薤はラッキョウである。漢代の挽歌（喪礼の歌）に「薤露」「蒿里」二章の歌がある。前章は人命の果なきを、薤葉に置く露の消え易きに喩えて歌っている。この句はこれに本づいたのである。○**槿枝**　槿はムクゲである。花が朝開いて夕方には萎むので、少年の老い易きことに喩える。○**宿花**　翌日まで咲く花。○**楞伽**　仏教の経典の名。○**丹砂を煉る**　丹砂は朱砂である。道教では朱砂を原料として不老不死の仙薬を煉る、これを煉丹という。○**百年**　人の一生をいう。人命は長くて百年というわけ。○**胡然**　用例が他に見当らないので確かな意義は考えられぬが、胡乱（ミダリニ）胡塗（ボンヤリ）などの胡と同義であろう。ムヤミニの意か。

(四)　俗号銷憂薬、神速無以加。一盃駆世慮、両盃反天和。

(五)　三盃即酩酊、或笑任狂歌。陶陶復兀兀、吾孰知其他。

(六)　況在名利途、平生有風波。深心蔵陥穽、巧言織網羅。挙目非不見、不酔欲如何。

(四)　俗に銷憂（しょうゆう）薬と号す

神速　以て加うる無し。
一盃　世慮を駆り
両盃　天和に反る。
(五)三盃　即ち酩酊し
或は笑うて狂歌に任(まか)す。
陶陶たり復(ま)た兀兀(こつこつ)たり
吾孰(なん)ぞ其他を知らんや。
(六)況(いわん)や名利の途に在り
平生　風波有り。
深心　陥穽(かんせい)を蔵し
巧言　網羅を織る。
目を挙ぐれば見え不(ざ)るに非ず
酔わ不(ず)して如何せんと欲す。

(四)これは俗に憂消薬(うさけしぐすり)と呼んでいる、
効能(ききめ)の神速(はやい)ことこれに勝る薬は無い。
一盃で世の　わずらいを追っ払い

二盃で天然の和気に返る。

（五）三盃で　すぐ酔っぱらい

笑うたり歌うたり口から出まかせ。

好い気持になり、そしてぐったりとなる

吾輩何ぞその外の事を知ろうや。

（六）まして名利を求むる官途に在るのだから

平生いつも競争がある。

心に深く陥穽を蔵したり

言巧みに網羅を編だり、

目を挙ぐれば見えないことはない

酔わなくて如何なるものか。

◎前段は友に飲酒を勧むる意を述べたが、この段は自ら酒に沈湎する所以を述べて、友もまたこれに倣わんことを希うのである。○**天和**「荘子」知北遊篇に「被衣曰く、若汝の形を正し、汝の視を一にせば、天和将に至らんとす」とある。この天和を宋の林希逸は「元気也」と註し、清の郭慶藩は「自然の和理」と註している。蓋し天然の根元的和気を意味するであろう。

○**陶陶・兀兀**「文選」酒徳頌にいう「無思無慮、其の楽み陶陶たり。兀然と而酔い、豁然と而醒む」。五臣註にいう、「陶陶は和楽の貌」と。「文選」文賦にいう「兀として枯木の若し」と。また遊天台山賦にいう「兀として体を自然於同じくす」。李善註にいう「兀は無知之貌也」と。蓋し「兀兀」とは、酔うて枯木の如く、自然の如く、知覚無きに至る、をいうのである。陶陶は精神的であり、兀兀は肉体的である。故に白楽天の琴茶の詩（文集巻五十五）に「兀兀として形を群動の内に寄せ、陶陶として性を一生の間に任す」と二語を対照して、前者は形の形容とし、後者は性の形容としている。○**網羅を織る**　網は魚を捕るアミ。羅は鳥を捕るアミ。罪無き者を誣告して罪を捏造するを「羅織」という。これはこの義であろう。

薔薇正開、春酒初熟。因招劉十九張大夫崔二十四同飲。

薔薇正に開き、春酒初めて熟す。因って劉十九・張大夫・崔二十四を招いて同飲す。

（一）甕頭竹葉経春熟、階底薔薇入夏開。似火浅深紅圧架、如餳気味緑粘台。
（二）試将詩句相招去、儻有風情或可来。明日早花応更好、心期同酔卯時盃。

（一）甕頭の竹葉　春を経て熟し

階底の薔薇　夏に入って開く。
火の似き浅深　紅は架を圧し
餳の如き気味　緑は台に粘す。
(二)試みに詩句を将て相い招去す
儻し風情有らば或は来る可し。
明日　早花　応に更に好かるべし
心に同酔を期す　卯時の盃。

(一)甕の竹葉酒は春を経て熟れた
階下の薔薇は夏に入って開いた。
火のような濃く薄き紅は架に重く垂れ
水飴のような味の酒は緑が台に粘る。
(二)ためしに詩を以て友を招きにやったが
もし風情あらば来てくれるかも知れぬ。
明日　朝の花は更に好いであろう
卯の時の盃を酌み交さんと期待する。

○竹葉　酒の名。実体は詳らかでないが、この詩に見ゆる如く緑色なるが故にこの名を得たものらしい。現今紹興に「竹葉青」という酒があり、日本酒に似ているという。これは名ばかりで、古い伝統は無かろう。**○階**　堂に上る階である。**○架**　タナである。この薔薇は蔓生なので、架に纏わせるわけ。**○緑**　酒が緑色なのである。緑酒は陶淵明も用いている（諸人共遊周家墓柏下の詩註を見よ）。而して楽天のこの詩は江州に謫居中の作である（文集巻十二）。江州は潯陽で、淵明の郷里である。この地には緑酒を作る伝統があったのかも知れぬ。同時代の作「春来」の詩に「誰家淥酒歓連夜」の句があり、「問劉十九」の詩に「緑蟻新醅酒」の句がある。これらも緑酒である。**○卯時盃**　早朝に酒を飲むことで、卯時は今の午前六時頃。これを卯時酒とか卯酒といって、楽天は甚だこれを好んだらしく、往々これを詠じている。

銭湖州以箬下酒、李蘇州以五酘酒、相次寄到。無因同飲、聊詠所懐。

銭湖州は箬下酒を以て、李蘇州は五酘酒を以て、相い次いで寄到す。同飲するに因無し。聊か所懐を詠ず。

労将箬下忘憂物、寄与江城愛酒翁。鐺脚三州何処会、甕頭一盞幾時同。傾如竹

葉盈樽緑、飲作桃花上面紅。莫怪殷勤酔相憶、曾陪西省与南宮。

労将す箬下の忘憂物
寄与す江城の愛酒翁。
鐺脚の三州　何の処に会し
甕頭の一盞　幾時か同じくせん。
傾くること竹葉　盈樽の緑の如くし
飲んで桃花　上面の紅を作さん。
怪む莫れ殷勤に酔うて相い憶うを
曾て陪す西省与南宮と。

箬下の忘憂物を手数かけて
江州の酒好き翁に寄贈された。
吾々三人は鐺の脚のような三州の何処で会合し
甕の頭で一つ盞を幾時酌み交わして、
樽に盈した緑の竹葉の如くこれを傾け
面に上る紅さが桃花の如くなるまで飲もうか。

かく殷勤（ねんごろ）に酔うて相憶（なつか）しむに不思議はない
曾（かつ）て西省と南宮とで末席をけがした仲だから。

○湖州・蘇州 いずれもこの州の刺史（長官）に任じたのである。**○箬下酒** 湖州（浙江省呉興）の長興県に若渓があり、南を上若といい、北を下若という。村人は下若の水を取って酒を醸す、醇美である。これを若下酒と称す。また箬下酒とも書く。**○五酘酒** 蘇州の銘酒であろうが、未詳。酘は、もと投と書いた。再醸である。一度熟した醪（もろみ）の中に再び原料を投入して醸すことである。「酒経」に曰う「酒は投多きを以て善しと為す」と。これは五投であるから善いはずである。**○忘憂物** 憂を忘れる物。**○労将** この将の字は動詞の下に添えて用いる意味の軽い語助辞である。**○江城** 楽天が江州司馬に貶せられて、四年ほどこの地にいた時のことである。**○三州** 江州・湖州・蘇州。云うまでもなく酒である。陶淵明の「飲酒」詩其七に出ている。**○竹葉盈樽の緑** この詩は律詩であるから、第三句と第四句と対し、第五句と第六句と対してある。対する為に文法に多少無理が出来、訓読はかなり苦しくなる。日本語としては意訳の文に示した如き語位になるであろう。文意は湖州の箬下酒を江州の竹葉酒と同様に三人で傾けて飲もう、ということである。**○西省** 中書省を指す。しかし楽天が中書舎人に任じたのは長慶元年で、江州に在った時より三年後である。ここにいうところは、楽天がどの官であった時か未詳。**○南宮** 尚書省を指す。楽天の官未詳。

与諸客空腹飲　諸客と　すきばらに飲む

（一）隔宿書招客、平明飲暖寒。麴神寅日合、酒聖卯時歓。
（二）促膝纔飛白、酡顔已渥丹。碧籌攅采椀、紅袖払骰盤。
（三）酔後歌尤異、狂来舞可難。抛盃語同坐、莫作老人看。

（一）隔宿　書もて客を招く
平明飲んで寒を暖たむ。
麴神は寅日に合わせ
酒聖は卯時に歓しむ。

（二）膝を促けて纔かに白を飛ばせば
酡顔　已に渥丹。
碧籌を采椀に攅め
紅袖は骰盤を払う。

（三）酔後　歌尤も異る

狂来　舞何(なん)ぞ難(かた)き。
盃を抛(なげう)って同坐に語る
老人と作(な)して看る莫(なか)れ。

（一）前日手紙で客を招き
早朝飲んで寒さを暖める。
麴の神は寅の日に合わせ
酒好きは卯の刻に楽しむ。

（二）膝つき合せて杯を今廻わしたかと思えば
酔った顔は　もう真赤だ。
紅袖(こうしゅう)の美人が碧籌(かずとり)を采椀(いれもの)に集めたり
骰子(さいころ)や盤(ばん)を拭うて座を取りもつ。

（三）酔うた後は異(あや)しげな歌を唱い
狂い来って　わけの分らぬ舞をまう。
盃を投げ出して一坐の客に語る
わしを老人扱いして下さるなよと。

○寅日　「斉民要術」の造神麴法によると神麴は七月の上の寅の日に造るとある。古い習慣である。**○白**　酒盃のこと。**○酡**　酒に酔って顔が赤くなること。**○碧籌・采椀・骰・盤**　この二句は博戯を為すことを言ったのである。唐の長慶年間、即ち楽天がこの詩を作った時より数年後に記録された「唐国史補」巻下に、当時最も盛んに行われた博戯の一種「長行」及び古の「樗蒲」に就いて略記してある。これに拠れば詩にいうところはむしろ樗蒲に近いと思われる。それは三百六十個の「子」と、六個の「馬」と、五個の「骰」とより成る。まず五個の骰（賽）を投げると種々の形象が出る、その中ある特殊のものを選んで「采」（ヤク）としておのおのその名称と点数が定められている。盧・雉・犢・白の四種を貴采とし、開・塞・塔・禿・撅・梟の六種を雑采とする。例えば最高の盧は十六点であり、最底の梟は二点である。「関人」という者があり、投者の得点により六個の馬を動かして「関」を過ぎしめる。かくして勝負を争うのであるが、「子」の使用法は記されてない。蓋し勝負の計算に用いるのであろう。さて詩において「骰盤」とは骰とこれを投げるのを受ける盤であろう。「碧籌」は恐らく右に謂うところの「子」で、碧はその色であろう。「采椀」は采の点に応じて籌（かずとり）を入れる椀であろうが、具体的な事は分らない。**○可難**　可は「助字弁略」にいうところの「何」というほどのことか。「尤異」と対するから、ハナハダというくらいの意味らしい。

卯時酒　朝ざけ

（一）仏法讃醍醐、仙方誇沆瀣。未如卯時酒、神速功力倍。
（二）一杯置掌上、三嚥入腹内。煦若春貫腸、暄如日炙背。
（三）豈独支体暢、仍加志気大。当時遺形骸、竟日忘冠帯。
（四）似遊華胥国、疑反混元代。一性既完全、万機皆破砕。

（一）仏法は醍醐（だいご）を讃（たた）え
仙方は沆瀣（こうかい）を誇る。
未だ如（し）かず　卯時の酒の
神速にして功力倍するに。

（二）一杯　掌上に置き
三嚥（えん）　腹内に入れれば、
煦（く）すること春の腸を貫く若（ごと）く
暄（けん）すること日の背を炙る如し。

（三）豈（あ）に独り支体暢（の）ぶるのみならんや

仍(なお)加う志気の大を。
当時　形骸を遺(わす)れ
竟日(きょうじつ)　冠帯を忘る。
(四)華胥(かしょ)の国に遊ぶに似て
混元の代(よ)に反るかと疑う。
一性　既に完全ならば
万機　皆破砕せん。

(一)仏法では醍醐を讃美し
仙方では沆瀣(こうがい)を誇称するが、
まだまだ卯の刻の酒の
廻りが速く効(き)きめのよいに及ぶまい。
(二)一杯手のひらにのせて
三口呑んで腹に這入るや、
蒸すこと春が腸を貫く如く
温むること日に背を炙るようだ。
(三)五体が　のびのびするばかりか

志気は　ますます大きくなり、
即座に生身(いきみ)を忘れ
終日官職も忘れる。
(四) その気持は無慾の国に遊ぶに似ており
天地開闢(かいびゃく)時代に返ったかと疑われる。
本性さえ確(しっか)りしておれば
何事にも打勝てよう。

○**醍醐**　仏教の説に、乳から酪(らく)を製し、酪から酥(そ)を製し、酥を製して醍醐と為す、これが最上の美味であるという。○**仙方**　仙薬の処方。○**沆瀣**　仙人の食物として六気が空想されている。春は朝霞を食い、夏は正陽を食い、秋は淪陰(りんいん)を食い、冬は沆瀣(こうがい)を食う。これらに天玄の気と地黄の気を加えて六気とする。沆瀣は北方の夜半の気であるという。○**卯時の酒**　卯は朝の六時頃、早朝に飲む酒で、これを卯酒という。楽天は甚だこれを愛し、往々詩に詠じている。我国でも楽天の詩が流行した影響からか、卯酒を「ぼうす」と読んで、朝酒のこととしている。○**煦**　蒸すこと。温潤すること。○**暄**　日の暖かなこと。○**華胥(かしょ)の国**　黄帝が昼寝の夢に華胥(かしょ)氏の国に遊んだ。その国には支配者が無く、その民は嗜欲無く、愛憎無く、利害も無かったという。○**混元**　混沌として天地未だ開闢せざる原始時代。○**一性──、万機──**　これは禅の哲学らしいが、仏教を学ばざる私には解らない。木性が不動ならば、万難皆排すべしとの意か。上戸本性たがわずとでもいうことか。

（五）半醒思往来、往来可吁怪。寵辱憂喜間、惶惶二十載。
（六）前年辞紫闥、今歳抛皂蓋。去矣魚反泉、超然蟬離蛻。
（七）是非莫分別、行止無疑碍。浩気貯胸中、青雲委身外。
（八）捫心私自語、自語誰能会。五十年来心、未如今日泰。況茲杯中物、行坐長相対。

（五）半醒　思い往来す
往来　吁怪（くかい）す可し。
寵辱（ちょうじょく）　憂喜の間
惶惶たり二十載。
（六）前年　紫闥（したつ）を辞し
今歳　皂蓋（そうがい）を抛（なげう）つ。
去矣（さらん）かな　魚　泉に反（かえ）る
超然として蟬　蛻（ぜい）を離る。
（七）是非　分別莫（な）く

行止　疑碍無し。
浩気　胸中に貯え
青雲　身外に委ぬ。

（八）心を捫して私に自ら語る
自ら語って誰か能く会る。
五十年来の心
未だ今日の泰きが如からず。
況んや玆の杯中の物
行坐に長く相対するをや。

（五）酔いが醒めかけると色々の思いが往来する
往来すれば、つい溜息が出る。
官位の進退に喜んだり憂えたり
びくびくしながら二十年。

（六）前年は宮廷を辞し
今歳は地方長官を罷めた。
去らんかな魚の泉に返るごとく

（七）超然として蟬の殻を脱る（ぬける）ごとく。
是（ぜ）と非（ひ）とを分別せず、成行きにまかせ
行くも止まるも思うままに妨ぐる無し。
浩然の気を胸中に貯え
青雲の位を身外に委（す）て置く。

（八）胸を撫でて、ひそかに独言（ひとりご）つ
独言（ひとりごと）は誰にも解（わか）るはずはない。
五十年このかた我が心
未だ今日の如く泰（やす）らかであったことはない。
ましてこの杯中の物に
行住坐臥長く相対しているのだもの。

○**吁**　歎息する。○**怪**　いぶかる。○**寵辱**　寵は恩愛であり、辱は恥辱である。○**紫闥**　宮中の門である。紫闥を辞すとは、楽天が宝暦元年（五十四歳）太子左庶子より外任に出だされて蘇州刺史に除せられたことを言う。○**皂蓋**　黒色絹で張った車の蓋（カサ）。漢代の制度に二千石の官の乗車は皂蓋を用いた。二千石は太守（刺史）の禄である。皂蓋を抛つとは、宝暦二年病をもって蘇州刺史を免ぜられたことを言う。この詩は官を罷めた直後の作らしい。○**浩気**

大なる気魄。孟子のいわゆる浩然之気であろう。○**青雲** 高位高官。○**五十年** 時に楽天は五十五歳。

勧酒　酒をすすむ

（一）勧君一盃君莫辞、勧君両盃君莫疑。勧君三盃君始知、面上今日老昨日、心中酔時勝醒時。
（二）天地迢迢自長久、白兎赤烏相趁走。身後堆金拄北斗、不如生前一樽酒。
（三）君不見春明門外天欲明、喧喧歌哭半死生。遊人駐馬出不得、白輿素車争路行。
（四）帰去来、頭已白。典銭将用買酒喫。

（一）君に一盃を勧む　君辞する莫れ
君に両盃を勧む　君疑う莫れ。
君に三盃を勧む　君始めて知らん
面上は今日　昨日より老い
心中は酔時　醒時に勝るを。

（二）天地は迢迢として自ら長久
白兎　赤烏　相い趁うて走る。
身後　金を堆んで北斗を拄うるは
如か不　生前　一樽の酒に。

（三）君見不や春明門外　天明けんと欲す
喧喧　歌哭して死生を半ばす。
遊人　馬を駐めて　出るを得ず
白輿　素車　争うて路を行く。

（四）帰り去来、頭已に白し。
典銭将に用て酒を買うて喫せんとす。

（一）君に一盃勧める、君よ辞退したまうな
君に二盃勧める、君よ何も気にしないでよろしい。
君に三盃勧めると君は始めて気付くであろう
面相は今日が昨日よりも老け
心中は酔うた時が醒めた時に勝ることを。

（二）天地は永遠にして長久であり

月と日とは追っかけあって走り過ぎる。
死後に黄金を積んで北斗星を突張る(つっぱ)は
生前に一樽の酒を酌むに及ばぬ。

(三)君よ見たまえ、春明門外　夜の明けるころ
わいわい歌うたり哭(な)いたり死と生とが半々で
遊人が馬を駐(とど)め路を塞いでいて門から出られない
喪儀の輿(こし)や車は路を争うて行くではないか。

(四)我家に帰ろう、頭は　もう白い。
質(しち)で工面して酒でも買って飲むとしよう。

○**君始めて知らん**――　君は酔が廻って来るにつけ、我身の老境に入ったこと、及びその憂さを晴らすは酒に如くなきことに、始めて気付くであろう、との意。○**白兎**　月中に白兎があるという伝説による。○**赤烏**　日中に三足の烏があるという伝説はあるが、赤烏はまた別の故事で、日と関係ない。ただ白兎と対する為に修辞上用いたのである。○**春明門**　長安の外郭城の東面に三つの門があり、その中のが春明門であったという。蓋(けだ)しこの門外は繁華の遊楽地であり、また墓地にも行く路に当っていたので、この両者の交通で雑沓を極めたのである。真相は未だ詳らかにする暇がない。○**素車**　後漢の范式(はんしき)が親友　張劭(ちょうしょう)の喪に素車白馬で馳せ赴いた、

という故事がある。喪に用いる車と思われる。白輿も同様であろう。○**典銭**　質入れして借りた銭。典は質貸しである。

和嘗新酒　元微之が新酒を試みる詩に和す

（一）空腹嘗新酒、偶成卯時酔。酔来擁褐裘、直至斎時睡。
（二）静酣不語笑、真寝無夢寐。殆欲忘形骸、詎知属天地。
（三）醒余和未散、起坐澹無事。挙臂一欠伸、引琴弾秋思。

（一）空腹に新酒を嘗む
偶卯時の酔を成す。
酔い来りて褐裘を擁し
直ちに斎時に至り睡る。
（二）静酣して語笑せ不
真寝して夢寐無し。
殆ど形骸を忘れんと欲す

詎(なん)ぞ天地に属するを知らん。

（三）醒余　和して未だ散ぜず
起坐　澹(たん)として事無し。
臂(ひ)を挙げて一たび欠伸(かんしん)し
琴を引いて秋思を弾ず。

（一）空き腹に新酒を　ためすと
ちょうど卯の刻で酔ってしまった。
酔って皮ごろもを引っかぶり
朝飯まで　ぐっすり寝こんだ。

（二）静かに熟睡して寝言も言わず
しんから眠って夢も見ない。
生身(いきみ)さえ忘れかけているので
天地間にいることなど何(どう)して知ろうか。

（三）醒めた後、心は和(なご)んだが気は晴れぬ
起上り　つくねんと為すことも無く、
腕を挙げて背伸び一つ

琴引き寄せて秋思曲を弾ずる。

◎これは楽天が元微之の詩に和して作った二十三首の中の一首である。○**嘗**　味ききすること。ただ飲むことにも云う。○**褐裘**　褐は毛布、裘は毛皮の衣。表が毛布で、裏に毛皮を張った衣であろう。○**斎**　トキ。僧侶の食事。ここでは朝飯。○**酣**　酣睡、すなわち熟睡。○**醒**　原本には「醒」とあるが、「全唐詩」本に従って改めた。○**澹**　淡に同じ。○**秋思**　琴曲譜録によれば、秋思は古琴曲の名である。楽天の「池上篇」序によれば、蜀人の姜発よりこの曲を授かったという。よって好んでこの曲を弾じ、その楊家南亭詩に「此院好弾秋思処」夜調琴憶崔少卿詩に「秋思頭辺八九声」と詠じている。

小院酒醒　小庭の酔ざめ

酒醒閑独歩、小院夜深涼。一領新秋簟、三間明月廊。未収残盞杓、初換熟衣裳。好是幽眠処、松陰六尺牀。

酒醒めて閑に独歩す

小院　夜深くして涼し。
一領　新秋の簟(てん)
三間(げん)　明月の廊。
未だ収めず残盞杓(ざんさんしゃく)
初めて換ゆ熟衣裳(じゅくいしょう)。
好し是れ幽眠の処
松陰　六尺の牀(しょう)。

酒が醒めて　のんきに独りで歩くと
小庭は夜深(ふ)けて涼しい。
初秋を迎えた一枚の　たかむしろ
明月の照らす三室の長屋。
使った盞(さかずき)と杓(しゃく)とが未だ片付けずにある
秋の衣裳に初めて着換える。
好ましき安眠の場所は
松陰(まつかげ)の六尺の牀(とこ)だ。

○簟　ゴザの類。寝台の上などに敷く。竹を織ったものが昔伝えられたらしく、和名をタカムシロと呼ぶ。○廊　前に廊下の通っている部屋。堂や門の脇などに、庭に面して長屋の如く建てられている。○杓　壺から酒を酌む杓。○熟衣裳　楽天の「西風」すなわち秋風の詩にも「初涼換熟衣」と用いてある。秋季に着る衣であることだけは明かである。想像するに、夏季は生絹（きぎぬ）を用い、秋になると熟絹（ねりぎぬ）を用いるのではあるまいか。○牀　寝台。

宴散　うたげはてて

（一）小宴追涼散、平橋歩月廻。笙歌帰院落、燈火下楼台。
（二）残暑蝉催尽、新秋雁帯来。将何迎睡興、臨臥挙残盃。

（一）小宴　涼を追うて散じ
平橋　月に歩して廻（かえ）る。
笙歌　院落を帰り
燈火　楼台を下る。

（二）残暑　蟬　催(うなが)し尽し
新秋　雁　帯び来る。
何を将(もっ)て睡興を迎えん
臥に臨んで残盃を挙ぐ。

（一）小宴は夜に入り涼しくなって散会し
平坦な橋を月下に歩いて戻る。
笙歌に送られて院落(なかにわ)を帰り
燈火に照らされて楼台を下って来たのだった。

（二）残暑は蟬の声が催(せか)して追いやり
新秋を雁(かり)が持って来た。
何に因って睡気(ねむけ)を催(もよお)させようか
臥(こや)る時に残盃を挙げよう。

◎これも律詩だが二章に分れている。前章は宴散じて帰る途中の事、後章は帰宅後の事である。この詩は文集の巻五十五に収められているが、編次を按ずるに、楽天が五十七歳で刑部侍郎（法務次官）に除せられて長安にいた時の作と考えられる。小宴といっても相当豪華なものらしい。○**院落**　垣墻(えんしょう)で隔てた中庭。今いうところの院子(いんし)である。蓋(けだ)しこの時小宴の開かれた室の前庭であろう。○**楼台**　高く築かれた台で、その上に宴の催された建物があるわけであろう。宴が散じて院落を通過し、台を下り、平橋を渡って帰ったのであるが、対句の為に叙述の順序が前後したのである。◎笙歌云々二句は「善く富貴を言う者」として宋の晏元献(あんげんけん)が激賞したという（欧陽修の帰田録）。

対酒　酒にむかいて

巧拙賢愚相是非、何如一酔尽忘機。君知天地中寛窄、鵰鶚鸞凰各自飛。

巧拙(こうせつ)　賢愚　相い是非す
何如(いかん)　一酔　尽(ことごと)く機を忘るるは。
君は知らん天地中の寛と窄(さく)とを
鵰鶚(ちょうがく)　鸞凰(らんおう)　各自に飛ぶ。

世の中は巧と拙、賢と愚とを差別して是非するが

一酔して尽く是非を争う心を忘れたら如何ですか
天地の中は寛いか窄いか君は御存じだろう
悪鳥と善鳥とそれぞれ自由に飛んでいるではないか。

◎この一首は仏教の平等無差別の精神に本づいて詠じたもののようである。○**是非す**　巧と賢とを是とし、拙と愚とを非とする。○**機を忘る**　機とは機械、すなわち器の巧みなるものである。故に人心人事の巧詐をこれに喩える。「機を忘る」とは、心に巧詐無く、物と争う無きことである。解り易い一例として、李商隠の太倉箴に「海翁は機を忘る、鷗故に飛ばず」というは、海翁に鷗を捕えようとする巧詐の心が無いから、鷗が恐れないのである。○**鵰鶚**　共に鷙鳥（猛鳥）。○**鸞凰**　共に霊鳥である。この句は一切平等の理を喩えたのである。◎原作は五首。その中三首を選ぶ。

其二

蝸牛角上争何事、石火光中寄此身。随富随貧且歓楽、不開口笑是痴人。

蝸牛角上　何事をか争う
石火光中　此の身を寄す。

富に随い貧に随い　且く歓楽せよ
口を開いて笑わ不るは是れ痴人。

蝸牛の角のような世上に在って何をあくせくするのか
石火の光の如き短い人生にこの身を寄せているのに、
富者も貧者も分に随って、まあ歓楽することだ
口を開いて笑わないのは智慧のない人だ。

○**蝸牛角**　「荘子」則陽篇に出ている寓話。蝸牛の左角に触氏という国、右角に蛮氏という国があって、互に土地を争うたとのこと。些細なことを争う喩え。○**石火**　石と石を打ちあわせて出る火花。人の一生の短く、はかなきことを喩えたのである。

其三

百歳無多時壮健、一春能幾日晴明。相逢且莫推辞酔、聴唱陽関第四声。（自註。第四声、勧君更尽一杯酒、西出陽関無故人）

百歳　多時の壮健無く

一春　能く幾日の晴明ぞ。
相い逢う且く　酔うを推辞する莫れ
唱うを聴け陽関の第四声。
（自註。第四声とは、君に勧む更に尽せよ一杯の酒、西　陽関を出ずれば故人無からん）

一生百歳の中に壮健な時代は多く無く
一春の中に幾日か晴れた好い日が有り得よう。
知己が逢うたのだ、まあ酔うことを辞退なさるな
陽関の曲第四声を唱うを聴きたまえ。
（作者の自註。第四声とは、「君に勧めるさらに飲みほせ一杯の酒を、西の方陽関を出てしまったら、もう知人に逢うことはなかろう」という句である）

○**陽関**　陽関三畳の曲。王維の「送元二使安西」と題する七言絶句に節づけして、送別の曲としたもの。○**第四声**　楽天の自註に挙げているのは原詩の第三第四の句である。この詩を唱うに当り、ある句を反復して唱うので、これを「三畳」というのであるが、その反復の法に諸説あれど実際は分らない。したがって楽天がこの二句を第四声としているわけも理解できない。

それはともかくとして、楽天は王維の詩句に酒を勧むる意のあるを取るのである。

琴酒　琴と酒

耳根得所琴初暢、心地忘機酒半酣。若使啓期兼解酔、応言四楽不言三。

耳根(にこん)　所(ところ)を得(う)　琴初めて暢(の)ぶ
心地　機を忘る　酒半(なか)ば酣(たけなわ)なり。
若し啓期をして兼ねて酔を解せ使(しめ)ば
応(まさ)に四楽を言うて三を言わ不(ざる)べし。

琴を暢(の)びやかに奏(かな)でそむるや耳は快適(こころよき)を覚える
酒が半ば酣(かん)となるや心は巧詐(こざかしき)を忘れる。
もし栄啓期に今一つ酔う楽しみを解(わか)らせたならば
四楽と言って三楽とは言わなかったであろう。

○**耳根・心地**　唐代の俗語で、ただ耳・心というだけのことであろう。○**機を忘る**　前に出した「対酒」第一首の註を見よ。○**啓期**　孔子が太山に遊んだ時、隠者栄啓期が琴を弾いているのに逢い、その楽しみを問うと、啓期は三つの楽しみを挙げてこれに答えた。人と生れたこと、男であること、九十歳の寿を保ち得たことである。

勧酒　十四首　酒をすすむる詩　十四首

(序) 予分秩東都、居多暇日。閑来輒飲、酔後輒吟。若無詞章、不成謡詠。毎発一意、則成一篇。凡十四篇、皆主於酒、聊以自勧。故以何処難忘酒、不如来飲酒命篇。

(序) 予　東都に分秩し、居りて暇日多し。閑来輒ち飲み、酔後輒ち吟ず。若し詞章無ければ、謡詠を成さ不。一意を発する毎に、則ち一篇を成す。凡て十四篇、皆酒於主とし、聊か以て自ら勧む。故に「何の処か酒を忘れ難き」「来りて酒を飲むに如か不」を以て篇に命ず。

(序) 予は洛陽の分局に勤務し、自宅にいて暇な日が多い。閑になると飲み、酔うた後は吟詠する。もし歌詞が無ければ謡えないので、一つの想が湧くごとに一篇を作った。合計十四篇、皆酒を主題とし、聊(いささ)か以て自ら酒を勧める次第である。故に「何の処か酒を忘れ難き」「来りて酒を飲むに如かず」の二題を以て篇に名づける。

○**分袟**　袟は秩と通ずる。官職である。楽天は長慶四年（五十三歳）太子左庶子として初めて洛陽に分司し、翌年蘇州刺史に転じ、後に刑部侍郎を経て、太和三年（五十八歳）太子賓客として再び洛陽に分司し、洛陽の履道里(りどうり)に居を定めて隠棲した。この詩は文集の巻五十七に収められているが、編次を按ずるに太子賓客となった時の作である。

何処難忘酒　何の処か酒を忘れ難き（四首を選ぶ）

何処難忘酒、長安喜気新。初登高第客、乍作好官人。省壁明張牓、朝衣穏称身。此時無一盞、争奈帝城春。

何(いずれ)の処か酒を忘れ難き
長安　喜気　新(あら)たなり。

初めて高第に登るの客
乍(たちま)ち好官人と作る。
省壁　明(あきら)かに牓(ぼう)を張り
朝衣　穏(おだや)かに身に称(かな)う。
此の時　一盞(さん)無くんば
帝城の春を争奈(いかんせ)ん。

いかなる場合に酒を忘れがたいか
長安に芽出たい新年が来た時。
初めて進士に及第した殿方(とのがた)が
たちまち立派な　お役人と成る。
本省の壁には晴やかに成績が張り出され
官服がしっとりと身にかなう。
こんな時に一杯やらなくて
帝都の春を何としよう。

○高第　唐代の国家試験は種々あったが、進士の試験が最も高級であり、困難であった。その試験は春行われ、及第者は得意で長安の花を看て廻わったものだという。○**省壁**　試験は尚書省に属する礼部（文部省）がこれを掌ったから、成績は尚書省の壁に掲示されたわけであろう。○**牓**　掲示。○**朝衣**　及第者には朝廷から官報を賜うのである。○**争奈**　如何に同じ。俗語である。◎原本には七首ある。今は四首を選ぶ。

其二

何処難忘酒、天涯話旧情。青雲倶未達、白髪逓相驚。二十年前別、三千里外行。
此時無一盞、何以叙平生。

何の処か酒を忘れ難き
天涯　旧情を話る。
青雲　倶に未だ達せず
白髪　逓に相い驚く。
二十年前に別れ
三千里外を行く。
此の時　一盞無くんば
何を以てか平生を叙せん。

いかなる場合に酒を忘れがたいか
遠い他国で旧友が思い出を語る時。
青雲の志は共に未だ達せず
白髪を見て互に驚きあう。
二十年前に別れ
三千里外を　さまようている。
こんな時　一杯やらなくて
どうして身の上話が　出来よう。

其三

何処難忘酒、青門送別多。斂襟収涕涙、簇馬聴笙歌。烟樹灞陵岸、風塵長楽坡。
此時無一盞、争奈去留何。

何(いずれ)の処か酒を忘れ難き
青門　送別多し。
襟(えり)を斂(おさ)め涕涙を収め

馬を簇めて笙歌を聴く。
烟樹　灞陵の岸
風塵　長楽の坡。
此の時　一盞無くんば
去留を争奈何せん。

いかなる場合に酒を忘れがたいか
覇城門に送別の多い時。
襟を正し涙を収め
駒を集えて音楽を聴く。
霞む木立は灞陵の岸
黄塵揚がるは長楽の阪。
こんな時　一杯やらなくては
如何して行けよう留まれよう。

○**青門**　漢代の長安城東南の覇城門を俗に青門と呼んだ。青く塗ってあったからである。この門を出た所に覇（灞）水があり、灞橋が架せられておる。漢人は客を送ってこの橋に至り、柳を折って贈別する風習であったという。○**襟を斂む**　エリモトを合せ、容儀を正すこと。ただし襟はエリでなく、むしろオクミに当る。○**灞陵**　漢の文帝の陵で、長安の東に在った。○**長楽**　漢の宮名。長安の西北に在った。この二地が門外から遠景に見えるのである。○**坡**　阪である。○**争奈――何**　「争奈」は「如何」と同じ意味の俗語。「奈何」も同じ意味である。ここはこの二つの語を併用したのである。

其四

何処難忘酒、逐臣帰故園。赦書逢駅騎、賀客出都門。半面瘴烟色、満衫郷涙痕。
此時無一盞、何物可招魂。

何(いずれ)の処か酒を忘れ難き
逐臣(ちくしん)　故園に帰る。
赦書　駅騎(えきき)に逢い
賀客　都門を出ず。
半面　瘴烟(しょうえん)の色
満衫(まんさん)　郷涙の痕。
此の時　一盞(さん)無くんば

何物か招魂す可き。

いかなる場合に酒を忘れがたいか
放逐の朝臣が故（もと）の邸宅に帰って来た時。
恩赦の詔書は駅伝の使によって届けられ
帰還を賀する人々は都門を出でて迎える。
面（かお）に残るは瘴烟（しょうえん）の気の色
衫（ころも）に満つるは郷愁の涙の痕。
こんな時に一杯やらなくては
何物で元気を取戻されよう。

○**逐臣**　罪を得て僻遠の地に貶謫（へんたく）された朝臣。○**半面**　顔半分。○**瘴烟**　湿気の多い地で罹（かか）りやすい病気。南方に多い。不健康な地で病気をして、やつれた色が残っているというのである。
○**招魂**　元来は死者の魂を招く礼であるが、巫が病人に対してこれを行って病を治することがあるという。

不如来飲酒　来りて酒を飲むに如かず（四首を選ぶ）

莫隠深山去、君応到自嫌。歯傷朝水冷、貌苦夜霜厳。漁去風生浦、樵帰雪満巌。
不如来飲酒、相対酔厭厭。

深山に隠れ去る莫(なか)れ
君応(まさ)に自ら嫌うに到るべし。
歯は朝水の冷やかなるに傷み
貌(かお)は夜霜の厳(きび)しきに苦しむ。
漁して去れば風　浦(うら)に生じ
樵して帰れば雪　巌(いわ)に満つ。
如不(しかず)　来りて酒を飲み
相い対して酔厭厭(えんえん)たるに。

深山に隠れ去るのは　お止(よ)しなさい
君は　きっと自分で嫌(いや)になるに　きまってる。
歯は朝の水が冷たくて痛み

顔は夜の霜が厳しくて閉口する。
漁（いさり）して出かければ風が浦に起り
樵（きこり）して帰れば雪は巌に満つる。
それよりも寄って来て酒を飲み
向いあって十分酔うが　ましでしょう。

○酔厭厭　「詩経」小雅、湛露篇に「厭厭たる夜飲、酔わ不（ず）んば帰ら不（ず）」とある。朱熹の註に「厭厭は安き也、亦た久しき也、足る也」とある。酔うて安らぎ、満ち足りた気持を表わす語である。◎原本七首の中四首を選んだ。

其二

莫作農夫去、君応見自愁。迎春犂瘦地、趁晩餧羸牛。数被官加税、稀逢歳有秋。
不如来飲酒、相伴酔悠悠。

農夫と作（な）り去る莫（なか）れ
君応（まさ）に自ら愁うるを見るべし。
春を迎えて瘦（そう）地を犂（り）し

晩を趁(お)うて羸牛(るいぎゅう)に餧(い)す。
数(しばしば)被(こうぶ)る 官の税を加うるを
稀に逢う 歳の秋有るに。
如不(しかず) 来りて酒を飲み
相い伴うて酔悠悠たるに。

農夫となって去るのは お止(よ)しなさい
君は きっと自分で愁(かなし)くなるに きまってる。
春を迎えると痩地(やせち)を耕(たがや)し
日暮れになると痩牛を飼わねばならぬ。
しばしば官(かみ)からは租税を上げられ
たまさか実のりの良い歳に逢うばかり。
それよりも寄って来て酒を飲み
一緒に酔うて のんびりするが ましでしょう。

○**犂** カラスキ。牛に挽かせて田を耕す農具。この器で耕すこと。○**趁**(ちん) 逐(お)う。及ぶ。○**羸** 家畜の痩せていること。○**餧** 牛に食を与えること。飼うこと。○**悠悠** 閑暇なる貌。のどかなること。

其三

莫上青雲去、青雲足愛憎。自賢誇智慧、相軋鬭功能。魚爛縁呑餌、蛾燋為撲燈。
不如来飲酒、任性酔騰騰。

青雲に上り去る莫れ
青雲は愛憎するに足る。
自ら賢として智慧を誇り
相い軋(あつ)して功能を鬭(たたか)わす。
魚の爛(らん)するは餌(じ)を呑むに縁る
蛾の燋(しょう)するは燈を撲(ぶ)つ為めなり。
如不(しかず)　来りて酒を飲み
性に任(まか)せて酔騰騰(とうとう)たるに。

青雲の高位に上るのは　お止(よ)しなさい
青雲の高位は憎むべきことがある。

自ら賢しとして智識を誇り
互いに摩擦して功績を争う。
魚が煮られるのは餌に食いつくからだ
蛾が身を焦がすのは燈火に飛びこむからだ。
それよりも寄って来て酒を飲み
気ままに酔うて気焔を揚げるが　ましでしょう。

○**青雲**　高位高官を喩える。○**愛憎**　愛よりも憎の意味が強いであろう。○**軋**　キシル。勢力を争う。○**爛**　魚が煮えて軟かになること。○**燋**　焦に通ず。コゲル。魚と蛾との二句は、士が名利を求めて災を招くことの喩え。○**騰騰**　気の盛んなる形容。酔うて元気づいたこと。

其四

莫入紅塵去、令人心力労。相争両蝸角、所得一牛毛。且滅嗔中火、休磨笑裏刀。不如来飲酒、穏臥酔陶陶。

紅塵に入り去る莫れ
人を(して)心力労せしむ。

相い争う両蝸角(かかく)
得る所は一牛毛。
且(しばら)く滅せよ嗔中(しんちゅう)の火
磨(と)ぐ休(なか)れ笑裏の刀。
如不(しかず)　来りて酒を飲み
穏(おだや)かに臥(ね)て酔陶陶たるに。

紅塵の街(ちまた)に入って商(あきない)するのは　お止(よ)しなさい
心力を疲労させられる。
蝸牛角上(かぎゅうかくじょう)に利を争うて
得るところは牛の毛一本だ。
まあ怒の火を消すがよい
笑顔作って腹黒いことするのは止めなさい。
それよりも寄って来て酒を飲み
一杯機嫌で臥ている方が　ましでしょう。

○**紅塵**　営利を争う商家を喩える。○**両蝸角**　前出の「対酒」の詩「蝸牛角」の註を見よ。○

一牛毛　「九牛の一毛」という語に本づく。多数中のごく僅かなものを喩える。○**嗔中の火**　嗔は怒ること。この語は仏経に本づくところがあるようであるが、未詳。ここでは利慾の念を燃やすことか。○**笑裏の刀**　「笑裏蔵刀」（笑いの中に刀をかくす）という俗諺（ぞくげん）に本づく。外面は温和で内心に悪だくみをいだくこと。ここでは、人を陥れて己れの利を謀らんとすること。○**陶陶**　和らぎ楽しむ形容。

嘗黄醅新酎憶微之　黄醅の新酎を嘗めて微之を憶う

世間好物黄醅酒、天下閑人白侍郎。愛向卯時謀洽楽、亦曾酉日放麤狂。酔来枕麹貧如富（自註。詩云、一酔日富）、身後堆金有若亡。元九計程殊未到、甕頭一盞共誰嘗。

世間の好物　黄醅（こうばい）酒
天下の閑人　白侍郎。
卯時に向って洽楽（こうらく）を謀るを愛し
亦（ま）た曾（かつ）て酉日に麤狂（そきょう）を放（はな）つ。

酔い来って麴を枕すれば
——貧しきも富める如く
（自註。詩に云う「一酔して日に富む」と）
身後に金を堆めば有るも亡きが若し。
元九は程を計るに殊に未だ到らず
甕頭　一盞　誰と共にか嘗めん。

世間の好物は黄いろい醅酒
天下の閑人は侍郎の白楽天。
卯の時に飲んで楽しむことが愛き
また曾て酉の日にも酔いしれたものだ。
酔うて麴を枕とすれば
——貧しきも富める如く
（楽天註す。詩経に云う「ただ酔うていて日に日に富んでゆく」と）
死後に金を積んではあるも無きが如し。
旅程を計るに元微之は　とても未だ到着せぬ
瓶のほとりで一杯を誰と共に飲もうか。

○**黄醅**　醅は酒の未だ漉さざるもの、即ちモロミ酒である。これを漉すと日本酒のような黄いろになるのであろう。○**酎**　三重の醇酒なりと字書に解かれている。つまり濃厚な酒である。○**微之**　楽天の親友、元稹の字である。○**白侍郎**　楽天は太和二年正月（五十七歳）刑部侍郎に除せられ、翌年太子賓客として洛陽に分司した。○**洽**　和らぐ。○**酉日**　明の馮時化の「酒史」酒考篇に曰う「杜康は酒を作ったが、酉日に死んだ。故に今云う、酉の日には客を会しないものだと」。もしこの俗説が楽天の時すでに行われていたならば、世の習慣を無視して、この日に酔うたわけで、その酔興を恣まにしたことを言ったことになる。なお「杜康は酒を作る」とは、酒の創始者もしくは上古において最も著名な造醸者として尊敬せられているのである。○**自註。詩に云う**　これは「詩経」小雅、小宛篇の句である。原文は「彼の昏くして知ら不る、一酔して日に富む」とあり、暗愚無知の徒の行為として非難したのである。しかるに楽天は上の句を無視して、下の一句のみを取って酒徒に都合の好いように、こじつけたのである。しかしこれは当時酒徒通用の言いぐさであったらしく、陸亀蒙の「対酒」と題する詩にも「且く須らく日富を謀るべし、家貧と道うを要せ不」と、同様身勝手に用いてある。○**元九**　元微之のこと。九は排行。○**程**　旅程である。この年、元微之は越州の刺史より入って尚書左丞と為って都に還って来た。この詩はその到着を待ちわびる心である。

池上小宴問程秀才　池上の小宴。程秀才に問う

洛下林園好自知、江南境物暗相随。浄淘紅粒炊香飯、薄切紫鱗烹水葵。雨滴蓬声青雀舫、浪揺花影白蓮池。停盃一問蘇州客、何似呉松江上時。

洛下の林園　好は自ら知る
江南の境物　暗に相い随う。
紅粒を浄淘して香飯を炊（かし）ぎ
紫鱗を薄切して水葵を烹（に）る。
雨は蓬声を滴（したた）らす青雀舫
浪は花影を揺（ゆ）らぐ白蓮池。
盃を停めて一たび問わん蘇州の客
呉松江（ごしょうこう）上の時と何似（いかん）ぞ。

洛陽の庭園の好いことは自分でも知っている

でも江南の景物の記憶が　こっそり附きまとう。
紅稲を浄く淘いで飯を炊ぎ
鮮魚を薄く切って水葵と烹る。
雨は音たてて篷に滴る青雀の舫
浪は花影を揺がす白蓮の池。
盃を停めて一たび問わん蘇州の客よ
この風情は呉松江上で飲んだ時と如何であろうか。

○**秀才**　唐代の科挙（国家試験）に進士・明経・秀才と並んで設けられた科目の一つで、これに及第して資格を得た人である。○**洛下の林園**　後魏の楊衒之の「洛陽伽藍記」を見るに、洛陽には寺院その他に属する林園が多くあったことが窺われるが、唐代はこれを継承したものが多かったであろう。宋代になって李格非は「洛陽名園記」を著してその盛況を伝えている。○**江南の境物**　楽天は宝暦元年（五十四歳）蘇州刺史に除せられて江南に赴き、翌年病をもって官を免ぜられて洛陽に帰った。○**紅粒**　紅稲である。本草の書によると、粳にも糯にもその米に紅白の二色があるという。詩人は色彩の美を賞する為か、往々にして紅米・紅稲・紅粳・紅粒などの語を用いている。○**水葵**　詩経にいうところの荇菜である。和名アサザ。池中に生じ、蓴菜に似た蔓草。○**蓬**　篷と通用したのであろう。篷は竹をアンペラのように編んだもので、用法は日本の苫(とま)に同じ。○**青雀舫**　青雀は水鳥で、船の頭にこの鳥を画いてあるのでこの名称を用いる。この鳥は鷁(げき)ともいうので、古くはこの舟を鷁首(げきしゅ)と称した。我国にはこの方の名が伝わっている。○**蘇州の客**　程秀才を指す。○**呉松江**　太湖から流れ出て、呉江・蘇州を経て、松江・上海方面に流れて海に注いでいる。楽天がかつて程秀才と遊んだのは当然蘇州の呉松江においてである。○**何似**　何如と同じ。

橋亭卯飲　橋亭の朝酒

卯時偶飲斎時臥、林下高橋橋上亭。松影過窗眠始覚、竹風吹面酔初醒。就荷葉上苞魚鮓、当石渠中浸酒缾。生計悠悠身兀兀、甘従妻喚作劉伶。

卯時偶(たまたま)飲んで斎時に臥す
林下の高橋　橋上の亭
松影　窗を過ぎて眠り始めて覚め
竹風　面を吹いて酔い初めて醒む。
荷葉上に就いて魚鮓(ぎょさく)を苞(つつ)み

石渠(せききょ)中に当って酒餅(しゅへい)を浸(ひた)す。
生計は悠悠　身は兀兀(こつこつ)
甘従す妻が喚んで劉伶(りゅうれい)と作(な)すに。

卯の時に　ふと飲んで朝飯時に
森蔭の高橋の橋の上の亭(ちん)で臥る。
松の影が窓にさす頃やっと目覚め
竹の風に顔を吹かせて酔も　ようやく醒めた。
蓮の葉の上に魚鮓(うおずし)を包み
堀の水の中に酒瓶(さかがめ)を冷やし、
暮しは　のんびり　身はぐでんぐでんで
細君に呑助と呼ばれても一向平気。

◎楽天は太和三年（五十八歳）太子賓客として洛陽を分司するや、洛陽の履道里(りどうり)に居を定めた。その宅に池があり、三つの島があり、中高い橋が架って三島に通じていた。その形勢は「池上篇」の序文に記されている。この詩はこの池上におけるある朝の生活を詠じたものである。○**橋上の亭**　中高い橋の頂上に亭が設けられているのであろう。○**魚鮓**　近江琵琶湖の鮒鮓のようなナレズシである。魚に塩をした後、これを飯で漬け、飯が酸敗して魚に酸味が付くと、飯は棄てて魚のみを食う。酒の肴として最も妙である。○**荷葉**　宋の蔡寛夫の詩話に謂う、呉中で鮓を作るに、蓮葉に包んでおき、数日後、取り出して食うことがあるが、楽天の詩を観ると、昔からすでにこの法があったわけである、と。○**石渠**　石で築いた堀。○**兀兀**　酔いつぶれて無知なる形容。○**劉伶**　晋代の有名な酒豪。「酒徳頌」一篇を遺している。

早飲酔中除河南尹勅到　早朝飲んで酔中に河南尹に除する勅令到る

雪擁衡門水満池、温炉卯後暖寒時。緑醅新酎嘗初酔、黄紙除書到不知。厚俸自来誠忝濫、老身欲起尚遅疑。応須了却口中計、女嫁男婚三逕資。

雪は衡門（こうもん）を擁（よう）して水は池に満つ
温炉　卯後　寒を暖むるの時。
緑醅（りょくばい）の新酎　嘗めて初めて酔い
黄紙の除書　到って知ら不（ず）。
厚俸　自（おのずか）ら来る誠に忝濫（てんらん）

老身　起んと欲して尚お遅疑す。
応に須らく了却すべし口中の計
女は嫁し男は婚す三逕の資。

雪は冠木門を遮り水は池に満つ
卯の刻過ぎて暖炉に暖を取る時。
緑色の醅の新酒を飲んで酔ったばかりで
黄紙の辞令が来たのも知らない。
高給を湧いて来るように頂いて誠に申訳なく
老身を起し　お受けしようとして　やはり躊躇する。
でも家族の生計は何とか立てねばならぬ
娘の嫁入り子息の嫁取り生活の資金など。

○**河南尹**　楽天は太和四年（五十九歳）の十二月に河南府の尹に除せられた。洛陽を中心とする地方の長官である。○**醅**　モロミ。これを漉して清酒とする。○**酎**　濃厚な酒。○**黄紙**　防虫のために黄檗（キハダ）で染めた紙。唐代は詔勅にこの紙を用いた。○**自ら来る**　現代語で水道のことを「自来水」というが、あのように俸給が容易に得られること。○**忝濫**　忝はカタジケナシ。恐多いと卑下する詞。濫はミダリ。功績無くして濫りに高給を頂くは恐多い、との意味である。○**了却**　成しとげる。○**三逕**　漢の蔣詡がその家の前の竹林の下に三径を開いて隠居したという故事で、幽居を意する。径は小路であり、逕は径と通ずる。

酔吟　酔うて詩を口ずさむ

酔来忘渇復忘飢、冠帯形骸杳若遺。耳底斎鍾初過後、心頭卯酒未消時。臨風朗詠従人聴、看雪閑行任馬遲。応被衆疑公事慢、従前府尹不吟詩。

酔来れば渇を忘れ復(ま)た飢を忘る
冠帯　形骸　杳(よう)として遺るる若(ごと)し。
耳底の斎鍾　初めて過るの後
心頭の卯酒　未だ消えざる時。
風に臨んで朗詠し人の聴くに従い
雪を看て閑行し馬の遅きに任(まか)す。
応に衆に疑被(うたがわる)べし公事慢なり

従前の府尹は詩を吟ぜ不と。

酔えば渇きも忘れ飢えも忘れ
官職も生身も　まるきり忘れたようだ。
耳には朝飯の鐘を今聞いたばかり
胸には卯酒の酔が　まだ消え残る。
風に吹かれて朗詠しつつ勝手に人に聴かせる
雪を見ながら閑行しつつ　そろそろ馬を歩ます。
民衆は　こぼすであろう、役所の事務がのろい
前の府知事は詩を吟じなかったと。

◎これは河南府尹時代の作である。太和四年十二月から七年四月まで（五十九歳〜六十二歳）その職に在った。○**鍾**　鐘と通ずる。

府酒　府の官酒
変法　法を変ず

自慙到府来周歳、恵愛威稜一事無。唯是改張官酒法、漸従濁水作醍醐。

自ら慙(はじ)ず府に到りて来(このかた) 周歳
恵愛 威稜(いりよう) 一事無し。
唯だ是れ改張す官酒の法
漸く濁水従(より) 醍醐を作る。

お恥かしいことながら、府尹(ふいん)となってより一周年
民に恩恵も威光も示した事は一つも無く、
ただ官酒の製法を改良して
ようやく濁水のような酒から醍醐の美味を作ったばかり。

○**府酒**　河南府の官用の酒。これは役所専属の酒人が醸造するのである。官の宴会に使用するのみならず、日常用として長官以下官吏に定量が配給されたものらしい。唐初の詩人王績(おうせき)が門下省に待詔した時、慣例として官から日に酒を三升（三合余りらしい）給せられるのを唯一の楽しみとしていたことを上官が聞いて、日に一斗給することにしたので、時人が彼を斗酒学士

と称したという逸話がある。○**改張**　「改弦更張」（弦を改めて更に張る）という成語がある。弓の弦を張りかえる、ということで、法度を改易することを意味する。この語を略したのである。○**醍醐**　仏教でいう乳製品。最上の美味。◎原本は「府酒五絶」と題して絶句五首であるが、今はその三首を選ぶ。

弁味　味を吟味する

甘露太甜非正味、醴泉雖潔不芳馨。盃中此物何人別、柔旨之中有典刑。

甘露は太(はなは)だ甜(てん)にして正味に非ず
醴泉(れいせん)は潔と雖(いえど)も芳馨(ほうけい)なら不(ず)。
盃中の此の物　何人(なんひと)か別つ
柔旨之(の)中に典刑有り。

甘露は甜(あま)すぎて正しい味でなく
醴泉(れいせん)は潔(きよ)いけれども芳(かんば)しくない。
盃中のこの物は誰が吟味できるか

柔らかく旨い中に典型的な味わいがある。

○甘露　天から降るといわれる甘い露。**○醴泉**　醴は甘酒。そのように甘い泉。古代の祥瑞説では、天下が太平なれば天より甘露が降り、地より醴泉が湧き出ると言われた。ここでは酒味の美を誇称する為に引合いに出したまでである。**○典刑**　常法である。甘すぎず、水くさからず、中庸を得た、標準的なる味である。

自勧　自らいさむ

憶昔羇貧応挙年、脱衣典酒曲江辺。十千一斗猶賒飲、何況官供不著銭。

憶う昔　羇貧　挙に応ずるの年
衣を脱して酒に典す曲江の辺。
十千一斗　猶お賒飲す
何ぞ況や官供　銭を著け不るをや。

思えば昔、貧乏な旅で試験を受けた年のこと曲江の辺で衣を脱ぎ質に入れて酒代にした事もある。
一斗一万銭もする酒を　やはり買って飲んだもので
官の供給で一銭も出さずにすむ事など思いも寄らぬ。

○**羇**　旅寓である。○**挙に応ず**　貞元十六年（二十九歳）科挙に応じ、進士に及第した。○**曲江**　長安の郊外に在る池の名。唐代は都人遊賞のところであった。○**十千一斗**　魏の曹植の詩「名都篇」の句に「帰り来りて平楽に宴し、美酒斗十千」とあるのが出典で、高価な美酒のことに用いられる。十千は一万銭であるが、千銭を一貫として計算の単位とするのでこの数え方を用いるわけである。○**賒**　掛けで物を買うこと。

池上有小舟　池に小舟有り

(一)　池上有小舟、舟中有胡牀。牀前有新酒、独酌還独嘗。
(二)　薫若春日気、皎如秋水光。可洗機巧心、可蕩塵垢腸。
(三)　岸曲舟行遅、一曲進一觴。未知幾曲酔、酔入無何郷。

（一）池上に小舟有り
舟中に胡牀(こしょう)有り。
牀前に新酒有り
独酌し還(ま)た独嘗す。

（二）薫(かお)ること春日の気の若(ごと)く
皎(しろ)きこと秋水の光の如し。
機巧の心を洗う可く
塵垢(じんこう)の腸を蕩(あら)う可し。

（三）岸　曲(きょく)して舟行遅(おそ)し
一曲に一觴(しょう)を進む。
未だ知らず幾曲酔(よ)うを
酔うて無何(むか)の郷に入る。

（一）池の上に小舟が有り
舟の中に牀几(しょうぎ)が有る。
牀几の前に新酒が有り
独りで酌んで、そして独りで飲む。

（二）酒の薫りは春の日の気の如く
その白さは秋の水の光のようだ。
酔えば　さかしき心も洗ってしまえる
また汚れた腸も洗ってしまえる。
（三）岸は曲(まが)って舟の進行が遅い
一(ひと)曲りごとに一杯傾けつつ、
まだ幾曲り酔ったか知らぬうちに
酔うて無何有(むかう)の郷に入った。

○池　洛陽の履道里に卜居(ぼっきょ)した宅の池である。「池上篇」の序によると宅地は十七畝で、屋室がその三分の一、池が五分の一、竹藪が九分の一とある。**○無何の郷**　「荘子」逍遥遊篇に「無何有之郷、広莫之野」とある語が出典で、「無用の地」ということであるが、道家無為の思想を寓する、一種の超世的理想郷を意味する。

（四）寅縁潭島間、水竹深青蒼。身閑心無事、白日為我長。
（五）我若未忘世、雖閑心亦忙。世若未忘我、雖退身難蔵。我今異於是、身世交相忘。

(四)寅 潭島の間に縁れば
水竹 深くして青蒼たり。
身は閑にして心は無事
白日 我が為に長し。

(五)我若し未だ世を忘れざれば
閑と雖も心亦た忙。
世若し未だ我を忘れざれば
退くと雖も身は蔵れ難し。
我今是於異る
身世 交に相い忘る。

(四)寅のかた潭と島との間に縁て進めば
汀の竹藪は深くして青々としている。
身は閑であり心も思うこと無し
白日も我が為に長い感じ。

(五)しかし我もし未だ世を忘れなければ
身は閑であっても心は やはり忙しい

世がもし未だ我を忘れなければ
心は退いたとしても身は隠れにくい。
ところで我は今これらの場合と違い
身も世も互に忘れあっているのだ。

○**寅**　方角のトラである。北と東の中間で東寄りの方角。◎これは「詠興五首」の一篇で、序によれば太和七年四月河南(かなん)の尹(いん)を罷めて、自宅に帰った時の作である。故に右のような心境を述べているのである。しかし未だ全く隠退することは許されない。間もなく再び太子賓客分司を授けられたのである。

対琴酒　琴と酒とに　むかう

(一)西窗明且暖、晩坐巻書帷。琴匣払開後、酒瓶添満時。
(二)角樽白螺盞、玉軫黄金徽。未及弾与酌、相対已依依。
(三)泠泠秋泉韻、貯在龍鳳池。油油春雲心、一杯可致之。
(四)自古有琴酒、得此味者稀。祇応康与籍、及我三心知。

（一）西窓(せいそう)　明且(か)つ暖
晩坐して書帷(しょい)を巻く。
琴匣(きんこう)　払開の後(のち)
酒瓶　添満の時(とき)。

（二）角樽(かくそん)　白螺(はくら)の盞(さん)
玉軫(ぎょくしん)　黄金の徽(き)。
未だ及ばず弾与(と)酌とに
相い対して已に依依(いい)たり。

（三）冷冷(れいれい)たる秋泉の韻
貯えて龍鳳池に在り。
油油(ゆうゆう)たる春雲の心
一杯　之を致す可し。

（四）古(いにしえより)　自琴酒有れど
此の味を得る者は稀なり。
祇応(ただまさ)に康(こう)と籍与(せきと)
及び我　三心　知るべし。

（一）西の窓は明るくて暖かい
夕暮れ坐って書斎の帷（とばり）を巻上げる。
琴匣（ことばこ）の塵を払って開いた後で
酒瓶（さけがめ）に一ぱい入れ添える時。
（二）酒は角（つの）の樽に白螺（はくら）の盃
琴は玉（ぎょく）の軫（しん）に黄金の徽（き）。
まだ弾かず酌まぬ　うちから
もう相対（さしむかい）で依依（なつかし）そう。
（三）秋泉の如き清らかな韻（ひびき）は
龍鳳池の中に貯えてあり、
春雲の如き和（なご）やかな心は
一杯の酒がこれを招くであろう。
（四）古えより琴と酒とはあれど
この真味を得た者は稀であり、
ただ嵇康（けいこう）と阮籍（げんせき）と
及び我輩の三人の心のみが知るであろう。

○**帷**　室内に垂れる遮蔽幕。○**角樽**　確かなことは知れないが、水牛などの角を装飾に用いた樽であろう。○**白螺盞**　螺の種類は多い。サザエなどもその一種であるが、中国では多く青螺で盃を作るという。これは白螺製で、蓋し珍器であろう。鸚鵡螺（おうむがい）で作った杯は李白の「襄陽歌」に見えている。○**玉軫**　軫は琴の絃を巻いて止めておくネジである。これはその玉製品。○**徽**　琴の甲処（かんどころ）を示す為に嵌（はめ）込まれた目標である。○**依依**　捨つるに忍びざる貌。恋しく懐しいこと。○**龍鳳池**　琴の底（即ち裏面）にあけてある二つの穴。上なるを龍池といい、下なるを鳳池という。音響に関係するところが大きい。○**泠泠**　水の声。また音声の耳に盈（み）つること。○**油油**　和らかにして謹しむ貌。○**康**　魏の文人嵇康。琴を善くした。○**籍**　その友阮籍。詩文にすぐれ、酒を愛したので有名。音楽にも理解があり、嘯（しょう）（口笛）の名人。

嘗酒聴歌招客　酒を飲み歌を聴くに客を招く

（一）一甕香醪新插芻、双鬟小妓薄能謳。管絃漸好新教得、羅綺雖貧免外求。

（二）世上貪忙不覚苦、人間除酔即須愁。不知此事君知否、君若知時従我遊。

（一）
一甕の香醪　新たに篘を挿み
双鬟の小妓　薄か謳を能くす。
管絃漸く好し　新たに教え得たり
羅綺は貧と雖も　外に求むるを免る。

（二）
世上は忙を貪りて苦を覚え不
人間は酔を除けば即ち須く愁うべし。
知ら不　此の事君知るや否や
君若し知るの時　我に従って遊べ。

（一）
一瓶の香る諸味には酒漉を突込んであり
総角の小妓も　いささか謡が出来る。
音楽も教え始めて段々うまくなったし
衣装も貧弱ながら家で着せてやっている。

（二）
世の人は　むやみと忙しいことを好んで苦にしないが
人間は酔うことを除いたら愁える外ないものだ。
この事を君は御存じか　どうか知らぬが
もし御存じならば拙宅に遊びに御越し下さい。

○**篘**　酒を漉す竹籠。醪（モロミ）の中にこの籠を突込んでおくと、内に清酒が溜るわけである。○**双鬟**　鬟はマゲ。双とは頭の左右にマゲを結うことで、少女の髪の結い方である。俗にこれを丫頭もしくは丫鬟という。丫は髻の形である。○**小妓**　楽天は晩年その家に幾人かの小妓を置いていたらしいが、その中歌謡を最も善くしたのは樊素で、「不能忘情吟」の序にその事を述べている。

与夢得沽酒閑飲且約後期

劉夢得と酒を買うて閑飲し、且つ後日又飲むことを約束する

少時猶不憂生計、老後誰能惜酒銭。共把十千沽一斗、相看七十欠三年。閑徴稚子窮経史、酔聴清吟勝管絃。更待菊黄家醞熟、共君一酔一陶然。

少時猶お生計を憂え不
老後誰か能く酒銭を惜まん。
共に十千を把て一斗を沽う

相い看れば七十　三年を欠（か）ぐ。
閑（かん）に稚子に徴す　経史を窮むるを
酔うて清吟を聴くは管絃に勝る。
更に菊黄にして家醞（かおん）の熟するを待って
君と共に一たび酔うて
――一たび陶然たらん。

若い時分でさえ暮しの事を苦にしなかったのだもの
老後に誰が酒代なんか惜しんでいられようか。
共に一万銭出して一斗の酒を買った
逢うて見れば　お互に年は七十に三つ足らぬ。
閑（ひま）なので稚子（おさなご）に経史の暗誦をさせてみる
酔うて朗読の声を聴くは音楽に勝る。
さらに菊の黄華が開き家醸（かじょう）の酒の熟（な）れるを待って
君と共に一たび酔うて
――一たび陶然となろう。

○**夢得**（ぼうとく）　楽天の親しき詩友劉禹錫（うしやく）、字（あざな）は夢得である。楽天は詩友として元微之（げんびし）と最も親しくしていたが、太和五年（楽天六十歳、微之五十三歳）微之が卒してからは夢得と専ら親交した。○**七十**　三年を欠ぐ　六十七歳である。楽天と夢得とは同年である。開成三年夢得（六十七歳）は同州の刺史より転じて、太子賓客となって東都に分司することになった。楽天はその二年前太子賓客から太子少傅に昇進して、やはり洛陽に分司していたので、ここに両人は相会するに至ったわけで、この詩はこの時の作である。○**十千――一斗**　前出の「府酒」自勧詩の註を見よ。○**徴**　求むること。子供が学んでいる、経学史学の古典を読ませてみる。多分暗誦であろう。杜甫の水閣朝霽詩に「児に続けて文選を誦す」とあるように、これが初学教育の第一方法であった。○**菊黄**　菊の黄花が咲くこと。蓋（けだ）し九月九日の重陽の節の至るを待って、菊花の酒を共に酌もうと約束するわけである。菊花酒の故事は前出の陶淵明の「九日閑居」詩を見よ。

酔中得上都親友書。以予停俸多時、憂問貧乏。偶乗酒興、詠而報之。

酔中に上都の親友の書を得たり。予停俸すること多時なるを以て、憂えて貧乏を問う。たまたま酒興に乗じ、詠じて之に報ず。

○**上都**　長安のこと。○**停俸**　俸禄の支給を停止すること。この詩は文集の巻六十九に収められているが、編次を按ずるに会昌二年（七十一歳）太子少傅を辞した後の作と思われる。この辞職に伴うて停俸されたわけであろう。而してついに刑部尚書（法務大臣）の名誉を与えられて退官した。◎この詩は退官後の酔吟の心境を最も痛快に語っている。

（一）頭白酔昏昏、狂歌秋復春。一生耽酒客、五度棄官人（自註。蘇州・刑部侍郎・河南尹・同州刺史・太子少傅、皆以病免也）。

（二）異世陶元亮、前生劉伯倫。臥将琴作枕、行以鍤随身。

（一）頭白く酔うて昏昏たり
狂歌す秋　復た春。
一生　酒に耽るの客
五度　官を棄るの人。
（自註。蘇州・刑部侍郎・河南尹・同州刺史・太子少傅、皆病を以て免ずる
也）

（二）異世は陶元亮
前生は劉伯倫。
臥るに琴将て枕と作し

行くに鍤を以て身に随う。

（一）頭は白く　酔うて　ぐでぐで
狂歌す秋また春。
一生　酒に　ふける男
五度　官職を棄てた人。
（楽天の自註。蘇州の刺史・刑部侍郎・河南府の尹・同州の刺史・太子少傅、
いずれも病気で官を免ぜられた）

（二）陶元亮の生れがわり
劉伯倫の再来。
琴を枕として臥ころんだり
鍤を持たせて歩いたり。

○異世・前生　仏教の輪廻思想で、今生に対する過去の世。**○陶元亮**　陶淵明。琴を弾くことは出来なかったが、絃の無い琴を撫でて、琴を愛する気持を寄せたという。**○劉伯倫**　劉伶、字は伯倫、酒徳頌の作者である。彼は非常な酒呑みで、外出の際は下僕に鍤（スキ）を荷わせて歩き、もし酒を呑んで死んだらその場に埋めてくれ、と言いつけてあったという。琴と酒と

を愛好する楽天は、理想の人物としてこの両人を景慕し、よって自分の前生はこの両人だった、と言ったわけである。

(三) 歳要衣三対、年支穀一囷。園葵烹佐飯、林葉掃添薪。
(四) 没歯甘蔬食、揺頭謝搢紳。自能拋爵禄、終不悩交親。
(五) 但得盃中淥、従生甑上塵。煩君問生計、憂醒不憂貧。

(三) 歳に要す衣三対
年に支す穀一囷。
園葵　烹て飯を佐け
林葉　掃うて薪に添う。
(四) 歯を没して蔬食に甘んじ
頭を揺して搢紳に謝す。
自ら能く爵禄を抛ち
終に交親を悩さ不。
(五) 但だ盃中の淥を得ば
甑上の塵を生ずるに従う。

君が生計を問うを煩わすも
醒を憂えて貧を憂え不（ず）。

（三）一歳に三揃いの衣（きもの）があればよく
一年に一倉（ひとくら）の穀（ごく）を支出すればよい。
畑の葵（あおい）を烹（に）て飯の菜（さい）とし
森の落葉を掃きよせて薪の　たしにする。

（四）一生涯　菜食で結構です
頭（かしら）を振って紳士諸君にお断り申上げる。
自分で爵位俸禄を投げすてたので
とにかく親交の方々に御迷惑かけたくない。

（五）ただ盃の中の美酒さえ得れば
甑（こしき）の上の塵は積るにまかせる。
諸君から暮し向きを心配して頂いたが
酔の醒めるを憂えて貧乏を憂えず。

○三対　春物、夏物、冬物の三対であろう。**○囷**　円形の米倉。**○園葵**　園は菜園、即ち畑である。葵は冬葵。アオイの一種、和名カンアオイで、その苗を食用に供する。唐以前は蔬菜として重んぜられたが、宋以後はようやく廃れた。〇**歯を没す**　歯は年齢。年を無くするとは、一生終身の意である。〇**搢紳**　士大夫、即ち知識階級である。〇**漉**　詩に往々「醁」と通用している。字書に「醁は美酒」とある。〇**甑**　コシキ。飯を蒸す器。「甑の上に塵を生ず」とは、炊ぐ米が無いからである。「口が乾上がる」というほどのこと。

（附）中唐晩唐諸家詩

与村老対飲　村老と対飲す　韋応物

鬢眉雪白猶嗜酒、言辞淳朴古人風。郷村年少生離乱、見話先朝如夢中。

鬢眉　雪白　猶お酒を嗜み
言辞　淳朴（じゅんぼく）　古人の風。
郷村の年少　離乱に生まれ
先朝を話（かた）るを見て　夢中の如し。

鬢（びん）も眉も雪白でなお酒を嗜み
言葉つきは淳朴（じゅんぼく）で古人の風である。
村の若者たちは戦時に生まれ
老人が語る戦前の事を聞いて夢心地。

◎作者韋応物（いおうぶつ）は、玄宗の天宝年間、十五歳の頃から宮中の宿衛隊に入って、相当乱暴な行動をしたが、玄宗の崩後、太学に入って学び、代宗の永泰年間、二十九歳ばかりで洛陽の丞（じょう）に任じた。これより各地の県令や滁州（じょ）・江州の刺史を経て、徳宗の貞元二年（五十歳頃）蘇州の刺史となり、やがて退官した。故に世にこれを韋蘇州と称する。その退官の年代は知れないが、宝暦元年に白居易（はくきょい）が蘇州刺史として赴任した時、韋応物は蘇州の仏寺に寓していたという。しかるにその後、太和中に年九十余で再び諸道塩鉄転運江淮留後の官に任じたが、その終るところを知らぬという。○**離乱**　天宝十四年安禄山が反してより、史思明（ししめい）も反して天下大いに乱れ、広徳元年に安・史の乱が治まるまで八年かかった。○**先朝**　玄宗の朝、開元・天宝の治世。

対芳尊　芳尊に対す　韋応物

対芳尊、酔来百事何足論。遥見青山始一醒、欲着接籬還復昏。

芳尊に対し

酔い来れば百事何ぞ論ずるに足らん。

遥かに青山を見て始めて一醒し
接羅(しょうり)を着けんと欲して還復(なおまた)昏す。

芳醇な酒の樽に対(むか)い
酔うて来ると何事も論ずるに足らなくなる。
遥かに青山を見て始めて酔が醒めて
さて白帽を被(かぶ)ろうとすればまた目がくらむ。

○**接羅**　白い帽子である。山簡の故事がある。李白の「襄陽歌」の註を見よ。

酒肆行　酒楼（のみや）の歌　韋応物

（一）豪家沽酒長安陌、一旦起楼高百尺。碧疏玲瓏含春風、銀題彩幟邀上客。
（二）廻瞻丹鳳闕、直視楽遊苑。四方称賞名已高、五陵車馬無近遠。
（三）晴景悠揚三月天、桃花飄俎柳垂筵。繁糸急管一時合、他壚鄰肆何寂然。

（一）豪家　酒を沽る長安の陌
一旦　楼を起こして高さ百尺。
碧疏　玲瓏として春風を含み
銀題　彩幟　上客を邀う。
（二）廻瞻す丹鳳闕
直視す楽遊苑。
四方　称賞して名　已に高く
五陵の車馬　近遠無し。
（三）晴景　悠揚たり三月の天
桃花は俎に飄り柳は筵に垂る。
繁糸　急管　一時に合い
他壚　鄰肆　何ぞ寂然。

（一）長安の街に豪勢な飲屋が出来た
ぽっかりと姿を現した楼は高さ百尺。
緑の飾り窓は透けて春風を納れ
銀字の看板と五色の幟で上客を迎える。

（二）背面に見えるは丹鳳闕
　正面に見えるは楽遊苑。
　四方に評判がよくてその名は高く
　五陵の車馬は遠近と無く乗りつける。
（三）晴れ渡って光のどかな三月の空
　桃花は膳に散りかかり柳は席に垂れさがる。
　管絃はじゃんじゃん賑やかに囃したてるのに
　他の酒場や隣の店は何と淋しいことだろう。

〇**酒肆**　肆は物を陳列して売る店であるが、これは酒を飲ませることを主とする家である。〇**行**　歌行である。古詩の一体。〇**陌**　市中の街である。〇**碧疏**　疏は窓や入口の障子の粧飾が透刻になっているもの。碧はそれが緑色に塗られていることか。あるいは碧紗、すなわち緑色の紗が貼ってあるのか。具体的なことは分らない。〇**玲瓏**　透通って見える形容。〇**含風**　風が吹きこむこと。〇**銀題**　酒楼の屋号を銀で書いた額もしくは看板。〇**彩幟**　五色のノボリ。酒楼たることを示す旗。〇**丹鳳闕**　闕は門外に在る楼観（モノミヤグラ）である。漢代長安の建章宮に円闕が北道に臨み、闕上に金鳳があったので鳳闕と号した。丹はそれが赤色に塗られていたことである。唐代にこの闕が存したわけでなく、故事として用いたのである。〇**楽遊苑**

漢の宣帝の時造らせた御苑の名である。京城で地勢が最も高く、眺望のよいところであるという。それでこの酒楼からもこの苑が見えるわけである。○**五陵**　長安の長陵・安陵・陽陵・茂陵・平陵をいう。漢代は豪族のいた地。○**近遠無し**　五陵より近きも遠きも差別なく、皆車を飛ばしてこの酒楼に来るのである。○**悠揚**　ゆったりとして迫らぬ貌。○**俎**　食品を載せて客に進める台である。我国の「膳」はこの遺風であろう。近世中国では使用しなくなって、ただ祭祀にのみこれを用いることがあるらしい。○**壚**　酒を売る所。前出の王績の「過酒家」詩其三の註を見よ。

(四)　主人無厭且専利、百斛須臾一壺費。初醲後薄為大偸、飲者知名不知味。

(五)　深門潜醞客来稀、終歳醇醲味不移。長安酒徒空擾擾、路旁過去那得知。

(四)　主人　厭く無く且つ利を専らにし
百斛　須臾にして一壺に費やす。
初は醲く後は薄く　大偸を為すも
飲者は名を知って味を知ら不。

(五)　深門　潜かに醞して客の来る稀
終歳　醇醲にして味　移ら不。

長安の酒徒　空しく擾擾たり
路傍　過去す　那ぞ　知るを得ん。

(四) 亭主は貪って利益ばかり考え
百斛も暫くの間に売り尽す。
初は濃くし後は薄くしてインチキをすれど
飲む者は名声を知って味を知らない。

(五) ここに深門でひそかに醸して客足は稀だが
年中コクのある酒を飲ませて味の変らぬ店がある。
しかるに長安の酒飲みどもは空騒ぎして
路傍を素通りするから知るはずはない。

○**百斛須臾**　しばらくの間に百斛の酒を売る盛況である。一斛は十斗。○**一壺に費やす**　百斛をも一壺の如く売りさばく、ということか。未詳。○**偸**　盗である。○**醞**　酒を醸すこと。○**擾擾**　騒ぎ乱れる貌。○**那**　何ぞ。◎白楽天の「元九（微之）に与うる書」に「近歳韋蘇州の歌行の如き、才麗之外、頗る興諷に近し」と評している。その通り。この「酒肆行」の如きも後半は諷刺の意が顕著である。

宴楊駙馬山池　楊駙馬の山池に宴す　韓翃

(一)垂楊払岸草茸茸、繡戸簾前花影重。鱠下玉盤紅縷細、酒開金甕緑醅濃。

(二)中朝駙馬何平叔、南国詞人陸士龍。落日泛舟同酔処、回潭百丈映千峰。

(一)垂楊(すいよう)　岸を払い草　茸茸(じょうじょう)たり
繡戸(しゅうこ)　簾前(れんぜん)　花影　重し。
鱠(かい)は玉盤に下り紅縷(こうる)　細く
酒は金甕(おう)を開き緑醅(りょくばい)　濃(こまや)かなり。

(二)中朝の駙馬(ふば)　何平叔(かへいしゅく)
南国の詞人　陸士龍(りくしりゅう)。
落日　舟を泛(うか)べて同酔する処
回潭　百丈　千峰を映ず。

(一)枝垂(しだれ)柳は岸を払い岸には草生い茂り

うるわしき戸口に掛けた簾の前の花影は重い。
玉盤に盛られた刺身は紅糸の如く細く
金甕を開けたての酒は濃緑色である。

（二）魏朝の貴族の何平叔と
呉国の文人の陸士龍とが、
落日に舟を泛べて酌み交わす場所は
百丈の曲池に千峰の影を映している。

◎作者韓翃は天宝十三年の進士で、詩を以て徳宗の知遇を受け、官は中書舎人に至った。詩学史上でいうところの大暦十才子の一人である。○**駙馬**　皇女の壻をいう。楊はその人の姓。○**山池**　山荘の池であろう。李白にも「宴鄭参卿山池」と題する詩がある。前に出しておいた。

◎第一章は室内の宴飲を叙し、第二章は池中の宴飲を詠ず。○**茸茸**　草の茂る貌。○**繡戸**　戸は室の入口。繡はその柱や鴨居などに、模様を画いて飾ってあること。ただし単なる美称の場合もあろう。○**鱠**　魚の刺身の極めて細づくりのもの。○**緑醅**　醅はモロミ酒。ただしこれは左様な下等な酒ではなく、濃厚な緑酒をいうのであろう。○**中朝**　三国時代に中原（今の河南省）に拠った魏朝を指す。○**何平叔**　魏の何晏、字は平叔。公主（皇女）の壻となった。楊駙馬をこれに比したのである。○**南国**　呉国を指す。○**陸士龍**　晋の陸雲、字は士龍。呉の雲間

（今の江蘇省松江）の出身。蓋し作者自らこれに比したのであろう。○回潭　回は曲ること。潭はフチと訓ず。深水である。蓋しこの山池を指す。周囲が屈曲して、水は深いのである。

寄李袁州桑落酒　李袁州に桑落酒を寄す　郎士元

色比瓊漿猶嫩、香同甘露仍春。十千提攜一斗、遠送瀟湘故人。

色は瓊漿に比して猶嫩く
香は甘露に同くして仍春。
十千一斗を提攜し
遠く瀟湘の故人に送る。

色は玉漿に比べると　まだ薄く
香は甘露と同じだが　やはり春である。
一斗一万銭の美酒を提げて
遠く瀟湘の友人に送る。

◎作者郎士元は天宝十五年の進士で、官は郢州の刺史に至った。○**袁州**　今の江西省宜春県。李氏は袁州の刺史に任じていたのである。○**桑楽酒**　陰暦十月、桑の葉の落ちる頃造りこむのでこの名称がある。南北朝時代から文献に見えている酒で、平陽（今の山西省臨汾県）河中（山西永済）蒲城（陝西蒲城）などが産地として著名であった。ともかく北方の銘酒である。○**瓊漿**　漿は要するに飯と水と雑ぜておいて、酸味の出たものを飲料にするので、これに種々加工するらしい。瓊は美玉であり、美称である。○**嫩**　色がワカイとは薄い感じであろう。○**甘露**　太平の世の祥瑞として降ると空想された甘い露。○**仍春**　露は秋の季節の物であるが、この酒はこれと異り、やはり春花の如く芳醇である。○**十千一斗**　一斗の価一万銭。美酒の形容として慣用される語。魏の曹植の名都篇「美酒斗十千」の句から出た故事。○**瀟湘**　湘水と瀟水。共に今の湖南省に在る。しかるに李氏の任地袁州は江西省に在り、瀟湘二水とは相当離れているが、泛称すれば瀟湘の地域であろう。とにかく北方の美酒を遥かに南方に送るわけである。

独酌　ひとり酌む　　権徳輿

独酌復独酌、満盞流霞色。身外皆虚名、酒中有全徳。風清与月朗、対此情何極。

独酌　復(また)　独酌
満盞(まんさん)　流霞(りゅうか)の色。
身外　皆(みな)　虚名
酒中　全徳有り。
風清と月朗与(と)
此に対す　情何ぞ極まらん。

独り酌み　また　独り酌む
盃に満つる仙酒の色。
我身の外に見(あらわ)るる物は皆虚名のみ
酒を飲む中にこそ完全なる徳はあれ。
風清く月朗らかなる時

この酒に対(むか)えば面白きこと限りなし。

◎作者権徳輿(けんとくよ)は徳宗・憲宗朝の名臣で、官は刑部尚書に至り、元和十三年卒す、年六十（西紀七五九〜八一八）。○**流霞**　仙人の飲む酒。○**身外**　我が身の外見。官職の肩書きなど。○**情致**　おもむき。

酔後　酔える後　　権徳輿

美禄与賢人、相逢自可親。願将花柳月、尽賞酔郷春。

美禄と賢人与(と)
相い逢う自(おのず)から親む可し。
願わくば花柳月を将(ひき)いて
尽く酔郷の春を賞せん。

天に与えられた美味と賢人とに

逢えば自然と親しくなる。
願わくば花柳と月とを従え
いざ酔郷の春を賞め尽そう。

○**美禄**　「漢書」食貨志にいう「酒者天之美禄」云々と。○**賢人**　魏の曹操が禁酒令を出した時、人々は濁酒を賢人と称し、清酒を聖人と称して、ひそかに飲んだという。並に酒の故事を用いて、飲酒の意を表わしたのである。◎下の二句は酔後陶然として春に浮れ歩くことを詠じたのである。

把酒　酒を執る　韓愈

擾擾馳名者、誰能一日閑。我来無伴侶、把酒対南山。

擾擾として名を馳する者
誰か能く一日閑ならん。
我来りて伴侶無く

酒を把って南山に対す。
騒がれて名の聞こえた者は
誰が一日安閑としていられよう。
我は連れも無く独り来て
酒を執って南山に対う。

◎作者韓愈は貞元八年の進士で、古文復興で大いに活躍したが、官僚としては余り振わず、吏部侍郎に至った。長慶四年卒す、年五十七（西紀七六八〜八二四）。彼も酒を嗜んだようであるが、飲酒の詩は余り無い。「酔贈張秘書」の長篇の如きは「古文真宝」にも選ばれているが、酔を借りて文学上の気焔を揚げているばかりで、酒の妙趣が出ていない。ここには取らない。

遣興　興をやる　韓愈

断送一生惟有酒、尋思百計不如閑。莫憂世事兼身事、須著人間比夢間。

一生を断送するは惟(た)だ酒有るのみ
百計を尋思(じんし)するに閑(かん)に如不(しかず)。
世事と兼ねて身事を憂うる莫らん
須(すべから)く人間(じんかん)を著(もっ)て夢間に比すべし。

一生を送ってしまうは酒に限る
百計を思案してみたが閑(ひま)が第一だ。
世の事も一身の事も苦にしないで
人の世は夢の世と諦(あきら)めるべきだ。

○**遣興**　興は情が物に感じて発するもの、即ち感興である。遣は発すること。遣興とは感興を発舒すること。杜甫の詩に「遣興」と題する詩が甚だ多く、皆その折にふれて心に湧いて来た感興を叙している。杜甫にはその他「遣懐」「遣意」「遣悶」「遣愁」「遣憤」「遣遇」「遣憂」など同類の題がある。蓋(けだ)し皆詩によってこの感情を発舒するの意と解せられる。○**断送**　送断の意である。送って了(しま)うこと。○**人間**　人の世である。浮世である。○**著**　将（モッテ）である。古文の「以」「用」に当る。

飲酒　酒を飲む　柳宗元

(一) 今旦少愉楽、起坐開清樽。挙觴酹先酒、為我駆憂煩。(自註。先酒始為酒者)
(二) 須臾心自殊、頓覚天地喧。連山変幽晦、緑水函晏温。

(一) 今旦　愉楽少し
坐を起って清樽を開く。
觴を挙げて先酒に酹し
我が為に憂煩を駆す。
(自註。先酒とは始めて酒を為る者。)
(二) 須臾にして心自から殊なり
頓に　天地の喧を覚ゆ。
連山　幽晦を変じ
緑水　晏温を函る。

(一) 今朝は気が浮かないので

座を立って清樽(せいそん)を開き、
杯を挙げて先酒を祭り
我が為に憂(う)さを晴してもらう。
(作者の自註。先酒とは始めて酒を造った者である)

(二)暫くすると心持が自(おのず)と良くなり
頓(とみ)に天地が暖かく感じられ、
連山は暗い色を変じ
緑水には晴れ渡った空が映る。

◎作者柳宗元(りゅうそうげん)は貞元五年、十七歳の年少を以て進士に及第して中央の官に任じたが、三十三歳の時、先輩の失敗に連坐して永州(今の湖南省零陵(れいりょう)県)の刺史に貶せられ、四十三歳の時、柳州(広西省馬平県)に徙され、いること四年にして、元和十四年卒す、年四十七(西紀七七三~八一九)。彼は謫居(たっきょ)の憂さを酒で晴したという程度で、さほど酒を嗜んだ方でないらしく、飲酒を詠じたのはこの詩の外に、「法華寺西亭夜飲」と題する詩があるのみである。○**酹** 酒を地に灑(そそ)いで祭ること。○**駆** 逐い遣る。○**暄** 温かいこと。酒を飲んで自分の体が温かくなったから、天地も温かくなった気がするわけである。○**幽晦を変ず** 幽も晦も暗いこと。自分の心が明るくなったから連山も暗い色が変って明るくなったのである。○**函** 容れる。包む。

○晏温　嚥嘔とも書く。日出でて雲無く、和暖なること。明るい空の色が水に映っているのである。酒の為に気が晴れて、景色まで晴れやかに感ずるわけである。◎この二章は自宅で独酌することを詠じているが、次の二章は人と屋外で対酌することを詠じている。前の継続か、それとも時を異にしているのか分らない。

（三）藹藹南郭門、樹木一何繁。清陰可自庇、竟夕聞佳言。
（四）尽酔無復辞、偃臥有芳蓀。彼哉晋楚富、此道未必存。

（三）藹藹（あいあい）たり南郭の門
樹木一（いっ）に何ぞ繁き。
清陰　自から庇（おお）う可く
竟夕（きょうせき）　佳言を聞く。
（四）酔を尽して復（ま）た辞する無かれ
偃臥（えんが）するに芳蓀（そん）有り。
彼なる哉（かな）晋楚の富
此道未だ必ずしも存せず。

（三）こんもりとして南郭の門には
樹木が何と よく繁っていることだろう。
清き木陰に身を寄せて
終夜（終日？）高説を拝聴する。

（四）十分酔って下さい、辞退なさるな
酔い倒れたら芳草の茵がある。
彼等晋楚の富豪どもに
この楽しみがあるとは限るまい。

○**藹藹**　樹木繁茂の貌。○**南郭の門**　郭は外城である。蔣之翹の註には永州の南郭かと考えている。○**庇**　蔽う。○**竟夕**　終夜の意であるが、前文を按ずるに夜景ではない。全集でこの詩の次に編せられた「読書」の詩に「竟夕誰与言」とあるのと混同したものらしく、「竟日」（終日）の誤ではなかろうか。○**佳言を聞く**　飲み相手の面白い話を聞くのである。前文には対酌者のあることは現れていないが、この語ではそれが明らかにされている。なお「覚衰」の詩に「但だ願わくば美酒を得て、朋友と常に共に斟まん」とあり、これが柳宗元の希望なのである。○**偃臥**　仰むけに臥ること。○**蓀**　香草の名。○**彼なる哉晋楚の富**　「孟子」公孫丑篇に「曾子曰く、晋楚之富は及ぶ可から不る也。彼は其の富を以てし、我は吾が仁を以てす」云々とあるのを借りて、世の贅沢な宴飲を為すの徒を指したのである。○**此の道**　真の飲酒の妙趣。清陰に佳言を聞きつつ酌み交わす如きこそ飲酒の真味であるが、彼の富貴の者の飲酒には必ずしもこの妙趣は存在しないであろう、というわけである。

村酔　村で酔う　盧仝

昨夜村飲帰、連倒三四五。摩挲青莓苔、莫嗔驚著汝。

昨夜村飲して帰り
連倒す三四五。
摩挲（ましゃ）す青莓苔（まいたい）
嗔（いか）る莫れ汝を驚著す。

昨夜村で飲んで帰り道
続けさまに三四五度倒（ころ）んだ。
青苔を摩（さす）りつつ云う

こらえてくれよ、お前驚りしただろう。

◎作者盧仝は韓愈が河南の県令たりし時、その詩を愛してこれを厚礼したという。○**摩挲**　摩擦。○**莓苔**　莓も苔である。

解悶　憂さを晴らす　盧仝

人生都幾日、一半是離憂。但有尊中物、従他万事休。

人生都て幾日ぞ
一半は是れ離憂。
但だ尊中の物有り
他を従てば万事休す。

人生は合計幾日ぞ
その半分は苦労の世の中。

ただ樽中の物があるばかり
あれ（酒）を手ばなしたら何もかも休(しま)いだ。

○**離憂**　離は鳥が羅(あみ)にかかること。憂に遭(あ)うの意。○**従**　縦に同じ。放(はな)つ。○**万事休す**　すべての事が駄目になる。

酒徳　酒の徳　孟郊

（一）酒是古明鏡、輾開小人心。酔見異挙止、酔聞異声音。
（二）酒功如此多、酒屈亦以深。罪人免罪酒、如此可為箴。

（一）酒は是れ古明鏡
小人の心を輾開(てんかい)す。
酔えば　挙止を異にするを見
酔えば　声音を異にするを聞く。
（二）酒功は此(かく)の如く多く

酒屈も亦た以て深し。
人を罪して酒を罪する免れ
此の如く箴と為す可し。

（一）酒は古の不思議な鏡のようなもので
凡人の心を転倒し豁開する。
酔えば挙動が違って来る
酔えば声音が違って来る。

（二）酒の功績はこのように多いが
酒の冤罪もまたこれによって深い。
人を罪して酒を罪するなかれ
このような点を戒めとするがよい。

◎作者孟郊は韓愈と親交があってその詩を称許された。年五十にして進士に及第して一官を得たが、職務を廃し、山水の間に放情して詩を賦し、一生不遇に卒った。○**古明鏡**「西京雑記」に、漢の高祖が初めて秦の咸陽宮に入った時、庫に蔵めてあった珍宝の中に、方鏡の高さ五尺九寸、広さ四尺、表も裏も映るようになっていて、人が直立してこれに照すと、影は倒に見える。不思議な品を見たことが記されている。恐らくこの故事を指すであろう。○**小人**　修養の足らぬ人。○**輾開**　輾は半転廻することである。蓋し輾は酒に酔って心が顛倒すること、開は気が大きくなることを意味するであろう。而してその状態は宛も古明鏡中の影像が顛倒すると同様であるから、酒をもって古鏡に比喩したものらしく思われる。○**異にす**　これは心の輾開の現れである。○**見る・聞く**　第三者が見る・聞くのである。○**功**　気分を転換することは酒の功である。○**屈**　冤屈。無実の罪。人の酔狂を酒の罪とするは冤屈である。○**箴**　戒め。○**此の如く**「人を罪して酒を罪する免れ」ということを戒めと為すべし、と警告したのである。

将進酒　酒をささげ進む　李賀

（一）琉璃鍾、琥珀濃。小槽酒滴真珠紅。烹龍炮鳳玉脂泣、羅幃繡幕囲香風。

（二）吹龍笛、撃鼉鼓。皓歯歌、細腰舞。況是青春日将暮、桃花乱落如紅雨。勧君終日酩酊酔、酒不到劉伶墳上土。

（一）琉璃の鍾、琥珀濃なり
小槽　酒は滴って真珠紅なり。

龍を烹（に）　鳳を炮（や）き　玉脂　泣く、
羅幃（らい）　繍幕（しゅうまく）　香風を囲む。

（二）
龍笛を吹き、鼉鼓（だこ）を撃つ。
皓歯（こうし）　歌い、細腰　舞う。
況（いわん）や是れ青春　日将に暮れんとす
桃花　乱落して紅雨の如し。
君に勧む終日　酩酊して酔え
酒は劉伶（りゅうれい）の墳上の土に到ら不（ず）。

（一）
硝子（グラス）の盃には琥珀色が濃く
小（ちい）さな酒船（さかぶね）に滴る酒は真珠（ルビー）のように紅（あか）い
龍を煮たり鳳を焼いたり脂がじゅうじゅう、、、
薄絹の幃（とばり）や刺繍の幕で香風を囲む。

（二）
龍笛を吹き、鼉鼓（だこ）を打つ、
白歯（しらは）は歌い、細腰（ほそごし）は舞う。
まして青春の日も　もう暮れかけて
桃花は乱れ落ちて紅雨の如し。

君に勧む終日ぐでんぐでんに酔いたまえ
いくら好きな酒でも劉伶の土饅頭までは届くまい。

◎作者李賀（りが）は七歳で詩を能くしたという神童で、韓愈（かんゆ）を驚かした鬼才であるが、元和十一年、二十七歳の若さで卒した（西紀七九〇〜八一六）。○**将進酒**　漢代以来の楽府の題である。詳細は李白の「将進酒」の註を見よ（よ）。○**琉璃**　玻璃ともいう。硝子のこと。○**鍾**　盃である。○**琥珀**　コハク色の酒である。○**槽**　酒槽、すなわち酒を搾るに用いる酒船（さかぶね）である。日本のは長方形の箱であるが、中国の古代の制もほぼ同様であったらしく、かつて唐の曹鄴の「梅妃伝（ばいひ）」を見るに、梅妃が安禄山の反乱に死んだ時、屍（しかばね）を「盛るに酒槽を以てして」これを池東の梅株の傍に埋めた、と記されている。これをもってそれが棺の代用となるべき長方形であったことが推定される。日本のは蓋（けだ）し彼土の制を伝えたのであろう。○**酒滴る**　酒槽の中に酒牀を置き、その上に醅（もろみ）を納（い）れてこれを搾ると、酒は槽内に滴り、しかる後槽より流出するのである。○**真珠紅**　清の王琦（おうき）の註には、酒名であろう、と説いているが確証は無く、従いかねる。蓋し真珠は滴の形容、ルビーかも知れない。紅は酒の色であろう。白楽天の「詠家醞」詩に「竹葉」「榴花」を対挙しており、竹葉は緑酒の名たることは明らかであるから、榴花もその色をもってすれば恐らく紅酒の名であろう。なお宋の竇革（とうかく）の「酒譜」酒之名篇にも「浮蟻・榴花の諸美酒有り」と見えている。紅酒は宋代の詩にも詠ぜられ、清代に至っても福建（ふっけん）・広東（かんとん）などに行われているという。○**龍・鳳**　美饌を誇張したのである。○**炮**　ツツミヤキと訓ず。泥土をもって鳥を毛のまま塗り込め、丸焼にして後、土と毛とを去って用いるという法がある。古法らしい。○**泣く**　王琦の註には曹植の詩「豆は釜中に在りて泣く」を例として、釜の中で物の煮える音と解している。しかしこの場合はむしろ、鳥が焼けて脂がじゅうじゅう出る音の形容に重点が置かれていると思う。○**幃**　単張（ひとえのとばり）である。○**幕**　帳である。いずれもカーテンの類である。具体的な区別は理会できない。○**香風を囲む**　香風は一本には「春風」となっているという。風を囲むとはいっても、実は風を防ぐ為に幃幕を張るのであるが、ただ春風は寒くなくて、むしろ親しむべきであるから、これを囲むという感じになるのであろう。○**龍笛**　笛の音から龍の鳴声を空想して出来た語らしい。○**鼉**　鰐魚に似た爬虫で、支那の特産であるという。この動物の皮で張った太鼓は古くからあって、すでに「詩経」に名が見えている。○**劉伶**　晋代の有名な酒豪で、その著した「酒徳頌」一篇が世に伝わっている。○**墳上の土**　中国の墓は、土を円く盛り上げて築いてある。つまり土饅頭である。◎この詩は「古文真宝」に選ばれている。

乞酒　酒を乞う　姚合

聞君有美酒、与我正相宜。溢甕清如水、粘杯半似脂。豈唯消旧病、且要引新詩。況此便便腹、無非是満卮。

聞く君　美酒有りと
我に与うる正に相い宜し。
甕（かめ）に溢（あふ）れて清きこと水の如く
杯に粘りて　半ば　脂に似たり。
豈（あ）に唯だ旧病を消すのみならん
且つ要す新詩を引くを。
況（いわ）んや此の便便たる腹は
是れ満卮（し）に非ざる無きをや。

君の家には美酒があると聞く
僕に下さると、まことに好都合だ。
酒は瓶に溢れて水の如く清く
杯に粘りついて半ば脂のようだ。

ただに持病を癒やすばかりでなく
その上新詩を引き出すのに要る。
ましてこのでぶでぶの腹は
酒を満たす大杯ではなかろうか。

◎作者姚合は元和年間の進士で、官は秘書監に至り、開成の末に卒した。宴会の作が八首あるが好ましくないので取らず、酒を乞う詩を二首取った。○**旧病** 持病すなわち飲酒癖であろう。○**便便** 肥満の貌。○**満卮** 恐らく満酒卮、すなわち「酒を満たす杯」の意であろう。

寄衛拾遺乞酒　衛拾遺に寄せて酒を乞う　姚合

老人罷卮酒、不酔已経年。自飲君家酒、一杯三日眠。味軽花上露、色似洞中泉。莫厭時時寄、須知法未伝。

老人　卮酒を罷め
酔わ不ること已に年を経たり。

君の家の酒を飲みて自（より）
一杯して三日眠る。
味は花上の露より軽く
色は洞中の泉に似たり。
時時（じじ）　寄することを厭う莫れ
須（すべから）く法の未だ伝えざるを知るべし。

拙老が飲酒を止めて
酔わぬこと　はや幾年（いくとせ）かを経（へ）た。
ところが君の家の酒を飲んでからは
一杯で三日眠れる。
味は花の上の露より軽く
色は洞（ほら）の中の泉に似ている。
時々　贈ることを厭いたまうな
醸法が未だ伝授されてないと御承知あれ。

○**拾遺**　官名。天子に供奉して言行の遺失を拾うて諌めることを掌（つかさど）る。○**老人**　作者自ら称す。

勧酒　酒を勧む　李敬方

不向花前酔、花応解笑人。只憂連夜雨、又過一年春。日日無窮事、区区有限身。
若非杯酒裏、何以寄天真。

花前に向って酔わ不(ざ)れば
花応(まさ)に人を笑うを解すべし。
只　憂う連夜の雨
又　過ぐ一年の春。
日日　無窮の事
区区　有限の身。
若し杯酒の裏(うち)に非ざれば
何を以て天真を寄せん。

花の前に向って酔わなければ

花は人を笑うことを知っているであろう。
ただ　憂鬱なのは連夜の雨で
一年の春がまた　過ぎてしまうことだ。
日日(ひび)に世の事務は窮(きわま)り無く
小さな我が身の力は限りがある。
若し杯中の物でなければ
何物にか天真を寄せよう。

◎作者李敬方(りけいほう)は長慶年間の進士で、太和年間に歙州(きゅう)の刺史となったという。○**一年の春**　年々春が来る、その一年の春である。今この好季節がまた過ぎ去るを惜しむのである。○**区区**　小さいこと。○**有限**　能力に限度のあること。○**何を以て**　何に縁(ゆか)って。何をたよりに、というほどのこと。○**天真**　天性の純真である。「天真を寄す」とは、自分の天性の好きなようにして物事に拘わらぬこと。蓋(けだ)しかくすることによって、煩わしき俗事を忘れて、我が身の労を慰めんと欲するのである。

独酌　ひとり酌む　杜牧

窓外正風雪、擁炉開酒缸。何如釣船雨、篷底睡秋江。

窓外　正に風雪
炉を擁して酒缸を開く。
何如ぞ釣船の雨
篷底　秋江に睡ると。

窓の外は吹雪の　さなか
炉を抱きつつ酒瓶を開く。
秋の大川の釣船の雨に
篷の下で睡ると何如ぞや。

◎作者杜牧は太和二年の進士で、中央の官や地方官に任ずること久しく、中書舎人まで進んだ。大中六年卒す、年五十（西紀八〇三〜八五二）。酒を嗜んで「郡斎独酌」の如き素晴しい長篇があるが、余り長いので割愛する。○**何如ぞ**　前者と後者と比較して、いずれが勝るかと自問したのであるが、願いは後者に在るらしい。○**篷**（ほう）　用途は我国の苫（とま）に当るが、竹で織って笹の葉を夾（はさ）んだもの。

酔眠　酔うて眠る　杜牧

秋醪雨中熟、寒斎落葉中。幽人本多睡、更酌一樽空。

秋醪（しゅうろう）　雨中に熟す
寒斎　落葉の中。
幽人　本（もと）　睡り多し
更に一樽（そん）を酌んで空しゅうす。

秋の濁酒（にごりざけ）が雨中に熟れ（な）て来て
吾が宿は落葉（おちば）が散り布く。
幽人（わびびと）は本来よく睡るのに

さらに一樽を酌んで空(から)にしたのだもの。

歙州盧中丞見恵名醞　歙州の盧中丞より名醞を恵まる　杜牧

誰憐賤子啓窮途、太守封来酒一壺。攻破是非渾似夢、削平身世有如無。醺醺若借嵇康懶、兀兀仍添寧武愚。猶念悲秋更分賜、夾渓紅蓼映風蒲。

誰か賤子(せんし)を憐み窮途(きゅうと)を啓(ひら)く
太守　封じ来る酒　一壺。
是非を攻破し渾(すべ)て夢に似たり
身世を削平(さくへい)し有るも無きが如し。
醺醺(くんくん)として嵇康(けいこう)の懶(らん)を借る如く
兀兀(こつこつ)として仍(な)お寧武(ねいぶ)の愚を添う。
猶(な)お念(おも)う悲秋　更に分賜(ぶんし)せば
渓を夾んで紅蓼　風蒲に映ぜん。

誰か不肖を憐れみ窮途を開いてくれる人があろうか
幸い太守が酒一壺を封じて贈って下さった。
飲めば是と非の境界を打破して全く夢に似ており
身と世の差別を平等にして有るも無きが如し。
ほろ酔い機嫌は嵇康の懶を借りたようで
ぐったりとなれば、やはり寧武子の愚を添える。
猶お念う悲しい秋に更に分けて頂けるならば
渓を夾んで紅蓼が風蒲に映ずるを眺めて酌もう。

○**歙州**　今の安徽省蕪湖道歙県。○**中丞**　御史中丞のこと。最高裁判所の次長とでもいうべき官である。蓋し盧氏はこの官の資格をもって、出でて歙州の刺史に任じたのである。杜牧は早年宣州団練判官となったことがあり、宣州（今の安徽省宣城）は歙州と近いところなので、恐らくこの時代に盧中丞から名酒を恵まれたものらしい。○**醞**　醸酒である。○**賤子**　自己を謙遜して云う。○**太守**　刺史の旧称である。○**封**　輸送の途中で不正の行われぬ為に、酒を容れた壺の口を封ずるのである。○**身世**　両様の意味がある。一は我が身と世との関係。二は我が身の世における経歴。これは前者である。○**醺醺**　酣酔して和悦する貌。○**嵇康**　魏の文人。竹林七賢の一人。老荘思想に浸り神仙の術を学んで世を隠遁したので、「懶」けものと見たわけであろう。○**兀兀**　無知の貌。酔い方が大分深いようである。○**寧武の愚**　「論語」公冶長篇に「子曰く、寧武子は邦に道有れば則ち知、邦に道無ければ則ち愚」云々、とあるを用いたのである。○**風蒲**　風にそよぐ蒲の葉をいうのらしい。他の用例「露蔓　虫糸多く、風蒲　燕雛老ゆ」（赴京初入汴口詩）の対を見ると一層よく理会される。◎この篇は律詩であって、首聯の二句は太守より名酒を贈られたことを感謝し、中聯（れん）四句は贈られた酒を飲んだ気持を詠じたので、その前聯は陶然として無我となって是非身世の別を忘れた心境を叙し、後聯は酔うて懶（ものう）くなり、無知となった肉体的異状を叙したのである。尾聯は将来さらに贈与されんことを希望して結んでいる。

宣州開元寺南楼　宣州の開元寺の南楼にて　杜牧

小楼纔受一牀横、終日看山酒満傾。可惜和風夜来雨、酔中虚度打窗声。

小楼　纔（わずか）に受く　一牀（いっしょう）の横たわるを
終日　山を看て酒　満傾す。
惜む可し風に和して夜来雨ふる

酔中虚しく度(わた)る窗(まど)を打つ声。

寝台がやっと一つ置かれ得る二階の小室(こべや)で
終日　山を眺めて酒をぐいぐい傾ける。
惜しいかな風まじりに夜から雨が降り出したので
酔中うつろな気持で窓を打つ声を聴いている。

○宣州　今の安徽(あんき)省蕪湖(ぶこ)道宣城県。杜牧は早年宣州の団練判官となった。蓋(けだ)しこの時の作である。**○南楼**　この寺の二階を間借りして、独身生活をしていたものらしい。

小園独酌　小園に独り酌む　李商隠

柳帯誰能結、花房未肯開。空余双蝶舞、竟絶一人来。半展龍鬚席、軽斟瑪瑙杯。
年年春不定、虚信歳前梅。

柳帯　誰か能く結ばん

花房　未だ肯て開かず。
空しく余す　双蝶の舞
竟に　絶つ　一人の来るを。
半ば展ぶ　龍鬚の席
軽く斟む　瑪瑙の杯。
年年　春　定まら不
虚信す　歳前の梅。

柳の帯を誰が結び得よう
花の房は未だ開こうとしない。
空しく双の蝶の舞を余すのみ
ついに一人も来るものは無かった。
りゅうのひげの席を半ば展べて
瑪瑙の杯で軽く酌む。
年々で春の季節が一定せず
正月前に梅が咲くとは虚信だ。

◎作者李商隠（しょういん）は開成二年の進士で、能文を以て地方の大官の幕僚として文書の起草に従事することが多く、東川節度判官を最後として退官し、大中十二年、四十六歳をもって卒した（西紀八一三〜八五八）。◯**柳帯**　柳の小枝を帯に見立てたので、この句の意は柳が未だ芽を吹かぬ状態を言ったのである。◯**花房**　花の蕾を喩えたのである。◯**龍鬚**　和名リュウノヒゲ、一名ジャノヒゲ。庭園に植えると芝生のように広がるので「席」（ムシロ）と言ったのである。◯**虚信**　信は花信、即ち「はなだより」である。虚はいつわり。◯**歳前の梅**　歳とは年の始め。梅は寒を凌いで正月前に咲くといわれているが、この花信は虚言である。今年は未だ一向咲かない、とこぼしているのである。なお二十四番の花信風（宋代の説か）にも梅は花信の最初、小寒の第一候に当てられている。

花下酔　花の下に酔う　李商隠

尋芳不覚酔流霞、倚樹沈眠日已斜。客散酒醒深夜後、更持紅燭賞残花。

芳を尋ねて覚え不（ず）流霞（りゅうか）に酔う
樹に倚り沈眠して日已（すで）に斜なり。

客散じ酒醒む深夜の後
更に紅燭(こうしょく)を持して残花を賞す。

花を尋ね、覚えず過ごして美酒(うまざけ)に酔い
樹に倚りかかって眠り込んで日はすでに傾く。
客は去り酒は醒めた深夜の後
更に紅燭(こうしょく)を持って残花を賞(め)でる。

○流霞 仙人の酒。美酒の異名。**○紅燭** 赤く染めた蠟燭。

勧酒　酒を勧む　于武陵

勧君金屈巵、満酌不須辞。花発多風雨、人生足別離。

君に勧む金屈巵(きんくつし)
満酌　辞する須(べか)ら不(ず)。

花発いて風雨多く
人生　別離に足つ。

君に勧める黄金の屈卮
なみなみと酌むから辞退してはいけない。
花が開けば風雨の障り多く
人の世は別離に満ちているものだ。

◎作者于武陵は大中年間（西紀八四七～八五九）の進士であるという。○**金屈卮**　屈卮は杯の一種である。宋代の「東京夢華録」巻九にいう「宮中の宴会に用いる酒盞は皆屈卮である。菜盌の如き様式であって、手把子がある。殿上では純金、廊下では純銀のを用いる」と。位によって金銀に区別されている。つまりコーヒー茶碗のように取手のある杯で、この式の物は現今も行われている。唐の元稹の詩に「仍小屈卮を提ぐ」という句がある。取手を持って飲んだわけである。○**別離に足つ**　足は満つるの意。花には嵐、人には別れ。ままにならぬが浮世の習い。せめて相逢うた時に歓を尽せよ、とて酒を勧めているのである。◎この詩は「唐詩選」に選ばれている。

詠酒　酒を詠ず　　汪遵

九醞松醪一曲歌、本図閑放養天和。後人不識前賢意、破国亡家事甚多。

九醞の松醪　一曲の歌
本　開放して天和を養うを図る。
後人　識ら不　前賢の意
破国　亡家　事甚だ多し。

九醞の松醪を酌み一曲の歌をうたうは
本来閑に放にして天然の和気を養う為なのに、
後世の人は酒の発明者の意図を識らず
国を破り家を亡ぼす事件が甚だ多い。

◎作者汪遵は咸通七年（西紀八六六）の進士。○**九醞**　一度熟した酷に、再び原料を加えて醸すことを「投」という。投を重ねるほど酒が濃くなる。そこで「九醞」とは、必ずしも九度と限らないが、投を多く重ねて醸した良い酒のこと。晋の張華の家の九醞酒を客が飲み過ぎて、腹に穴が開いた、などという不思議な話もある（宋の竇革の「酒譜」）。○**松醪**　完全な名は「松醪春」という。唐詩に散見しているが、湘潭（今の湖南省の湘潭県）の名産であったらしい。唐の貞元年間、鄭徳璘は酒を好み、湘潭の尉たりし時、常に松醪春を提げて江夏に往ったといい（「辞源」にその伝を引く）、同じ頃の人戎昱の、張秀才が長沙（湘潭の北に在る）に行くを送る詩にも「松醪能く客を酔わしむ、慎んで湘潭に滞る勿れ」といっている。明代の「酒史」に宋の蘇東坡が曲陽（今の河北省曲陽県）において松膏を得て酒を醸し、「中山松醪賦」を作ったとある。蓋し好事の試醸であるが、松脂を入れて醸したわけで、唐代の製法も恐らく同様であったであろう。本草の書によれば、松脂を久しく服すると身を軽くし、年を延ぶるという。○**閑放**　のどかにして気ままなること。○**天和**　天然の沖和の気、即ち生れながらの和らかな気性をいう。「荘子」知北遊篇に出ている語。○**前賢**　酒を始めて作った人。

酒中十詠　酒事十題　皮日休

酒篘　酒を漉す籠

翠篾初織来、或如古魚器。新従山下買、静向甔中試。軽可網金醅、疎能容玉蟻。

自此好成功、無貽我罍恥。

翠篾(すいべつ) 初めて織り来る
或は古の魚器の如し。
新たに山下従(より)買い
静かに甔中(たんちゅうに)向試む。
軽くして金醅(きんばい)を網(もう)す可く
疎(あら)くして玉蟻(ぎょくぎ)を容(よう)するを能(よ)くす。
此自(これより)好く功を成し、
我が罍(らい)に恥を貽(おく)ること無からん。

青竹で初めて編(あ)んで来た
あるいは昔の魚を捕(と)る筍(うえ)のようでもある。
新たに山の下から買ったのを
静かに瓶(かめ)の中に入れて見ると、
軽くして金色(こんじき)の諸味(もろみ)を網の目で漉(こ)せる
疎(あら)くして玉(たま)なす浮蟻(ふぎ)を内に収容できる。

これからは好く役目を果して
我が罍樽(らいそん)に恥をかかすことも無かろう。

◎作者皮日休(ひじつきゅう)は郷里襄陽(じょうよう)の鹿門山に隠れていたが、咸通八年（西紀八六七）進士に及第し、蘇州の刺史崔璞(さいはく)に招かれてその軍事判官となった。この時蘇州の詩人陸亀蒙(りくきもう)等と交わり、詩を唱和した。陸はこれを編して「松陵集」十巻となし、今に伝えられている。ここに選んだ両家の詩は、この集中に載するところである。皮は後に太常博士を授けられて長安に入ったが、黄巣(こうそう)が叛乱して、広明元年（西紀八八〇）長安を陥るるや害せられた。あるいは云う、この時避難して呉越の間に終ったと。彼は性、酒を嗜み、自ら酔士とか酒民とか戯号した。陸もまた酒を嗜んだので、皮はまずこの十詠を唱え、而して陸をしてこれに和せしめたのである。十詠は酒星・酒泉・酒篘・酒牀・酒壚・酒楼・酒旗・酒樽・酒城・酒郷の十題である。今、その名物学に益ある五題を択び、両家唱和の作を併列する。○**篘**　酒を漉し取る籠である。これを古老に聞く、吾国でも昔、自家で濁酒を醸してこれを漉す場合、便法として箸立ての籠をモロミの中に突込んでおくと、清酒が中に溜るので、それを酌んで用いた、という。篘は恐らくこの式の器で、一種の深手の籠であろう。○**翠篾**　篾は竹の名。桃枝竹というもので、篾席（シキモノ）を織るに用いられる。我国で竹行李を編むに用いる竹の類らしい。新しい時は皮の色が青いので、故に「翠」の字を冠むらせたのである。○**古魚器**　蓋(けだ)し「詩経」に見えている「笱(こう)」

（和名うえ〔ウエ〕）である。深手の籠らしい。水を堰いてある箇所を空けておき、その空いた所をこの器で承けて魚を捕るのである。○**甒**　大きな瓶。蓋しこの中に酒を醸造してあるのである。○**軽**　篘が細い竹で編んであって、軽いのである。○**金醅**　黄色い諸味である。○**網**　籠の目で漉すこと。○**疎**　籠の目がある程度疎いこと。○**玉蟻**　玉は美称。蟻は浮蟻である。酒の滓の細かいのが上に浮び出る酒で、特殊な製法によるものらしい。○**罍**　雷紋のある樽。○**恥を貽る**　漉さぬままの濁酒を入れて、樽を汚すことを意味するであろう。◎十詠は律詩で、詩形は中の四句が二句ずつ対句になっている。

奉和襲美酒中十詠

襲美（皮日休）の酒事十題に和し奉る

酒篘　陸亀蒙

山斎醞方熟、野童編近成。持来歓伯内、坐使賢人清。不待盎中満、旋供花下傾。
汪汪日可挹、未羨黄金籝。

山斎　醞して方に熟す

野童　編んで近ごろ成る。
持ち来る歓伯の内
坐ら賢人をして清から使。
待た不　盎中の満つるを
旋て供す花下の傾むくるに。
汪汪として日に挹可く
未だ黄金の籯を羨まず。

山荘で醸したのがちょうど熟れたところに
田舎の子が編んだのが近ごろ出来てきた。
持って来て諸味に入れるや
即座に濁酒を澄ます。
大鉢に一ぱいになるのを待たず
片端から酌んでは花の下で飲むに用いる。
なみなみとして日ごと酌めるし
黄金を貯める籠など羨ましくない。

◎作者陸亀蒙(りくきもう)は進士に及第せず、松江(しょうこう)(今の江蘇(こうそ)省松江県)に隠居して、常に小舟に茶器釣具を載せて遊んで廻わったという。それで彼には「漁具詩」十五題があり、皮日休(ひじつきゅう)をして和せしめている。○**襲美**　皮日休の字(あざな)である。○**歓伯**　酒の異名。○**賢人**　濁酒の異名。○**盎**　大鉢。○**汪汪**　大にしてかつ深いこと。○**黄金の籯**　籯は籠である。「漢書」韋賢伝に「子に黄金満籯を遺(のこ)すは、子に一経を教うるに如か不(ず)」とある故事を用いたのであろう。ここでは籠一ぱいの黄金より、酒漉す籠の中の清酒が好ましい、といったのである。

酒牀　搾り台　　皮日休

糟牀帯松節、酒膩肥如羜。滴滴連有声、空疑杜康語。開眉既压後、染指偸嘗処。
自此得公田、不過渾種黍。

糟牀(そうしょう)は松節を帯び
酒膩(しゅじ)は肥(こえ)て羜(ちょ)の如し。
滴滴　連(しきり)に声有り
空(むな)しく疑う杜康(とこう)の語。
眉を開く　既に压するの後
指を染む　偸(ぬす)み嘗(なむ)るの処。

此自（これより）　公田を得ば
渾（すべ）て黍を種（う）うるに過ぎず。

搾り台には肥松（こえまつ）を附帯してある
諸味（もろみ）は脂ぎって子羊のようだ。
ぽつぽつと、しきりに滴る音がする
「憂を解くはただこの物」との語を疑ったりしたが、
搾られて見ると愁眉（しゅうび）は開けて
偸（ぬす）み飲まんとして指を染める。
これからはもし役得の田を得たならば
すべて黍を種えるばかりさ。

○**酒牀**　酒を搾る台である。寝台（牀）のような形のもので、これを酒槽（サカブネ）の内に置くのである。酒槽は面積が酒牀と同じ大きさの長方形の箱である（その考証は前出の李賀の「将進酒」の註を見よ）。この牀には上に「簀（さく）」（スノコ）が置かれるはずらしい。簀は字書に「牀桟」とか「牀版」とか説かれていて、人の寝台の上に置くスノコであるが、また「酒を圧する具。醉に同じ」と説かれている。即ち酒を搾る道具でもある。而して簀は「葦荻の薄」と註せられており、葦で造ったスダレである。さて牀と簀とを置いた酒槽に醅を満たすと、このスダレで漉されて清酒が滴り落ちるわけである。もちろん石を用いて上から圧すのである。しかる後、牀の上部に糟が残る。故にまたこれを「糟牀」とも呼んでいるわけである。**○松節**「本草綱目」に云う「松節は松の骨なり。質堅く気勁く、久しきも亦朽ちず」と。肥松（コエマツ）のことらしい。而してこれを浸して造った松節酒は筋骨の風湿諸病に宜しいといっている。この薬効があるので酒牀にこれを附帯して用いるのであろう。**○酒膩**　醅の濃厚で、あぶらぎっているもの。**○羜**　五月羔、即ち生れて五箇月の小羊のこと。**○杜康の語**　魏の武帝の短歌行の「何を以て憂を解かん、惟だ杜康有るのみ」という有名な句を指すのであろう。杜康は上古の酒造りの名人、したがって酒を意味する。ここでは果して酒によって憂を解き得るや否や、と空しく（いたずらに）疑ったが、酒が搾られると愁眉は開けた、というのである。○**公田——黍を種う**　陶淵明が彭沢県の令となるや、公田に悉く秫（黏粟）を種えしめ、酒を造る料とせんとしたが、妻子は粳を種えんことを要望したので、「秫」と粳と五十畝ずつ種えることにした、という故事を借りたのである。ここには「黍」とあるが、日本のキビと異り、黏りが強く、酒造の料となすという。公田は公家の田である。淵明の場合は県令の官に対して与えられた田である。

酒牀　陸亀蒙

六尺様何奇、渓辺濯来潔。槽深貯方半、石重流還咽。閑移秋病可、偶聴寒夢欠。往往枕眠時、自疑陶靖節。

六尺　様何ぞ奇なる
渓辺　濯ぎ来って潔し。
槽は深くして貯え方に半し
石は重くして流れ還お咽ぶ。
閑に秋病の可なるを移し
偶ま寒夢の欠けたるを聴く。
往往　枕眠するの時
自ら疑う陶靖節かと。

長さ六尺で様式は実に変っている
谷川で洗って来たので清潔である。
槽が深いので貯えた諸味はちょうど半分
石が重いので流れ出る酒は猶お咽んでいる。
秋の病が癒えて閑に歩を移して近寄れば

偶然にも寒夜の夢の続きを聴くような音がする。
大抵いつでも枕に就いて眠る時
自分が陶淵明になったような気がする。

○六尺　酒牀(しゅしょう)の長さである。**○貯**　酒槽に盛られた醅(もろみ)である。**○石**　酒を圧搾する為の重石である。**○流**　酒牀より滴り、槽に溜った酒が音を立てて外に流れ出るのである。元代の文献によると、酒槽には鉄製の「金口」が附いている。**○秋病、寒夢**　この二句は難解であるが、妄(みだ)りに想像の説を述べるならば、こうもあろうか。秋からの病気が春になって良好になったので、長閑(のどか)に歩を移して春酒を搾っている所に近づけば、槽から流れ出る咽(むせ)ぶような音が、偶然にも見はてぬ寒夜の夢の延長でもあるかのように聴こえる。**○靖節**　陶淵明を世人は靖節先生と号する。

酒壚　さかば　皮日休

紅壚高幾尺、頗称幽人意。火作縹醪香、灰為冬醞気。有鎗尽龍頭、有主皆犢鼻。
倘得作杜根、傭保何足媿。

紅壚(こうろ)　高さ幾尺

頗る幽人の意に称う。
火は縹醪の香を作し
灰は冬醞の気を為す。
鎗有り尽く龍頭
主有り皆な犢鼻。
倘し杜根と作るを得ば
傭保　何ぞ媿るに足らん。

紅色の壚は高さ幾尺あろうか
頗る幽人吾の気に入った。
燗すると縹醪酒の香がする
冷なれば冬作りの飲料の気がする。
燗鍋は尽く龍頭が付いている
亭主は皆　猿股を穿いている。
もし杜根のように忠義の為めなら
酒屋に傭われても何にも恥じるに足らぬ。

○**酒壚**　土を累ねて高くし、上に酒甕を置いて酒を売るところである。詳しくは前出の王績の「過酒家」其三の註を見よ。○**縹醪**　酒名。北魏の太宗が一夜崔浩と国事を談じてこれに縹醪酒十杯と水精戎塩十匁を賜うたという話は有名であるが、実物においては未詳。ここでは単に美称たるに過ぎない。○**冬醞**　字書によれば、醞は濁漿であるといい、梅漿であるともいう。実物は分らない。○**火・灰**　火とは壚に火を入れて酒を温めることらしく、灰とは壚に火を入れず、冷のまま酒を飲ますことか。未詳。○**鎗**　俗に鐺と書く。鼎の類で足が三本あり、酒を温める器。つまり燗鍋（カンナベ）である。○**龍頭**　鎗の様式が分らないので見当が付かぬが、我が国の古代の鐺（カンナベ）をもって類推すると、鎗には口があって、その口が龍頭になっているのではなかろうか。○**犢鼻**　犢鼻褌のこと。犢は子牛である。その鼻のような形の短い褌子（ショート・パンツ）である。一説に、膝から上二寸を犢鼻穴といい、褌子の長さがここまでしかないので名づけられたのであると。労働者の服粧である。漢の文人司馬相如が愛人卓文君と四川の成都で酒店を営み、文君をして壚に当らしめ、自分は犢鼻褌を着けて酒器を洗った、という故事が幾らか背景になっているであろう。○**杜根**　後漢の安帝の時の忠臣。鄧太后を諫めて怒に触れ、ほとんど殺されんとして、逃れて酒家の傭人となったが、鄧氏が誅せられた後、再び起用されて侍御史となった。○**傭保**　やとい人。

酒壚　陸亀蒙

錦里多佳人、当壚自沽酒。高低過反坫、大小随円瓿。数銭紅燭下、滌器春江口。
若得奉君歓、十千求一斗。

錦里(きんり)　佳人多し
壚に当って自ら酒を沽(う)る。
高低　反坫(はんてん)に過ぎ
大小　円瓿(えんほう)に随う。
銭を数(かぞ)う紅燭の下(もと)
器を滌(あら)う春江の口。
若し君に歓を奉るを得ば
十千　一斗を求めん。

成都には美人が多い
壚の前にいて自ら酒を売る。
壚の高さは杯台(さかずきだい)より高く
大きさは円瓶(まるがめ)の大小に従(よ)る。
紅燭の下(もと)で売上げを勘定し

春江の川口で器を洗う。
もし君に付合って頂けるなら
一斗一万銭の美酒を奢ろう。

○**錦里**　四川の成都を称す。作者は蘇州の人で松江に隠れていながら、遥かに遠い成都を詠じたのは、恐らく上述の文君当壚の故事が脳裏にあるからであろう。○**壚に当る**　壚の前にいて酒を売ること。○**反坫**　上代の飲酒の礼において、献酬が終った後、爵（杯）を反して置く台で、土を築いて造ったもの。○**瓿**　小さい酒瓶。壚の上に瓶を置くのだから、瓶の大小に随って壚の大きさは定まるわけである。これで見ると、壚は単に酒瓶を載せる台に過ぎないらしいが、前の皮日休の詩では、場合によってはこれに鍋を架けて燗をする炉の用を兼ねるものの如く見うけられる。あるいは燗をする炉は別に設けられるのかも知れない。○**君**　友人と飲むものと仮定して、その人に対していう。○**十千一斗**　高価な美酒の意。魏の曹植の名都篇「美酒斗十千」の句から出た語。

酒旗　酒売る旗　皮日休

青幟闊数尺、懸於往来道。多為風所颺、時見酒名号。払払野橋幽、翻翻江市好。双眸復何事、終竟望君老。

青幟　闊さ数尺
往来の道於懸かる。
多く風の颺ぐる所と為り
時に酒の名号を見る。
払払として野橋に幽に
翻翻として江市に好し。
双眸　復た何事ぞ
終竟　君を望んで老ゆ。

長さ数尺の青旗が
往来の道に垂れ下っている。
しばしば風に吹き揚げられ
時として酒の名号が見える。
風に払われて橋の袂に動くも奥ゆかしく
ひらひらと河沿いの町に翻えるのも好い。
我が二つの眸は、まあ何たる事ぞ

結局　君を眺めて老いゆくのか。

○酒旗　酒を売る家に標識として立てる旗。**○青幟**　「広韻」に云う「青帘（はん）は酒家の望子」と。帘は幟である。望子は看板である。酒旗は青色を用いるのが普通であったのである。白居易（はくきょい）の杭州春望詩に「青旗　酒を沽（う）りて梨花を趁（お）う」と見え、鄭谷（ていこく）の旅寓洛南村舎詩に「青帘　酒家を認む」とある。**○闊**　酒旗は細長い旗であるから、闊（ひろ）さとは、つまり長さのことである。次の陸亀蒙（りくきもう）の作の註を見よ。**○払払**　旗が風に払い動かされる貌。**○翻翻**　ひるがえる貌。**○幽に・好し**　どちらも酒旗の情態である。**○終竟**　畢竟（ひっきょう）と同じ。結局ということである。**○君**　酒旗を擬人化して呼んだのである。

酒旗　陸亀蒙

揺揺倚青岸、遠蕩遊人思。風欹翠竹杠、雨澹香醪字。纔来隔煙見、已覚臨江遅。
大旆非不栄、其如有王事。

揺揺として青岸に倚り
遠蕩す遊人の思。
風は欹（かたむ）く翠竹の杠（こう）

雨は澹(あわく)す香醪(こうろう)の字。
纔(わずか)に来り煙(えん)を隔てて見れば
已に覚ゆ江に臨むの遅きを。
大旆(たいはい)　栄なら不(ざ)るに非ず
其れ王事有るが如し。

ゆらゆらと緑の岸に倚るさまは
遠目に遊人の心を蕩(うご)かす。
風は青竹の旗竿を傾け
雨は「香醪(こうろう)」の字を淡(あわ)くしている。
たった今来て霞を隔てて見たばかりなのに
早くも河辺に飛び立つ思い。
将帥旗(しょうすいき)まがいの大旗(おおはた)は栄誉ではないか
まるで国家の大事があるかのようで。

○**揺揺**　酒旗が揺れ動く。○**杠**　旗の竿である。○**香醪の字**　旗に酒の名号が書いてあるのである。前の皮日休の酒旗の詩の第四句を見よ。○**煙**　モヤもしくはカスミである。○**旆**　もとこれは軍隊で、将帥のしるしに建てた旗で、宋代の「爾雅音図」を見れば、幅狭く丈長くして、末に燕の尾のような形の帛(きぬ)を附けた旗である。郭璞(かくはく)の註によると、帛の全幅(ひとはば)、長さ八尺の末に燕尾を続けたものである。ところで明代の小説戯曲の挿絵に往々酒旗の図を見出すが、それらは皆この燕尾を備えている。つまりそれは旆の名残であって、唐代以来の風俗を伝承するものである。余は二十数年前、酒旗の沿革を考えてこれらの図に注目したが、それが唐代の旆の遺風であることにはまだ想い到らなかった（拙著「支那文学芸術考」の望子考を見よ）。○**王事** 国家の大事件。旆が本来将帥の用いる旗だから、このように言ったのである。

酒樽　さかだる　　皮日休

犠樽一何古、我抱期幽客。少恐消醍醐、満疑烘琥珀。猨窺曾撲瀉、鳥蹋経敧仄。
度度醒来看、皆如死生隔。

犠樽(ぎそん)　一(いつ)に何ぞ古なる
我抱いて幽客を期す。
少ければ恐る醍醐(だいご)を消するを
満たせば疑う琥珀を烘(こう)するを。
猨(さる)窺(うかが)うて曾(かつ)て撲瀉(ぼくしゃ)し

鳥　踏んで経て攲仄す。
度度　醒め来りて看れば
皆　死生の隔つるが如し。

牛形の樽は、まあ何と古風ではないか
私は抱いて世捨人の来るのを待つ。
少ければ醍醐味を消す恐れが有り
満たせば琥珀色を焦がす疑いが有る。
猿が窺き込んで覆えしたり
鳥が踏んで傾けたりした。
その度ごとに酔が醒めて来て看れば
みな死と生とが隔たるような気持。

○**犠樽**　「周礼」に六樽が挙げられている。犠樽・象樽・著樽・壺樽・大樽・山樽である。壺樽と大樽とが土器である外は、皆木を刻んで、それぞれの形にしたもので、犠樽は牛形に刻んだものである。唐代に在っては古風なものであった。○**期**　期日を約束して人の来るを待つこと。○**醍醐**　仏説にいうところの美味の極致。酒味をこれに比したのである。○**琥珀**　酒の色をこれに比したのである。○**烘**　火で物をあぶり乾かすこと。琥珀を烘るとは、酒の琥珀色が焦げた色に変わることらしい。○**少ければ――満たせば――**　この二句は難解であるが、多分こうであろう。樽が木製なので、酒を入れる量を少くすれば樽に吸収されて美味を消される恐れがあるし、多く満して、一度に飲みきれないで残しておくと、酒の淡黄色が茶褐色に変わる疑いがある、というのではあるまいか。日本酒でも瓢箪に入れて置くと、次第に茶褐色に変わるが、しかし味も濃くなって甘美になるものである。○**猨窺うて――鳥蹋んで――**　故事があるかも知れないが、未詳。猨は酒を好むといわれている。○**猨**　猿に同じ。○**蹋**　踏に同じ。○**撲瀉**　樽を手で覆して酒が流れ出ること。○**攲仄**　傾いて側になること。仄は側に同じ。○**曾経**　「曾経」と重ねて用いることが多い。これは分けて用いたので、二字は同義である。○**度**　この度は回数を表わす用法であろう。和訓タビ。二字重ねたのは他に用例を未だ見ないが、やはりタビタビということであろう。この一句の意味は、酔うて陶然たるところに、樽の酒を猿が覆えしたり鳥が傾けたりするので、タビタビ醒め来って樽を眺める、というのであろう。また案ずるに、あるいは前の句と関係なく、ただこの樽の酒を飲んで酔うたり醒めたりすることか。○**死生の隔つ**　酔は死であり、醒は生である。

酒樽　陸亀蒙

黄金即為侈、白石又太拙。斲得奇樹根、中如老蛟穴。時招山下叟、共酌林間月。

尽酔両忘言、誰能作天舌。

黄金は即ち侈と為し
白石は又太だ拙。
斲し得たり奇樹の根
中は老蛟の穴の如し。
時に山下の叟を招き
共に林間の月に酌む。
酔を尽して両ながら言を忘る
誰か能く天舌を作さん。

黄金製は奢侈であり
白石ではまた余り野暮くさい。
奇樹の根を切って造り
中は老蛟の穴のようである。
時として山下の叟を招き
共に林間の月に酌む。

十分酔って二人とも言葉を忘れる
誰が舌なんか動かせるものか。

○**斲** 木を打切ること。○**蛟** 龍の一種。能(よ)く大水を発生するものと空想された龍。和訓ミズチ。○**言を忘る** 何も余計なことを言う必要が無くなる。互に満足しきった情態である。○**天舌** 天より与えられた舌。持って生れた肉体的な舌である。この句の意味は、言語を忘れたから、舌を動かして俗談をする能力が無くなった、ということ。

春夕酒醒　春の夜の酔醒め　皮日休

四弦纔罷酔蛮奴、醽醁余香在翠炉。夜半醒来紅蠟短、一枝寒涙作珊瑚。

四弦纔(わずか)に罷(や)みて蛮奴(ばんど)酔い
醽醁(れいろく)の余香　翠炉に在り。
夜半醒め来れば紅蠟短く
一枝の寒涙　珊瑚と作る。

琵琶を弾き終えて蛮奴も酔い
酃湖の銘酒の香が翠の炉に残っている。
夜半に醒めて見れば紅蠟燭は短く
一本の流れた蠟が珊瑚となっている。

○**四弦**　琵琶を言う。○**蛮奴**　確かなことは未詳であるが、妓女のことらしい。妓女が琵琶を弾き終って、酒を飲んで酔うたのである。この後に選んだ羅鄴の「自遣」の詩に桑を摘む「姹女」（少女）に対して「江船に笛を吹き蛮奴舞う」と用いてあるのは、妓女的性格が判然としている。○**酃醁**　湘南省衡陽の東に酃湖があり、その水を取って醸した酒を酃渌という。渌はあるいは醁とも書く。○**翠炉**　緑色の炉。酒の燗をするに用いたのである。○**寒涙**　蠟の溶けて流れて固まったもの。それが紅蠟なので珊瑚のようになるわけである。

和襲美春夕酒醒　襲美（皮日休）の春夕酒醒の詩に和す　陸亀蒙

幾年無事傍江湖、酔倒黄公旧酒壚。覚後不知明月上、満身花影倩人扶。

幾年か無事　江湖に傍（そ）い
酔倒す黄公の旧酒壚に。
覚後　知不（しらず）　明月の上るを
満身の花影　人を倩（やと）うて扶（たす）く。

幾年か、ぶらぶら世間を渡りあるき
例の馴染（なじみ）の酒場で酔い倒れて、
目覚めて後、明月の上るも知らず
満身に花影をあびつつ人の肩を借りたものだ。

◎これは皮日休（ひじつきゅう）の前の一首に和して作ったのである。○**江湖**　民間のこと。官途に就かず、野に在って暮らすこと。○**黄公の酒壚**　晋の王戎（おうじゅう）はかつて嵇康（けいこう）・阮籍（げんせき）と黄公の酒壚で飲んだが、嵇・阮の死後この壚下を過ぎ、昔を追憶して嘆じた（世説、傷逝篇）。○**倩**　暫く雇うて使令すること。○**扶**　たすけて連れて行く。

酔中寄魯望一壺并一絶

酔中魯望（陸亀蒙）に酒一壺并に絶句一首を寄す　皮日休

門巷寥寥空紫苔、先生応渇解酲杯。酔中不得親相倚、故遣青州従事来。

門巷（もんこう）寥寥（りょうりょう）として空しく紫苔す
先生応（まさ）に渇すべし解酲杯。
酔中親（みずか）ら相い倚るを得不（ず）
故に青州の従事を遣わし来る。

門内は、ひっそりとして空しく苔むしており
先生は多分迎え酒が欲しい頃でしょうが、
生憎（あいにく）酔っていて自分で御伺い出来ませんので
だから機（き）の利いた属僚を遣わすことにしました。

○**一壺**　酒一本。○**一絶**　絶句一首。○**解酲杯**　酲は酔が残って気分の悪いこと。それを解く

（治療する）杯、つまり迎え酒である。○**青州の従事**　好い酒の異名。「世説新語」術解篇にいう、晋の桓温（かんおん）の部下に酒の味ききの上手がいたので、酒があるとまずこれに味をためさせたが、彼は好い酒を青州の従事と謂い、悪い酒を平原の督郵といった（いずれも官名）。それは青州に斉郡あり、平原に鬲（かく）県があるからで、従事は臍（へそ）に到るという意味、督郵は膈（むね）の上に在って住（とど）まるという意味である、と。蓋（けだ）し斉は臍に通じ、鬲は膈（胸膈）に通ずる。好い酒は臍までしみる。悪い酒は胸につかえる、という洒落である。ここではさらに「従事」（属官）の原義を生かして、これを使者として遣わす、と戯言したのである。

襲美酔中寄一壺并一絶、走筆次韻奉酬

襲美（皮日休）が酔中に酒一壺并に絶句一首を寄す、筆を走らせて次韻し酬し奉る　陸亀蒙

酒痕衣上雑莓苔。猶憶紅螺一両杯。正被遶籬荒菊笑、日斜還有白衣来。

酒痕は衣上に莓苔（まいたい）を雑（まじ）う
猶お憶（おも）う紅螺の一両杯。

正に遶籬（じょうり）　荒菊の笑いを被る（こうむ）
日は斜にして還（ま）た白衣の来る有り。

衣に残る酒の痕（あと）には苔も雑っている
それでもなお紅螺の杯（さかずき）で一二杯やりたいと思う。
生憎（あいにく）酒を切らして垣根の菊に笑われていたところに
日の傾く頃やはり白衣の使が酒を届けて来た。

○**次韻**　他人の詩と同じ韻字を押して作ること。ここでは皮日休（ひじつきゅう）の原作に押した「苔」「杯」「来」を用いている。○**酬**　報いること。返答である。○**莓苔を雑う**　酒に酔って転んだ拍子に衣に附着した苔が残っているのであろう。莓も苔である。○**紅螺**　この貝で造った杯。○**遶籬荒菊**　宅を囲る竹根と荒れた庭の菊と。○**笑いを被る**　垣根の菊に笑われるとは、恐らく紅螺で一二杯やりたいと思ったが、生憎（あいにく）酒を切らしていたのであろう。○**白衣の来る**　これは皮日休から酒を一本送って来たことを、陶淵明（とうえんめい）の「白衣送酒」の故事を借りていったのである。菊に笑われるというのも淵明の故事を背景にしている。故事は陶淵明の「九日閑居」の詩の篇末の註を見よ。

酒病偶作　二日酔いして、ふと作る　皮日休

鬱林歩障昼遮明、一炷濃香養病酲。何事晩来還欲飲、隔牆聞売蛤蜊声。

鬱林の歩障　昼　明(めい)を遮り
一炷の濃香　病酲を養う。
何事ぞ晩来　還(ま)た飲んと欲す
牆(しょう)を隔てて聞く蛤蜊(こうり)を売るの声。

森林の図の衝立(ついたて)で昼間に明(あか)りを遮り
一炷(ひとた)きの濃香で二日酔を静養していると、
何(どう)した事か夕方になると復(ま)た飲みたくなった
垣根越しに蛤蜊(あさり)を売る声が聞こえる。

○鬱林　未詳。鬱々たる茂林の図を歩障に画いてあるのか。**○歩障**　衝立(ついたて)のたぐい。**○蛤蜊**　アサリのたぐい。酒の肴にしようというわけかも知れぬ。

和襲美酒病偶作次韻　襲美の酒病偶作に和して次韻す　陸亀蒙

柳疎桐下晩窗明、秖有微風為析酲。唯欠白綃籠解散（自註。解散王倹髻名。時人皆慕之也）、洛生閑詠両三声。

柳は疎に桐は下りて晩窗明かなり
秖だ微風の析酲を為す有り。
唯だ欠く白綃　解散を籠み
（自註。解散は王倹の髻名。時人皆之を慕う也）
洛生閑詠す両三声。

柳は疎に桐の葉は落ちて夕べの窓は明るい
二日酔を解いてくれるは微風があるばかり。
ただ物足らないのは白絹で解散の髻を包んで
（自註。解散は王倹の髻の名。当時の人は皆これを慕ったものである）

洛陽書生の閑詠を二声三声しないことだ。

○析酲　酲は酒病。析は解く。二日酔を治すこと。○唯だ欠く　下句「両三声」まで管到している。二日酔を治すにはなお左の事をなすべきであるが、それが不足している。是非試みよと勧告したのである。○王倹　宋・斉間の学者。「七志」四十巻の書目を編したので著名。○洛生閑詠　晋代に洛陽の書生間に行われた吟詠。「晋書」謝安伝に「安本能く洛下書生の詠を為す」云々と。また、顧愷之伝に「或は其の洛生詠を作さんことを請う。答えて曰く、何ぞ老婢の声を作すに至らん」と。詩を吟詠したのであろう。

飲酒楽　酒を飲む楽しみ　聶夷中

(一)日月似有事、一夜行一周。草木猶須老、人生得無愁。
(二)一飲解百結、再飲破百憂。白髪欺貧賤、不入酔人頭。
(三)我願東海水、尽向杯中流。安得阮歩兵、同入酔郷遊。

(一)日月　事有るに似たり

一夜　行きて一周す。
草木猶お須（すべか）らく老ゆべし
人生　愁無きを得んや。

（二）一飲　百結を解き
再飲　百憂を破る。
白髪は貧賤を欺（しいた）ぐるも
酔人の頭に入ら不（ず）。

（三）我願わくば東海の水
尽く杯中に向って流れんことを。
安（いずく）んぞ阮歩兵を得て
同じく酔郷に入って遊ばん。

（一）月日（つきひ）は仕事で忙しそうに
一夜運行して一周する。
草木でさえも老いねばならぬのだから
人の生（よ）に愁無きことが出来ようか。

（二）一たび飲めば胸の結ぼれを解き

二たび飲めば百の憂いを破る。
白髪(しらが)は貧乏人を虐(しいた)げても
酔人の頭には生えはしない。

(三)我願わくば東海の水が
尽く杯中に向って流れ込まんことを。
何とかして阮籍(げんせき)のような酒豪を友とし
共に酔郷に入って遊びたいものだ。

◎作者聶夷中(ちょういちゅう)は咸通十二年(西紀八七一)の進士である。○**阮歩兵**　魏の阮籍。官は歩兵校尉に至る。竹林七賢の一人。酒を愛し、常に酔にまぎらして時世の危険を免がれた。

自遣　気ままに暮らす　　羅鄴

(一)四十年来詩酒徒、一生縁興滞江湖。不愁世上無人識、唯怕村中没酒沽。

(二)春巷摘桑喧姹女、江船吹笛舞蛮奴。焚魚酌醴酔堯代、吟向席門聊自娯。

（一）四十年来　詩酒の徒
一生　興に縁って江湖に滞る。
愁え不　世上　人の識る無きを
唯だ怕る村中　酒の沽う没きを。

（二）春巷　桑を摘んで姹女喧し
江船　笛を吹いて蛮奴舞う。
魚を焚き醴を酌んで堯代に酔い
吟じて席門に向って聊か自娯す。

（一）四十年このかた詩人酒徒として
一生　興にまかせて民間に滞る。
世上に識る人の無いのは苦にならぬ
村中に買う酒の無いのが心配なだけ。

（二）春の野に桑を摘んで少女らは喧しく
川の船に笛を吹いて踊り子は舞う。
魚を焼き濁酒を酌んで大御代に酔い
薦垂の荒屋に聊か自ら楽しむ。

◎作者羅鄴(らぎょう)は幾度も進士の試験を受けてついに及第せず、光化年間(西紀八九八〜九〇〇)に至って進士及第を追賜されたというから、それ以前に卒したわけである。◎前章は過去を叙し、後章は現在を述べている。○**自遣** 自娯の意に近い。遣は消遣(気ばらし、気らくに暮らす)の略語か。他の同題の詩を見ても、不遇の中に在ってくよくよしない気持が現われている。○**江湖に滞る** 彼の場合、幾度も落第して官途に就くを得ざること。○**奼女** 少女。○**蛮奴** ひなびた妓女のことらしい。○**醴** 原義は一夜造りの甜酒(あまざけ)であるが、ここのは濁酒のことであろう。○**堯代** 堯帝の時代のような治世。○**席門** 席(むしろ)を戸の代りに吊した入口。貧居のさま。

自遣　気ままに暮らす　　羅隠

得即高歌失即休、多愁多恨亦悠悠。今朝有酒今朝酔、明日愁来明日愁。

得れば即ち高歌し　失えば即ち休す
多愁　多恨　亦た悠悠。
今朝　酒有れば　今朝酔い

明日　愁来らば　明日愁いん。
得意なれば高歌し失敗したら止める
愁い多く恨み多くとも一向平気だ。
今朝酒があれば今朝酔っぱらい
明日愁が来たら明日愁えるまでさ。

◎作者羅隠は十度進士の試験を受けたが及第せず、後に五代の呉越王銭鏐に仕えてやや栄顕した。開平三年卒す、年七十七（西紀八三三〜九〇九）。羅鄴・羅虬と並んで江東の三羅と称せられたが、中でも彼が最も名高い。

酔著　酔いつぶれている　韓偓

万里清江万里天、一村桑柘一村煙。漁翁酔著無人喚、過午醒来雪満船。

万里の清江　万里の天

一村の桑柘　一村の煙。
漁翁　酔著して人の喚ぶ無し
午を過ぎ醒め来れば雪　船に満つ。

万里の澄んだ大川　万里の大空
村一面の桑畑　村一面の煙。
漁翁は酔いつぶれていて喚び起す人も無く
午を過ぎて醒めて見れば雪が一ぱい船に積っていた。

◎作者韓偓は龍紀元年（西紀八八九）の進士、兵部侍郎の官に至って貶せられ、天祐二年（九〇五）原官に復せられたが赴かず、閩（五代九国の一、今の福建省）に避けて卒す。○**柘**　桑のたぐい。和名ヤマグワ。古訓ツミ。○**酔著**　著は俗語の助字。動詞に添うと、動作が停滞し現行していることを表わす。○**喚**　喚び起こす。

半酔　ほろよい　韓偓

（一）水向東流竟不廻、紅顔白髪遞相催。壮心暗逐高歌尽、往事空因半酔来。
（二）雲護雁霜籠澹月、雨連鶯暁落残梅。西楼悵望芳菲節、処処斜陽草似苔。

（一）水は東に向って流れて竟に廻らず
紅顔　白髪　遞に相い催す。
壮心　暗に　高歌を逐うて尽き
往事　空しく半酔に因って来る。
（二）雲は雁霜を護って澹月を籠め
雨は鶯暁に連って残梅を落す。
西楼　悵望す芳菲の節
処処　斜陽　草　苔に似たり。

（一）水が東に向って流れて再び還らぬ如く
紅顔は白髪に迫られて遂に老いゆく。
壮大な心も　いつしか高歌の終ると共に消え
既往の追憶が空しく半酔に因って胸に浮んで来る。
（二）雲は霜夜を渡る雁を護って淡月を包み

やがて雨は鶯鳴く暁まで続いて残梅の花を落とす。
西楼に　なげきつつ眺める花薫る季節
処処（ところどころ）に夕日に照らされた草原が苔のように見える。

◎前章は抒情であり、後章は叙景である。抒情の第一第二句の意は李白の「将進酒」詩の冒頭四句の意に等しい。前篇を見よ。叙景の第一句は夜、第二句は暁、第三句は昼、第四句は暮である。時は早春。○**水は東に**　中国の地勢上、黄河も大江も皆東海に注いでいる。○**往事**　既往の追憶。○**半酔に因って来る**　ほろ酔いなればこそ昔の事を思い出すので、もし大酔すれば過去も現在も忘れるであろう。○**雁霜**　霜夜に空を渡る雁とでもいうことらしい。○**鶯暁**　鶯（ウグイスとは別の鳥）は夜のひき明けに、よく鳴くものらしい。○**芳菲**　花の香ばしきこと。○**処処**　草原が、ところどころに在るのである。○**草**　苔に似たり　楼上から望んだ遠景だから、草原が地に、へばりついて見えるのである。

対酒贈友人　酒に対して友人に贈る　韋荘

多病仍多感、君心自我心。浮生都是夢、浩歎不如吟。白雪篇篇麗、清酤盞盞深。

乱離倶老大、強酔莫霑襟。

多病　仍（よつ）て多感
君の心は自（おのず）から我が心。
浮生（ふせい）は都（すべ）て是れ夢
浩歎（こうたん）は吟ずるに如か不（ず）。
白雪　篇篇（へんぺん）　麗（うるわ）しく
清酤（せいこ）　盞盞（さんさん）　深し。
乱離　倶（とも）に老大
強酔して襟（きん）を霑（うるお）す莫れ。

多病にして多感
君の心は　もちろん僕の心。
浮世は　すべて夢だ
歎ずるより吟ずるがましだ。
傑作は幾篇でも出来る
清酒は何杯でもあるさ。

お互に乱世の老書生
やけ酒でも飲もう、めそめそするなよ。

◎作者韋荘（いそう）は乾寧元年（西紀八九四）の進士で、官途に就いたが、後に五代の蜀の王建に仕えてその重臣となった。彼は甚だ酒を嗜んだらしく、飲酒に関する作が多い。○**浩歎**　大いになげくこと。○**白雪**　陽春・白雪は高尚な歌曲の名。ある人が楚の都に来て下里・巴人という卑俗な曲を歌ったところが大いに流行し、陽春・白雪を歌ったところが和するものは数十人に過ぎなかったという故事で、宋玉の「対楚王問」（文選）に出ている。ここでは自作の詞（歌曲）を意味するであろう。韋荘は詞の作家としても優れていた。○**清酤**　清酒である。「詩経」商頌、烈祖篇に「既に清酤を載せ」とあり、註に酤は酒、と解く。○**乱離**　乱によって人民が離散すること。作者は唐末の乱世に遭遇したのである。○**老大**　老書生。老措大（そだい）の略語であろう。措大は貧士の称。

離筵訴酒　宴席を去るに当って酒に訴える　韋荘

感君情重惜分離、送我殷勤酒満卮。不是不能判酩酊、却憂前路酔醒時。

感ず君が情重くして分離を惜み
我を送って殷勤に酒卮に満たすを。
是れ酩酊を判する能わ不るに不
却って憂う前路　酔醒むるの時。

君が情義重くして離別を惜しみ
我を送って殷勤に杯に満たしてくれるのは有難いが、
今我が去るは酔い加減を判断できないからでなく
それよりも後で酔が醒めた時の事が心配なのだ。

○君　酒を擬人化す。**○判す**　酩酊の程度を判断する。まだまだ飲めるというのである。**○憂う**　宿酔すなわち二日酔の不快を心配するのである。

酒渇愛江清　酔醒めの水に川の清きを愛する　韋荘

酒渇何方療、江波一掬清。瀉甌如練色、漱歯作泉声。味帯他山雪、光含白露精。
只応千古後、長称伯倫情。

酒渇　何の方か療す
江波　一掬（いっきく）清し。
甌（おう）に瀉（そそ）げば練色の如く
歯を漱（すす）げば泉声を作す。
味は帯ぶ他山の雪
光は含む白露の精。
只応（ただまさ）に千古の後
長く伯倫の情に称（かな）うべし。

酒後の渇きを止める妙薬は
小波（さざなみ）の清き流れの一掬（ひとすく）いである。

碗に瀉げば練絹の色の如く
歯を漱げば泉の声がする。
他山の雪の味を帯び
白露の精の光を含む。
恐らく千代も変らず
長く酒豪の気に入るであろう。

○**酒渇**　酒を飲んで咽の渇くこと。○**方**　薬の処方。○**甌**　茶碗のたぐい。○**他山**　「他山之石」という語が「詩経」にあるので、何げなく用いたまでであろう。○**伯倫**　酒豪として名高い晋の劉伶の字。

題酒家　飲屋に題す　　韋荘

酒緑花紅客愛詩、落花春岸酒家旗。尋思避世為逋客、不酔長醒也是痴。

酒緑　花紅　客は詩を愛す

落花　春岸　酒家の旗。
尋思するに世を避けて逋客と為り
酔わ不して長く醒むるも也是れ痴。

酒は緑に花は紅　客は詩を愛す
花は散る春の河岸に酒家の旗。
つくづく思うに、世を避けて隠者となり
酔わずして長く醒めているのも愚かなこと。

○酒家の旗　前出の皮日休及び陸亀蒙唱和の酒旗の詩を見よ。**○逋客**　世を避けた隠者である。逋とは逃亡の意。

中酒　酒にあたる　韋荘

南隣酒熟愛相招、蘸甲傾来緑満瓢。一酔不知三日事、任他童稺作漁樵。

南隣　酒熟す　愛して相い招く
甲を蘸して傾け来り　緑　瓢に満つ。
一酔して知ら不　三日の事
他の童穉が漁樵を作すに任す。

南隣の酒が熟れたとて親切に招いてくれて
こぼれるほど　なみなみと瓢に緑酒を傾で来た。
一ぺんに酔うてしまって三日仕事を惰け
漁りも樵りも子供らに任せきり。

○**甲を蘸し**　甲は爪。蘸は水に沾すこと。酒をなみなみと酌むと酒器を持つ手の爪を沾す。故にこぼれるほど酌むことをいう。○**緑**　緑酒である。○**瓢**　壺の代りに瓢を用いるのであろう。田舎の生活らしい。○**他**　彼である。俗語。○**穉**　稚に同じ。

買酒不得　酒を買うて得られず　　韋莊

停尊待爾怪来遅、手挈空缾毷氉帰。満面春愁消不得、更看渓鷺寂寥飛。

尊を停めて爾を待ち
——来ること遅きを怪む
手に空缾を挈げて毷氉として帰る。
満面の春愁　消し得不
更に看る渓鷺の寂寥として飛ぶを。

樽を停めて汝を待てど
——来るのが遅いと怪しんでいると
使は手に空瓶を提げて浮かぬ顔で帰って来た。
これでは満面の春愁は消し得られない
改めて鷺の寂しく飛ぶのをじっと見つめる。

○**毷氉**　煩悶すること。字が毛の字に従っているのは、多分毛がもしゃくしゃと、もつれている感じであろう。

白酒両瓶送崔侍御　白酒二瓶を崔侍御に送る　徐夤

（一）雪化霜融好潑醅、満壺氷凍向春開。求従白石洞中得、攜向百花岩畔来。
（二）幾夕露珠寒貝歯、一泓銀水冷瓊杯。湖辺送与崔夫子、惟見嵇山尽日頽。

（一）雪化　霜融して　好く潑醅(はっぱい)す
満壺の氷凍　春に向って開く。
求めて白石洞中従(より)得て
攜(たずさ)えて百花岩畔(に)向来る。

（二）幾夕の露珠　貝歯を寒くし
一泓(おう)の銀水　瓊(けい)杯を冷やす。
湖辺　送与す　崔(さい)夫子
惟(た)だ見る嵇(けい)山の尽日頽(くず)るるを。

（一）雪の如く霜の如く溶解して吟味醸造した
　満壺の凍醪を春になって口を開けたのです。
　求めて白石の洞中より得て
　携えて花咲く岩のほとりに戻って来ました。
（二）これで幾夕かは露の珠が貝の歯に凍みつき
　清く湛えた銀の水が玉杯を冷やすでしょう。
　湖辺の崔先生に進呈申し上げます。
　尽日玉山の頽れるのが見られることでしょう。

◎作者徐夤は乾寧年間（西紀八九四〜八九七）の進士で、官に就いたが、やがて隠遁した。◎この詩の前章は美酒を手に入れた由を叙し、後章はこれを送る意を述べている。○**侍御**　官名。この人かつて仕えてこの官に至ったので、今は隠退の身らしい。○**雪化・霜融**　白酒の醅が雪の如く霜の如くに溶解していること。○**潑醅**　一度熟した醅に、再三原料を追加して醸すこと。こうすると酒が濃くなる。○**氷凍**　「詩経」七月の詩の毛伝に「春酒は凍醪也」とある。寒の中に造り込み、春になって口を開くのである。○**白石洞**　白酒だから、その醸造の所をこのように見立てたのである。○**百花**　春季に至って得来ったこと。○**岩畔**　作者の家の在るところらしい。○**露珠・銀水**　共に白酒をこれに喩えたのである。○**泓**　水清き貌。○**瓊杯**　玉杯。○**嵆山――頽る**　魏の嵆康（けいこう）は身長七尺八寸、風姿特秀であったので、時人がその酔うた有様を形容して「傀俄として玉山之将に崩れんとするが若し」と評したという（世説、容止篇）。これはこの故事を借りて崔侍御の酔態を予想したのである。

謝主人恵緑酒白魚

主人が緑酒と白魚を恵まれたるを謝す　　徐夤

早起雀声送喜頻、白魚芳酒寄来珍。馨香乍揭春風甕、撥剌初辞夜雨津。樽闊最
宜澄桂液、網疎殊未損霜鱗。不曾垂釣兼親醞、堪愧金台酔飽身。

早起　雀声　喜（よろこび）を送ること頻（しきり）に
白魚芳酒　寄せ来りて珍なり。
馨香（けいか）　乍（たちま）ち掲（けい）す春風の甕（おう）
撥剌（はつらつ）　初（はじめ）て辞す夜雨の津（しん）。
樽（そん）　闊（ひろ）く最も宜し　桂液を澄（ちょう）するに

網　疎く殊に未だ　霜鱗を損せず。
曾て垂釣と兼ねて親醞とをせ不
愧るに堪えたり金台　酔飽の身。

朝早く雀の声が頻に吉報を送って来る
果して珍しい白魚と芳酒とを頂戴した。
春風の瓶を開けたてで、ぷんぷん馨り
夜雨の港で捕りたてで、ぴちぴち跳る。
樽が闊いので桂液が、たっぷり這入っている
網が疎いので霜鱗が、すこしも損ねていない。
自分で釣りもせず醸しもしないで
このように優遇にあずかり御馳走になって痛み入ります。

○**主人**　作者が未だ志を得ずして人の家に客（恐らく塾師すなわち家庭教師）となっていた折の詩らしく、これはその家の主人である。○**白魚**　淡水魚で、色は青白、長いものは三四尺もあるという。○**掲**　カカグと訓ず。メクルこと。新酒の瓶の口の封をメクリ、始めて酌むのである。○**撥刺**　魚がぴちぴちはねること。○**津**　ミナト。○**桂液**　「楚辞」九歌などに見えて

いる桂酒である。肉桂を酒中に浸して置いて香を附けたもの。ただしここのは美称としてこれを借りたまでである。○**金台**　主人から優遇されていること。戦国時代燕の昭王が千金を台上に置いて、以て天下の士を延（ひ）いた、これを黄金台という。この故事に本づく。

中酒寄劉行軍　酒に中り、劉行軍に寄す　李建勲

甚矣頻頻酔、神昏体亦虚。肺傷徒問薬、髪落不盈梳。恋寝嫌明室、修生媿道書。
西峯老僧語、相勧合何如。

甚しい矣（かな）　頻頻（ひんぴん）に酔い
神昏（しんこん）して体も亦虚なり。
肺　傷んで徒（いたず）らに薬を問い
髪　落ちて梳（そ）に盈（み）たず。
寝（しん）を恋（こ）うて明室を嫌（きら）い
生を修むるは道書に媿（は）ず。
西峯の老僧の語

相い勧(いさ)む　合(まさ)に何如(いかに)すべき。

無茶苦茶だ、頻頻(しきり)に酔い
精神は昏乱し五体は虚弱となった。
肺臓は傷んで徒(いたず)らに薬を飲み
頭髪(かみげ)は抜けて櫛に盈(み)たない。
いつも睡(ねむ)くて明るい室(へや)を嫌い
養生法は道書に恥じる。
西の峯の老僧の言葉
あの勧告を如何にすべきか。

◎作者李建勲(りけんくん)は五代南唐の主たる李昇及び嗣主(ししゅ)たる璟(えい)に仕えた重臣である。○**中酒**　酒に中(あた)る。酒の為に健康を害う。○**行軍**　官名。○**道書**　道教の経典の中で養生法を説いた書を指す。

春日尊前示従事　春日樽の前で従事に示す　李建勲

州中案牘魚鱗密、界上軍書竹節稠。眼底好花渾似雪、甕頭春酒漫如油。東君不為留遅日、清鏡唯知促白頭。最覚此春無気味、不如庭草解忘憂。

州中の案牘は魚鱗　密に
界上の軍書は竹節　稠なり。
眼底の好花は渾て雪に似たり
甕頭の春酒は漫に油の如し。
東君は為さ不　遅日を留むるを
清鏡は唯知る　白頭を促すを。
最も覚ゆ　此の春は気味無きを
如不　庭草の忘憂を解するに。

州中の文書は魚の鱗ほど密かに
国境の軍書は竹の節ほど繁し。
眼に映る好花は都て雪に似ており
瓶の中の春酒は漫に油の如し。
春の神は日永を留めはしないで

鏡はただ人の白頭を促すことのみを知る。
本当にこの春は味気無きを覚える
庭の忘憂草にも及ばない。

○**従事**　属官。○**案牘**　官庁の文書。○**界上**　国境である。南唐は金陵（南京）に都し、大約今の江蘇・安徽・江西・福建の四省を領有した。○**軍書**　軍事上の文書。○**魚鱗・竹節**　密集することの形容である。稠もまた密であり、多いこと。○**雪に似たり**　多忙のため花を観賞する暇も無く、ただ雪の如く白く眼に映るばかりである。○**油の如し**　どろりとした液体として瓶に湛えているばかりで、緩りと味わう暇もない。○**東君**　春の神。○**遅日**　春の日の永きこと。○**忘憂を解す**　萱草（和名カンゾウ）を一に忘憂草と名づける。これを庭に植えると憂を忘れるという。

春宴河亭　春の日河ぞいの亭に宴す　　劉兼

（一）柳擺軽糸払嫩黄、檻前流水満池塘。一筵金翠臨芳岸、四面煙花出粉墻。
（二）舞袖逐風翻繡浪、歌塵随燕下雕梁。蛮箋象管休凝思、且放春心入酔郷。

（一）柳は軽糸を擺(ゆるが)して嫩黄(どんき)を払い
檻前(かんぜん)　流水　池塘(ちとう)に満つ。
一筵の金翠　芳岸に臨み
四面の煙花　粉墻(ふんしょう)に出ず。
（二）舞袖は風を逐(お)うて繍浪を翻(ひるが)えし
歌塵は燕に随って雕梁(ちょうりょう)を下(くだ)る。
蛮箋　象管　凝思(ぎょうし)するを休(や)めて
且(しばら)く春心を放(はな)って酔郷に入らん。

（一）柳は糸をなびかせ芽を噴(ふ)いており
欄干の前には流水が池塘(つつみ)に満ちている。
宴席の美女が岸の花を見ており
四面の春花は白壁の垣から窺(のぞ)いている。
（二）舞袖は風を逐(お)うて繍(ぬい)の浪を翻えし
歌声は燕に随って梁(うつばり)の塵を飛ばす。
詩箋をのべ筆を執って思案するを止めて

まあ春に浮かれて酔郷に入ろう。

◎作者劉兼は五代末の人で、栄州（今の四川省栄県）の刺史に任じたというから、後蜀に仕えたのである。作品を観ると成都などで大分遊蕩したらしい。◎前章は宴前の情景。後章は宴の開かれた後。○**嫩黄**　柳の新芽。○**払**　新芽を附けた柳の条が振れ動くのである。張説の春雨詩に「払黄先変柳」（黄を払うて先ず柳を変ず）とあると同例である。「擺」と動作が重複している。○**檻**　我国で言えば、まず縁側の欄干に当る。厳密に言えば、櫺（格子）になっているのが欄で、板を張ったのが檻であるという。○**金翠**　黄金や翡翠の毛で造った婦人の首飾（かみかざり）である。魏の曹植の洛神賦に「金翠之首飾を戴き」と出ている。宴席に来た妓女どもが対岸の花を眺めているのである。○**煙花**　煙はカスミである。カスミの多い季節の花。即ち春の花。○**繡浪**　刺繡した舞袖の動きを浪に見立てたのである。○**歌塵**　漢代に魯の人虞公という歌の名人があって、その発声が清哀で、歌えば梁の塵を動かしたという。これは有名な故事で、類書には「劉向別録」を引いているが、原本は今は伝わらない。○**雕梁**　雕は彫に通ずる。彫とは模様を画くこと。古代の建築は梁が露出しているので、これに模様を画いて粧飾した。○**蛮箋**　外国から輸入した珍らしい詩箋。○**象管**　象牙の軸の筆。

春昼酔眠　春の昼に酔うて眠る　劉兼

朱欄芳草緑繊繊、攲枕高堂捲昼簾。処処落花春寂寂、時時中酒病懨懨。塞鴻信断雖堪訝、梁燕詞多且莫嫌。自有巻書銷永日、霜華未用鬢辺添。

朱欄の芳草　緑繊繊(せんせん)たり
攲枕(きちん)して高堂に昼簾を捲く。
処処　落花して春　寂寂(せきせき)たり
時時　中酒して病　懨懨(えんえん)たり。
塞鴻　信　断えて訝(いぶか)るに堪えたりと雖も
梁燕　詞　多し且(しばら)く嫌(あきたらざ)る莫し。
自ら巻書有りて永日を銷す
霜華　未だ用いず鬢辺(びんぺん)に添うるを。

朱塗の欄(てすり)に芳草が緑なよなよとしているを
横向きに枕をすけて高堂に簾を捲いて眺める。

処処（ところどころ）の花が散って春は寂（さび）しく
時時（ときどき）酒に中（あた）って病みおとろえる。
塞（とりで）を越えて来る鴻（ひしくい）の音ずれ断（た）えたは淋しいけれど
梁（うつばり）に巣くう燕が多言（おしゃべり）するので、まあ不足はない。
自分には書物もあるので日永（ひなが）を消せる
鬢（びん）の毛に霜を添える心配は未だない。

○**朱欄**　花壇の周囲に設けられた手摺（てすり）。それが朱色に塗られているのである。○**緑繊繊**　欄内の芳草が青くしてなよなよとしている。○**攲枕**　攲は傾側である。頭を側（よこ）に傾けて枕をすけることらしい。こうして臥ながら窓外の景色を眺めるわけ。○**懨懨**　衰弱した貌。○**塞鴻信断え**　音信を確信・雁書という熟語は、漢の蘇武（そぶ）の故事から出て普通に行われているが、鴻を音信といからませた用法は未だ聞かない。蓋（けだ）し「詩経」以来の詩文に「鴻雁」と連用されるので、類似の鳥として雁を鴻と転用したのであろう。当時列国が分立して争っていたから塞（とりで）の内外は音信が不通であったわけである。作者は長安の人で、蜀に来て仕えていたから、故郷との音信が断たれたことを歎じたのであろう。

贅言（酒と私）

私は子供の時分から好んで酒を飲んだ。親譲りの体質に恵まれた上に、幼にして母方の従兄に飲むことを教えられた。まずその指導は、母の里（豊前八屋町）の倉の二階に私を連れこんで、伯母が秘蔵の焼酎漬の青梅を食うた揚句、いささか焼酎を嘗めることさえあるに始まった。下関の実家の兄は三歳年長であったが、酒の方は私より三歳くらい後れていた。それでも父の血を引いて酒ずきであった。私がまだ小学校で、兄はすでに長府の中学校に入っていた頃、休暇で家にいる時など、勉強すると称して殊勝らしく二人で机を並べてはいるが、時として私を台所に酒を偸みに遣って、一つのコップを代る代る飲んだ。私は色に出なかったらしいが、兄は赤くなって母に見咎められた。二人とも口を張ってハアハア言って息を嗅がせられ、そして悪いことを教えてはならぬと兄が叱られた。

私が数え年の十四歳で福岡県立豊津中学校に入学した時、五六歳年上の従兄は、学業不振で年季を入れた為に、まだ四年生であったが、酒はすでに一人前の飲み手であった。彼はその学友の下宿で会飲する席に新入生の私を伴った。私も飲んでそこに雑魚寝し、夜半目覚めて咽は渇くが、勝手知らぬ家で水を得られず、苦しかったことを記憶している。酒が本当に旨いものだと知ったのは、その年の秋のこと、英彦山を越え耶馬渓を下る三泊の修学旅行の第一日、彦山村の宿から希望者のみ自由行動で最高峰の豊前坊に登る途中、あえぎあえぎ渇を忍んでようやく辿り着いた一軒の茶店で、勝手知ったる誰かがコップに酒を注いでもらって来て飲みながら、旨い旨い、と言う。私も一杯を友と分ち飲んでみると、冷んやりとして甘く、成るほど旨いと思った。従兄は五年生になりそこねて退学した。私は取り残されたが、豊津から一里余り隔てた松原という所に叔母の家があって、村の祭には毎年招かれた。鼻と胸の赤く焼けた叔母の夫は、なかなかの飲み手で、吾々少年にも大いに勧めてくれた。四年生の頃は、もう私も自ら飲を欲するほどになっていた。時は日露戦争の最中、旅順の開城とか、奉天の陥落とか、捷報を聞くごとに、仲良し数人と、彼等が自炊していた山中の一軒屋で祝杯を挙げた。

　中学を卒ると、七月の高等学校受験までの間上京して小石川なる杉浦重剛先生の称好塾に預けられた。ところがこの塾は、酒をもって人間を陶冶するかと思われるほど、実に飲むことが多く、皆善く飲んだ。先輩の話では、先生の御説として、酒ぐらい飲めぬ者は駄目だ、酒を飲んで乱れたり、身を持ちくずすような奴は、どうせ役に立たぬ劣等者だ、と言うので、つまり酒によって青年の意気を盛んにすると共に、よくこの試錬に耐えしめようとしたものらしい。塾の宴会には先生御一家も列席せられ、指名会と称して、次々に指名して詩吟が行われた。杉浦先生がまず一番に吟じられたように記憶するが、同居していられた奥様の御老母が、御郷里の民謡「土佐の高知のはりまや橋」を歌われたのが印象に残る。塾生も皆よくこの謡を歌った。こんなふうで飲むことが多く、試験準備の方は怠りがちであったが、酒の方はこの三箇月余りで大いに手を上げたらしい。

姉は嫁に行き、兄は米国に行き、私は熊本の第五高等学校に行った。がここで図らずも禁酒令に引掛った。時の校長桜井房記先生は、新入生十人ほどずつを一組として校長室に招き、飲酒経験の有無、好むや否やを、一人一人訊問した上で、禁酒を宣誓させた。私共の組で、飲んだと言い、好むと答えたのは私一人であった。如何なる場合、如何なる所で飲んだかと問われて、その最も著しきは最近、東京の杉浦重剛先生の称好塾で盛んに飲まされたと答えると、校長は目を円くして、杉浦先生のような方が、と言って、信じられぬといった面持ちであった。ともかく在学中は飲んではならぬ、との厳命に、致方ありません、と心ならずも誓わせられた。さて寄宿舎に入って見ると、なんの禁酒なものか。同室の一人の所に遊びに来る古参の某生は、前学年末のこと、酔って夜遅く戻って、二階の寝室の窓から放尿中、誤って落ちて大怪我をしたので試験を受けられず、学業の方も落ちたのだという話。同室生の親睦会も牛の鋤焼で牛飲する有様なので、私はほっとした。やがて秋の発火演習が行われ、二泊か三泊で県下を行軍した。大抵は地方の有志家に分宿するのであるが、ある日私共の泊めてもらった家で、一同列んで膳に就き、吸物椀の蓋を取ると、汁ばかりで実は無い。いぶかしく思ったが、ただぷんと鼻をつく香でそれと分ると、一同顔を見合わせて笑った。飲める者は喜んで吸い、飲めない者は黙って蓋をして適当に飲める者に譲った。禁酒令下の修学旅行中の一風景で、いつまでも忘られぬ愉快な思い出である。

私が二年に進んだ時、桜井校長はある事件の責任を負うて退き、代って松浦校長が山口高等学校から転じて来られたので、禁酒の宣誓は自然消解した形で、吾々は大びらに酒が飲めるようになった。高校は帝大に直結するので未来を嘱望され、相当高級な料理屋などでも優待して気楽に飲ませてくれた。私には水善寺公園の小料理屋は静かで好ましく、小鮒のフライのしゃりしゃりした感触は印象に残っている。それから熊本には麦で造ったアクモと称して、永年貯蔵のきく特産の酒があり、他国の人が肥後の赤酒と呼んでいるように、年数を経るに従って茶褐色になる。甘味が強いので私は好まなかったが、ある土曜日の午后、学友三人と熊本郊外の最高峰キボウという山に登るとて、麓の店屋で赤酒三本をビールの空罎に詰めさせて携え、日が暮れて辿りついた山頂の祠の拝殿で、蠟燭を点して缶詰を肴にこれを飲んだ味はまた格別であった。仙人が飲むと言われる流霞にも比すべきであろうと思われた。

京都大学に進んでからは、帰省すると父のお相伴で昼と晩とに杯が付くようになった。元来父は客を好むたちで、誰かと大声に放談しながら対酌するのでなければ酒が旨くなかったらしく、私の子供の頃は毎晩のように二階の客間で誰かと対酌する声を聞いた。老境に入るに従いようやく興が薄らいで来たようであったが、そこに私が少しは話し相手、飲み相手になれるほど成人し、そして兄は米国に行っていて久しく帰らず、父は淋しかったからであろう。私が多少酒の味を解し、酒の肴の小言を云うようになったのも、皆この間の庭訓によるのである。ところで京都における下宿生活は味気無いものであった。しかし一つの楽しみは、やはり酒を飲むことと、詩を読むことであった。そして愛読したのは大阪の嵩山堂発行、近藤元粋評点の「陶淵明詩集」と「李太白詩集」とであった。前者には「明治四十一年四月求之」と自書している。五高卒業直前熊本で買ったのである。後者には「明治四十一年初秋求之」と記している。京大入学早々京都で買ったわけである。「白楽天詩集」もこれと同時に求めたらしく、「明治戊申初秋」と記している。大体私は五高では法科志望で、裁判官にでも成ろうと思っていたが、中学時代を知っている同窓の学友から、君には向かん、文学をやれと熱心に勧められて、三年の三学期から文科のクラスに転じたのである。国文学が好きであったが、少し軟弱な嫌いがあるので、やる気がせず、幾分か父の影響もあって、ついに漢文学専攻に決心した。陶淵明集の購入は、蓋しまずこの決意を表明したのであったらしい。「楚辞燈」を買ったのもこの時である。笹川臨風の「支那文学史」を読み、中に引例された「西廂記」の一折を見て驚いたのも五高の末期で、京大に入るや早速「西廂記」評釈などを求めて元曲に齧り付いた。これらが私の支那文学専攻の発足であった。最も愛誦した集は李白の集であった。秋夜燈下に繙(ひもと)いていると、生唾が出て飲みたくなる。飛び出して四合罎を買って来て、番茶茶碗で傾けながら読むと一層面白くなる。註釈なんか無用である。杜甫の詩は、へむつかしくて、めそめそしていて嫌いであった。今も嫌いである。酒興を佐けるには何と云っても李白の詩が第一であった。

私が京都に来て気に入った酒の肴は川魚料理であった。海岸に育ったくせに海鮮魚を好まぬ私には、川の物は珍らしくもあり、海の物に比べると味が淡泊で好ましいものであった。大学入学の当初、文学科第一回生十数人の親睦会が清滝(きよたき)で催された。どんな料理であったか記憶にないが、季節の松茸と渓流の小魚とが主なるものであったはずで、これが私の川料理の食い始めらしい。それから、いつとはなしにヒガイやアマゴの良さを知り、鯉の子まぶしも好ましく、ゴリの味噌汁も案外乙なものと解って来たわけである。私共が卒業の時、支那学会で予餞会を開いてもらった所は、高野川沿岸、山端(やまばな)の平八茶屋であった。その頃の平八は鄙びた野趣のある料理屋で、壬生狂言の外題で知られた山端のとろ汁が昔からの名物らしいが、やはり川料理が主であった。この時餞せらるる者は哲学一人、史学一人、文学三人であったが、文学の佐賀東周君（建仁寺両足院住持。早逝）と私とが飲み手として最後まで居残り、幹事の小島祐馬君（京大名誉教授、日本学士院会員）本田成之君（龍谷大学教授。已故）と四人で遅くまで飲んで、戻りにはさらに三合ほど入る特大の銚子を一本ずつ紐で吊しても らって首に掛け、道々飲みつつ一里余りの路を蹣跚（まんさん）として帰ったが、佐賀君が一番遠く、建仁寺までは二里以上あったであろう。それから九年の後、小島・本田両兄と私とが主幹となって月刊雑誌「支那学」を発行するようになった。三人で毎月集まって編輯（へんしゅう）会議をした後、必ず痛飲放談するを常とした。酒量は小島君が一番大きかったようである。本田君は平生晩酌せずして、寝酒に相当多量を用いる癖があってついに胃を害し、惜しくも戦時中他界された。小島君は京大を停年退職後、郷里に隠棲し、齢喜寿を越え、矍鑠としてこの節なかなか飲まれると、門弟たちは伝えている。

私が自分で晩酌を始めたのは、大学卒業の翌年から結婚まで、一年余り下宿した洛北田中村の農家の老婆に勧められてからである。私は学生時代、酒を飲むことを下宿の人に知られるのがいやで、空罎なんかも、こっそり藪の中に捨てた。外で飲んでも、家の前まで来ると、務めて平静にして、さりげなく自室に這入った。ところがこの農家の離座敷を借りてから、私もすでに一人前の文学士であり、それにこの家の老婆が飲める口なので、酒飲みの心理を解していたらしく、私に勧めて小さい樽を据えさせ、毎夕二本を度として燗を付けてくれた。時に私は数え年の二十六歳であったから、それから今日まで指折り数えて見れば四十八年間、名のつく病気の時以外は、かつて一夕もこれを廃したことなく飲み続けて来たのである。それから嫁捜しの第一条件は、酒飲みを嫌わないこと、ということを母に厳しく申出ておいたが、三百年来の封建的家庭に育った娘は、これに就いては何も聞かされず、父の一存で命ぜられるままに私の所に嫁いで来たのである。もちろん未だかつて私が酒を飲むことに就いて一度も不平を言ったこともなく、命ずるままに毎日酒の肴を作りつづけてくれているが、ただ一向料理が上達しないのが玉に瑕（きず）である。彼女の父は酒量こそ極めて小戸であったが、酒を愛して昼と晩との膳にこれを欠がしたことなく、少量の酒に舌鼓を打ちながら、旨いのう、死にともないのう、と言いつつ九十一歳まで飲みつづけてこの世を去った。

酒を飲む以上、酔っぱらって転ぶくらいのことは、誰でも二度や三度は経験するであろう。私も回顧してみると三度だけは思い出せる。第一回は五高在学中、クラス会の帰途、練兵場の附近であったと思うが、暗い道を学友と放言しながら歩いていたら、足がふらふらとして、ふわりと転落し、むしろ良い気持で堤の下に臥（ね）ころんだ。「荘子」にいうところの、酔える者は車から落ちても死なない、の理を体験したのである。第二回は大学を卒業したばかりの二十五歳の秋であった。武徳会で新設した武術教員養成の学校に、一週三時間漢文を教えに出ることになったが、たまたま専門学校に昇格中請中で、文部省から督学官が来るに就いて多少教務を手伝わされた。やがて認可が来たので、校長代理の主事と、老巧な事務員とは、慰労と称して私を洋食屋に誘って晩餐を共にした。その日はこれで済んだが、二三日すると、多分土曜日だったか、二人は、一杯飲みに行きましょう、と私を誘い出して、四条大橋を下った所の粋な料理屋に上りこみ、川向うから中年増の芸妓を二人呼びよせ、一緒に飲んだり食ったりして、それから皆で、ぞろぞろと人込みの中を四条橋を渡って祇園の方へ歩いて行くのだから不体裁極まる。もし知った人にでも出逢ったらと、私は連中から離れて歩こうとすると、老妓は私の手を引張って離さないので、きまりの悪いことこの上ない。しかし酔眼朦朧となり、頭も多少痴呆していたので、ままよとついに諦めて、老妓の導くがままに花見小路あたりの某家へ這入りこんだ。女将が出て来て雑談したり、座敷の空いている妓も出て来て一緒に飲んだりして、家庭的雰囲気に心安さを覚えて、私も黙々として杯を重ねた。さて夜更けて人力車で吉田まで帰って来たが、どうも下宿まで乗りつけるのは気がひけるので、半丁ほど手前で車を止めさせ、危ない足取りで歩いていたら、ふと片足踏みはずして路傍の遣り水に突込んだ。よろけて手をついたが顚倒（てんとう）は免れ、幸い水も浅くて編上げ靴の中まで透るほどでなく、ズボンの裾を湿らした程度であった。苦笑しながら下宿の戸を叩いて、こそこそ二階に上って寝たことであろう。二三日すると、事務員が何か書類を差出して捺印を乞い、にやにやしながら、先日は御馳走になりました、と礼を言った。何の事やら分らず、後で考えて見て、ああ、そうか、成るほど、とようやく合点が行った。

第三回目が大変である。これより先き、大正五年に吾々の間に麗沢(りたく)社が起った。それは各自作った漢文を持寄り、狩野君山・内藤湖南両先生に添削を乞い、後で晩餐を共にする会なのである。大阪にも西村天囚先生を中心とする景社があって、両社は時として連合の会を開いた。あれは多分大正十年のことであったと思うが、この連合会が席を宇治の一寺院に借りて開かれたことがある。散会後、有志はさらに席を旗亭に移して二次会を催した。私は大酔して小島・本田等の諸君と帰途に就き、電車を伏見の中書島(ちゅうしょじま)で乗換える為に向側に渡ろうとして、高下駄か利休の歯が線路に挟まったはずみに、ころりと仰向けに転んだ、電車が這入って来ては大変、起上ろうとして身をもがいたが、運動神経が麻痺していて動けない。諸君は笑っているばかりで、起してくれない。これも皆酔っていて起こせないのである。絶体絶命。するとプラットホームから一人の青年士官が飛び下りて来て起してくれた。ああ助かった、とほっとして笑いながら礼を言った。間もなく電車が這入って来たので、ぞっとした。あの時ぐらい恐怖を感じたことは生涯に二度と無かった。やはりこの時であったと思うが、京阪電車の三条終点で人力車を雇い、北白川の寓居に帰る途中、眠り込んでしまい、夢うつつで車夫に白川の坂を上れ上れと命じたらしく、車夫が、もうこれから上に家はありませんよ、と言うので気が付いて見ると、叡山へ登り口の水力伸銅工場の所まで来ていた。引返させて、やっと吾家へ帰り着いたが、落語にもある通り、車夫は案外酔っぱらいを、いたわってくれるものである。

私は生れつき脾胃（ひい）虚弱で、いつも父の処方による健胃消化剤を絶やしたことはなかった。されば学窓を巣立ってから、京洛で放情すること十数年、暴飲の為に常に胃病に苦しんだ。その最も悪るかったのは大正八九年の頃、修学院村高野に住居した時代である。医者ぎらいの私も心配になって、ついに大学病院に出かけた。酒を飲んでいては治癒は不可能と宣言されて、已むを得ず止酒した。夕餉の膳に向っても十分か十五分で、あっけなく終り、拍子抜けして馬鹿馬鹿しいが、それでも済んでしまえば諦められる。それよりも食前の半時がつらい。夕方になっても希望は阻まれているので、縁側に立って、ぼんやり川向うの山を眺めていると、気が滅入りこむようで、もの淋しいどころではない、うら悲しくなって来る。なんだか遠い所へ行ってしまうような気がする。陶淵明の止酒の詩に、扶桑の島へ行こうと空想した気持がよく分る。このような情態で三箇月くらい止酒したろうか。いや、一箇月くらいだった、と老妻は云う。とかくして、やや胃の具合が落着いて来たので、まずウイスキーを紅茶に少し滴らして飲むことから始めた。これは医者なる吾が父が胃病で永らく止酒した時、日本酒を廃して、ウイスキーを船小屋（ふなごや）の炭酸水に落して飲んでいたのに倣ったのである。

船小屋温泉は筑前（？）に在り、炭酸泉で胃病に効くといい、父も湯治に行っていたことがある。そこで製した炭酸水が関門間では市販されていた。さて私のホットウィスキー飲用が、どのくらい続いたか、とてもこのような物で辛棒できるはずはない。とにかく日本酒でなくては。その頃述懐の腰折れに「一杯は薬、二杯は害あらじ、三杯四杯いつか酔いぬる」とある。こんな不摂生では到底治癒は望めない。大正十一年三月江南の春を尋ね、五月長江を溯った時も、胃痛の為に廬山から引返し、ついに北京に廻る予定を断念して帰国したのである。

かつて小島君の語るところによると、その厳君も若い時分は常に胃病に苦しまれたが、老年に至って忘れたように癒った、ただ甚だ小食であると。私はこれを聴いて聊か自ら慰めて希望を失わなかった。果せるかな、大正十五年仙台に移ってから、いつとはなしに胸やけ・胃の痛みなどが少くなった。それは一つには酒友がいなくなったことと、東北の米は粘りけが少く、消化し易い為ではなかろうかと思った。仙台の風土は胸の病には悪いが、胃腸には善いという話も聞いた。さらに滝川亀太郎先生（久しく第二高等学校教授たり、当時は東北大学講師。已故）から、その養生法として、晩酌には成るべく多くの肴を食し、酒後は飯を食わぬこと、と教えられ、早速これを実行した。昭和十三年京都に復帰してからもこの法を続けて成績が好く、私はほとんど胃病を忘れてしまったが、戦時中晩酌の出来ぬことが多くなって、仕方なしに晩飯を取り始めた。しかし酒が切れてついに栄養失調で三箇月ほど床に就いた。幸い弘文堂書房主人の斡旋で少々ずつ薬が這入るようになって一命を取り留めた。飲食物の不足は苦しかったが、胃の為にはかえって休養となって、戦後私の胃は益々快調であり、酒量も未だ衰えないのを喜んでいる。ただ若い頃から自慢の歯が、すっかり衰えて、好物の硬い物が食えないのが残念な。

若い頃酒の為にとにかく胃を傷めがちだったので、飲酒癖を牽制する一手段として、喫茶の趣味を喚起しようと企てた。但し私は平生好ましからざる趣味の代表として、謡曲、茶人趣味、つくね芋の山水画、の三者を挙げていたほどだから、五郎八茶碗をささらで攪き廻すような抹茶をやる気は毛頭無い。始めたのは文人趣味の煎茶である。まず取り付きの参考書として明の屠隆の「考槃余事」の茶箋と、それに我が田能村竹田の「茶説図譜」によって茶器を揃えなどした。上田秋成の「清風瑣言」によると、湯沸しは土器に限る、鉄瓶はかなけがあって茶に合わないというので、宜興の泥壺を用いたり、竹田の説に従って白折を求めて喫したりした。「考槃余事」養水の説によれば、白い小石を甕の中に入れ置くと、能くその味を養い水を澄ます、というので実験して見ると、井戸水で試みても底の小石に垢が附着するので、成程と感心した。高野川の水を汲んで来て養って見たり、叡山の石切り道の方から山泉を汲んで来て養って見たりしたが、結局この趣味は付け焼刃で物にならず、私を左派から転向させるに足らなかった。これは私が田中村大溝に寓居した時から修学院村高野に屏居した間のことであるから、大体大正五年から十年まで、数え年の三十歳から三十五歳ぐらいの間のことであった。老年に及んで益々茶に親しむようになって、味もようやく佳境に入り来り、午前中必ず一度は喫茶する習慣がついた。この時茶受けに糖分も取る。ただ昼食を過ぎたら絶対に甘い物は食わない。晩酌の酒味に響くからである。私は茶の味を覚えてから、折にふれて茶に関する中華の書をかなり渉猟した。酒に関する書はもちろん読んだが、これは茶書の盛んなると比較にならず、残念ながら劣勢である。ただ詩に詠ぜらるるところは酒が圧倒的優勢である。これ私がまず飲酒詩の訳註を企てた所以であり、これに次いでは茶書の訳註を予定しているのである。茶は二日酔いには最も妙薬であり、酒の従者として茶の功もまた大きい。

謹厳無比の司馬温公が嘗て或人の庵に題して曰う（漁隠叢話前集廿八）

清茶淡話　難逢友（清茶淡話は友に逢い難く）

濁酒　狂歌　易得朋（濁酒　狂歌は朋を得　易し）

軍配は果して孰れに揚げられているのであろうか。

昭和三十五年七月十七日祇園祭の夜脱稿

洛北下鴨の守拙廬に於て　七十三叟　迷陽道人識

解説　父青木正児のことなど

中村　喬

実のところ、平素の父を、私はあまり知らない。それは私が末の子で、共に暮らす年月が短かったという事もあるが、昔の家はみなそうだったのか、我が家では父の生活と子供たちの生活とが、玄関を挟んで右左に分かれていて、聞こえるのはその咳払いぐらいだった。さすがに夕食は同じ食卓を囲んだが、家族が多かったため食卓もかなり大きく、その南角に据えた火鉢を、父と母が挟んで座し、子供たちはその北側に列座していた。末っ子だった私は、最も離れた北の端で、まったくの他人様である。しかも我が家では、父と子供たちが直接話を交わすことはなく、父と母の会話を聞くだけだった。だから私が小さい時、近所の子供たちが「お父さん」と呼んでいる存在がよく分からず、小学校に入って最初に、先生から「お父さんの名前は」と問われて、他の子たちは「なにがし」と答えていたが、私は答えられなかった。

加えて私は、小学校時代は学童疎開で田舎に行っていたし、戦後しばらくして、やっと京都に帰って来ると、今度は入れ替わりに、父が山口大学に行くこととなり、母と共に山口に去った。父が京都に帰ってきたのは、私が大学三回生のときで、数年して大学を卒業すると、ほどなく私が結婚をして青木家を去る。こうした次第だから、父と共に過ごした時間は極めて短く、また生活を共にしても、会話がないので、父のことを知ろうにも知りようがないのである。

そんな中で、最近私が思い出す父と母との会話がある。それは私が大学生の時だったと思う。話の前後は覚えていないが、何故だか父が「幽霊が怖い」と言い出した。母が「そんな。人に恨まれるようなことをしていなければ、幽霊なんか出ませんよ」と言うと、父は「何事にも間違いというものがあろう。間違って出てくるかもしれんじゃないか」と言った。謹厳な父の口から、そんな言葉が出ようとは思いも掛けなかったので、耳に残っている。と同時に、幽霊はそんなに歳を取っても怖いものなのかなあ、と可笑しくもあった。しかし今、父の享年よりも十歳も年上となった私も、最近つくづくと幽霊が怖いと思うようになった。やはり父の子なのである。ついでに思い出したのは、父が第五高等学校の学生だったとき、酒宴の帰りに、とある原っぱを横切ろうとした。さほど広くもない原っぱなのだが、行けども行けども抜けられない。そのうち辺りが明るくなって、何のこと無く抜けられたが、「あれは狐に化かされたのじゃ」と平然と言っていた。これは姉から聞いた話。

いま一つ姉から聞いた話に、父が京都大学に入る経緯の話がある。父は五高を卒業後、東京大学の文学部に入るつもりで夜行列車に乗った。父の父は下関で医院を営んでいたが、東大医学部の第一期生だと聞く。だから父も当然大学は東大と思っていたようだ。ところが、その夜汽車内で出会った見知らぬ学生が、「君は何処へ行くのかね」と聞いてきた。「東京大学だよ」と答えると、「今度、京大の文学部に、幸田露伴先生が来るらしいぜ」と言う。それを聞いた父は、躊躇(ちゅうちょ)なく京都で降りて、京大に入ったと。

山口から京都に帰ってきた父は、私が通っていた大学に、講師として週一回出講することになった。最初は専攻が異なるので、気にもしていなかった。余談ながら、私がこの大学のこの専攻に在籍していたことについても記しておきたい。生来勉強嫌いの私は、中学生の時は不登校生、これではとても高校の試験には受かるまいと、姉が「美術専門の高校があるよ」と勧めてくれた。そこでその高校に行くことにしたが、そこでも絵は描くが一般の授業には出ない。このようであったから大学進学など論外。それが何の間違いか、立命館大学文学部の東洋史専攻に拾ってもらった。というわけで、東洋史だから、中国文学の父と会うことは無いと安心していたのである。ところが、大学院の博士課程には東洋史がなく、中国文学と合併となっていた。そこに入ってしまった私は、講師で来ていた父と、結局教室で相対することとなる。しかも当時院生は私一人、そこで一対一の講義と相成った。これには参った。父もやりにくかろうと思ったが、父は何の外連もなく、さっさと教室に入ってきて、何のこともなく講義を始めた。ちなみに、専攻の学問系列が同じだったので、学生の時から、友人たちに「家で教えてもらえるから、いいなあ」と言われていたが、私が父から教わったのは、後にも先にも、この一年間の講義だけである。とはいえ、私が曲がりなりにも中国学をやってこられたのは、やはり父のお蔭であろう。父は名物学にも興味を持っていたし、絵画にも興味を持っていた。殊に絵画は自ら絵筆を執って山水画を描き、日本画家の人見少華氏とも親交が深かった。こうした行動が、私に中国の文化史研究の目を開かせてくれたといえる。

父はお酒が好きだった。昔は年齢制限がなかったのか、中学生時代から飲んでいたようである。そのあたりの事は、本書巻末の「贅言」に自ら詳しく書いている。若い頃は相当無茶もしたようで、あるとき飲み過ぎて、電車を乗り換えるために向かい側に渡ろうとして転び、起き上がれずにいて、あわや電車に轢かれるところを、軍人さんに助けられた、という話は、我が家では有名である。もしこのとき助けられていなかったなら、我が兄姉の半分はこの世に生まれて来なかったし、私も当然存在しないわけで、その時の軍人さんには、重ね重ねお礼を言いたい。

私が知っているのは晩年の父なので、毎日ほんのわずか晩酌するだけであった。宋代の蘇東坡の「岐亭」詩五首の一首に、「三年黄州城、飲酒但飲湿」の句がある。これは東坡が黄州に謫されていたときの詩で、「飲湿」とは「酒は好きだが口を湿らす程度で、酔っ払うまでは飲まない」との意である。私はこの「飲湿」の語が好きで、私の知る父の酒は、まさにこのようであったと思う。蘇東坡はまた、「私は終日飲んでも、五合を過ぎない。自分は下戸だと言っている人も、私より飲めない人は居ないだろう。しかし人が酒を飲むのは好きだ。客が静かに盃を傾けているのを見ると、私の心も広々とし、酒を楽しんでいるということでは、客以上である。休日で家に居るときでも、一日として客が無いということはなく、客が来れば酒を出さないということはない。酒を愛すると言っている人でも、私より酒を愛する人は恐らく居ないだろう」（「書東皐子伝後」）と言っているが、この言葉も父を見ているようで好きだ。ただ、父には日々客を招く余裕はなかったが、一度、私が学生時代、山口の官舎を訪ねたとき、ちょうど大学の同僚たちを招いて飲んでいて、実に楽しそうだった。これを見ると、客と飲むのも嫌いではなかったようだ。ちなみに、蘇東坡の時代の酒「五合」は、今日の二合余りで、この点でも父の酒量と合う。

　これほど酒好きだった父にとって、戦後の酒が手に入らなかった時代は、まさに地獄だったろう。中国の歴史においても、しばしば厳しい禁酒令が出されているが、私醸を絶つことは出来ず、人々は清酒を聖人、濁酒を賢人と称して、けっこう飲んでいた。しかし戦後の日本では、酒そのものがないのだから、そうは行かない。それは辛いことだったに違いない。それを思うと、書物を読んでいても、禁酒や断酒の語が出てくるたびに、心が痛む。

父は学生時代から、詩を読むのが好きで、大学に入ってからは『陶淵明詩集』と『李太白詩集』を愛読したという。だいたい音曲が好きだったようで、三味線を習おうとしたこともあった。しかしその三味線を姉に持って行かれて、習えなかった、との話も聞いた。父が『支那近世戯曲史』を著したのも、その辺りに根があろう。詩の中でもとりわけ李白の詩を愛したことは、「贅言」に自ら言っているとおりであるが、晩年、その李白の詩の翻訳を手掛け、ようやく脱稿して、その原稿を自ら荷造りし、出版社へ送るよう母に託して、大学の講義へと出かけた。それが父の最後の姿で、時に別に居を構えていた私のもとへ、母から父が大学で倒れたとの知らせがあって、急いで駆けつけたときには、もう遅かった。院生に聞くと、「普通に講義を終わり、教室を出て階段の踊り場で倒れられた」とのこと。最後に李白で締めたところなども、父らしい人生だった、と私は思っている。

（中国文化史学者、立命館大学名誉教授）

編集付記

本書は、二〇〇八年四月に平凡社から刊行された『中華飲酒詩選』を底本としました。

現代の読者への読みやすさを考慮し、振り仮名の音読と送り仮名に用いられていた片仮名を平仮名に、旧仮名遣いを現代仮名遣いに改めました。また、難読と思われる語や地名・人名には振り仮名を追加する等の修正を加えました。

中華飲酒詩選

青木正児

令和6年 5月25日　初版発行

発行者●山下直久

発行●株式会社KADOKAWA
〒102-8177　東京都千代田区富士見2-13-3
電話　0570-002-301（ナビダイヤル）

角川文庫 24146

印刷所●株式会社暁印刷
製本所●本間製本株式会社

表紙画●和田三造

Printed in Japan
ISBN 978-4-04-400824-6　C0198

◇◇◇

角川文庫発刊に際して

角川源義

第二次世界大戦の敗北は、軍事力の敗北であった以上に、私たちの若い文化力の敗退であった。私たちの文化が戦争に対して如何に無力であり、単なるあだ花に過ぎなかったかを、私たちは身を以て体験し痛感した。西洋近代文化の摂取にとって、明治以後八十年の歳月は決して短かすぎたとは言えない。にもかかわらず、近代文化の伝統を確立し、自由な批判と柔軟な良識に富む文化層として自らを形成することに私たちは失敗して来た。そしてこれは、各層への文化の普及滲透を任務とする出版人の責任でもあった。

一九四五年以来、私たちは再び振出しに戻り、第一歩から踏み出すことを余儀なくされた。これは大きな不幸ではあるが、反面、これまでの混沌・未熟・歪曲の中にあった我が国の文化に秩序と確たる基礎を齎らすためには絶好の機会でもある。角川書店は、このような祖国の文化的危機にあたり、微力をも顧みず再建の礎石たるべき抱負と決意とをもって出発したが、ここに創立以来の念願を果すべく角川文庫を発刊する。これまで刊行されたあらゆる全集叢書文庫類の長所と短所とを検討し、古今東西の不朽の典籍を、良心的編集のもとに、廉価に、そして書架にふさわしい美本として、多くのひとびとに提供しようとする。しかし私たちは徒らに百科全書的な知識のジレッタントを作ることを目的とせず、あくまで祖国の文化に秩序と再建への道を示し、この文庫を角川書店の栄ある事業として、今後永久に継続発展せしめ、学芸と教養との殿堂として大成せんことを期したい。多くの読書子の愛情ある忠言と支持とによって、この希望と抱負とを完遂せしめられんことを願う。

一九四九年五月三日

角川ソフィア文庫ベストセラー

中国名詩鑑賞辞典
山田勝美

「詩経」から唐代の李白や杜甫、そして明清代まで名詩350首以上を厳選。読む・書く・味わうために必要な訓読、現代語訳、語釈、押韻を網羅した必携の本格辞典。「中国詩を読むための序章」や成句索引を収録。

論語
ビギナーズ・クラシックス 中国の古典

加地伸行

孔子が残した言葉には、いつの時代にも共通する「人としての生きかた」の基本理念が凝縮され、現代人にも多くの知恵と勇気を与えてくれる。はじめて中国古典にふれる人に最適。中学生から読める論語入門!

老子・荘子
ビギナーズ・クラシックス 中国の古典

野村茂夫

老荘思想は、儒教と並ぶもう一つの中国思想。「上善は水のごとし」「大器晩成」「胡蝶の夢」など、人生を豊かにする親しみやすい言葉と、ユーモアに満ちた寓話を楽しみながら、無為自然に生きる知恵を学ぶ。

韓非子
ビギナーズ・クラシックス 中国の古典

西川靖二

「矛盾」「株を守る」などのエピソードを用いて法家の思想を説いた韓非。冷静ですぐれた政治思想と鋭い人間分析、君主の君主による君主のための支配を理想とする君主論は、現代のリーダーたちにも魅力たっぷり。

陶淵明
ビギナーズ・クラシックス 中国の古典

釜谷武志

自然と酒を愛し、日常生活の喜びや苦しみをこまやかに描く一方、「死」に対して揺れ動く自分の心を詠んだ田園詩人。「帰去来辞」や「桃花源記」ほかひとつひとつの詩を丁寧に味わい、詩人の心にふれる。

角川ソフィア文庫ベストセラー

李白
ビギナーズ・クラシックス 中国の古典
筧 久美子

大酒を飲みながら月を愛で、鳥と遊び、自由きままに旅を続けた李白。あけっぴろげで痛快な詩は、音読すれば耳にも心地よく、多くの民衆に愛されてきた。豪快奔放に生きた詩仙・李白の、浪漫の世界に遊ぶ。

杜甫
ビギナーズ・クラシックス 中国の古典
黒川 洋一

若くから各地を放浪し、現実社会を見つめ続けた杜甫。日本人に愛され、文学にも大きな影響を与え続けた「詩聖」の詩から、「兵庫行」「石壕吏」などの長編を主にたどり、情熱と繊細さに溢れた真の魅力に迫る。

唐詩選
ビギナーズ・クラシックス 中国の古典
深澤 一幸

漢詩の入門書として最も親しまれてきた『唐詩選』。李白・杜甫・王維・白居易をはじめ、朗読するだけで風景が浮かんでくる感動的な詩の世界を楽しむ。初心者にもやさしい解説とすらすら読めるふりがな付き。

史記
ビギナーズ・クラシックス 中国の古典
福島 正

司馬遷が書いた全一三〇巻におよぶ中国最初の正史が一冊でわかる入門書。「鴻門の会」「四面楚歌」で有名な項羽と劉邦の戦いや、悲劇的な英雄の生涯など、強烈な個性をもった人物たちの名場面を精選して収録。

白楽天
ビギナーズ・クラシックス 中国の古典
下定 雅弘

日本文化に大きな影響を及ぼした白楽天。炭売り老人への憐憫や左遷地で見た雪景色を詠んだ代表作ほか、家族、四季の風物、酒、音楽などを題材とした情愛濃やかな詩を味わう。大詩人の詩と生涯を知る入門書。

角川ソフィア文庫ベストセラー

春秋左氏伝

ビギナーズ・クラシックス 中国の古典

安本　博

古代魯国史『春秋』の注釈書ながら、巧みな文章で人々を魅了し続けてきた『左氏伝』。「力のみで人を治めることはできない」「一端発した言葉に責任を持つ」など、生き方の指南本としても読める！

詩経・楚辞

ビギナーズ・クラシックス 中国の古典

牧角悦子

結婚して子供をたくさん産むことが最大の幸福であった古代の人々が、その喜びや悲しみをうたい、神々への祈りの歌として長く愛読してきた『詩経』と『楚辞』。中国最古の詩集を楽しむ一番やさしい入門書。

菜根譚

ビギナーズ・クラシックス 中国の古典

湯浅邦弘

「一歩を譲る」「人にやさしく己に厳しく」など、人づきあいの極意、治世に応じた生き方、人間の器の磨き方を明快に説く、処世訓の最高傑作。わかりやすい現代語訳と解説で楽しむ、初心者にやさしい入門書。

孟子

ビギナーズ・クラシックス 中国の古典

佐野大介

論語とともに四書に数えられる儒教の必読書。人の上に立つ者ほど徳を身につけなければならないとする王道主義の教えと、「五十歩百歩」「私淑」などの故事成語の宝庫をやさしい現代語訳と解説で楽しむ入門書。

大学・中庸

ビギナーズ・クラシックス 中国の古典

矢羽野隆男

国家の指導者を目指す者たちの教訓書である『大学』。人間の本性とは何かを論じ、誠実を尽くせと説く『中庸』。わかりやすい現代語訳と丁寧な解説で、今の時代に生きる中国思想の教えを学ぶ、格好の入門書。